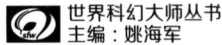

世界科幻大师丛书
主编：姚海军

火星时间穿越

MARTIAN TIME-SLIP

〔美〕菲利普·迪克 著

刘未央 译

四川科学技术出版社

图书在版编目(CIP)数据

火星时间穿越 / [美]菲利普·迪克 著；刘未央 译.
-- 成都：四川科学技术出版社，2021. 4
(世界科幻大师丛书 / 姚海军 主编)
书名原文：Martian Time-Slip
ISBN 978-7-5727-0089-7

Ⅰ.①火… Ⅱ.①菲… ②刘… Ⅲ.①幻想小说 – 美国 – 现代
Ⅳ.①I712.45

中国版本图书馆CIP数据核字(2021)第078039号
图进字：21-2020-231

世界科幻大师丛书

火星时间穿越

出 品 人　程佳月
丛书主编　姚海军
著　　者　[美]菲利普·迪克
译　　者　刘未央
责任编辑　宋 齐　姚海军
特邀编辑　颜 欢　魏映雪
封面绘画　李 凯
封面设计　施 洋
版面设计　施 洋
责任出版　欧晓春
出　　版　四川科学技术出版社
　　　　　四川省成都市槐树街2号出版大厦　邮政编码：610031
开　　本　140mm×203mm
印　　张　11
字　　数　190千
插　　页　2
印　　刷　成都市金雅迪彩色印刷有限公司
版　　次　2021年5月成都第一版
印　　次　2021年5月成都第一次印刷
定　　价　46.00元
ISBN 978-7-5727-0089-7

菲利普·迪克

Philip K. Dick

1928—1982

献给马克与乔迪

1

西尔维娅·波伦在苯巴比妥①制造的昏睡中听到喊叫声。尖厉的声音刺穿层层阻隔,击碎了她的无我之境。

"妈!"她儿子又喊了一下,声音来自屋外。

她坐起身,拿过床边的杯子喝了口水,然后把光脚丫挪到地板上,费劲儿地站了起来。时钟显示:九点三十。她找到睡袍,走向窗口。

再也不能吃那种药了,她想。精神分裂就精神分裂吧,倒也随大流了。她拉开百叶窗,阳光带着熟悉的、灰蒙蒙的红色调涌入双眼,晃得她什么都看不清。她举起手,大声喊道:"怎么啦,戴维?"

"妈,水渠管理员来啦!"

———————————
① 一种安眠镇静类药物。

那么今天准是礼拜三。她点点头,转过身,摇摇晃晃地从卧室走进厨房。在厨房里,她不太利索地开动了那把好用又结实的地球产咖啡壶。

我该干点儿什么?她问自己。该给管理员准备的都准备好了。再说还有戴维照应着呢。她打开盥洗池的水龙头,往脸上泼了点儿水。水脏脏的,一股味儿冲得她咳嗽起来。照理我们应当排干水箱,她想。把里头刷洗干净,调整好注氯量,再检查一下有多少过滤器堵住了,可能全堵了。这些事儿水渠管理员就不能管管吗?不,这不是联合国的分内事。

"要帮忙吗?"她打开后门问。满裹细沙的冷风打着旋扑面而来,她偏过头听戴维的应答。他已经养成了说"不"的习惯。

"我想不用。"男孩抱怨道。

过了一会儿,她身穿睡袍坐在厨房的餐桌旁喝咖啡,面前的盘子里盛着烤面包和苹果酱。她朝外张望,只见水渠管理员驾着小平底船突突突地沿运河开过来,一副政府公干的派头,永远不赶时间,却也从没脱过班。现在是1994年8月的第二周。他们已经等了十一天,总算等到总渠开闸配水了。按火星上的方向,总渠从这排房屋北面一英里^①开外流过。

水渠管理员把小船泊在水闸边,手里拿着记录用的活页夹

_____

① 1英里≈1.61千米。

和开关闸工具,跳到岸上。他穿着泥点斑斑的灰色制服,沾满干泥巴的长筒靴几乎变成了棕色。德国人?不是。那人转过头来,一张扁平的斯拉夫脸,帽舌中央有颗红星。原来这次轮到俄罗斯人,之前都是谁她已经不记得了。

显然,弄不清联合国管理部门排班次序的并不只有她一个。她看到隔壁的斯坦纳一家出现在前廊里,正要走向水渠管理员。他家一共六个人,父亲,敦实的母亲,外加四个胖嘟嘟、闹哄哄的金发小女孩。

管理员正在关闭斯坦纳家放水的闸门。

"Bitte, mein Herr."①诺伯特·斯坦纳张口就说,随即他也看见了那颗红星,便刹住了话头。

西尔维娅暗自发笑。真尴尬,她想。

后门打开,戴维冲进屋里。"妈,你猜怎么着?斯坦纳家的水箱昨晚漏了,差不多跑走了一半的水!所以他们攒不够浇园子的水了,园子要完蛋了,斯坦纳先生说的。"

她点着头吃完最后一口烤面包,又点上一支烟。

"这不糟了吗,妈?"戴维问。

西尔维娅答道:"斯坦纳家是想叫他多放会儿水。"

---

① 德语,意为:"请听我说,先生。"斯坦纳也误以为管理员是德国人;另外"斯坦纳"是个常见的德裔姓氏。

"可不能让他们家的园子完蛋啊。还记得咱家甜菜遭殃那回吗？是斯坦纳先生把'老家'的农药给了咱们，才杀光那些甲虫的。本来说好要送些甜菜给他们的，可一次也没送。咱们都忘了。"

这倒没错。她歉疚地想起了这码事。我们的确答应过的……他们肯定没忘，却一个字也没提，而且戴维还一天到晚去他家玩呢。

"你出去跟管理员说说嘛。"戴维央求道。

她说："我想这个月里咱们可以给他家点儿水，再过几天吧。到时候接根管子到他们园子里。但我不信漏水那一套——他们总想多占点儿便宜。"

"我知道。"戴维垂着头说道。

"他们不该多吃多占，戴维。谁也不应该。"

"他们只是不懂怎么把家里搞顺溜了。"戴维说，"斯坦纳先生，他对工具一窍不通。"

"那就是他们自己的事了。"她忍住火气，忽然觉得自己还没睡醒。要吃一片德塞美①，否则眼皮子都抬不起来了，要熬到晚上睡觉时间才能恢复精神，可是那时又该吃苯巴比妥了。她走到卫生间的药柜前，取下一只装有心形小绿药片的瓶子，开盖数

---

① 一种可提振精神的抗抑郁类药物。

了数,只剩二十三片,没几天又得坐牵引式公交穿过沙漠,去镇上的药房配药了。

头顶上传来一阵嘈杂的、有回音的咯咯声。是屋顶上的水箱,她家那口庞大的铁皮水箱开始注水了。水渠管理员已经关闭上一道闸,斯坦纳一家白求他了。

她越想越内疚,倒了杯水打算吞下早上的药。要是杰克在家多待些时间就好了,她对自己说。这里真是一派荒凉。我们都退化成野蛮人了,瞧瞧我们变得有多卑微吧。老是这样吵吵闹闹,剑拔弩张,让水左右一切,对每一滴都紧张得要命,究竟是为了什么?我们不该只配得到这些……一开始,我们得到的承诺可远远不是这样的。

猛然间,附近一栋房子传来收音机震天响的喧闹声,是舞曲,接着转到某种农业机械的广告。

"……犁沟的深度和角度,"播音声回荡在这个明亮早晨的寒冷空气中,"都是预置的并可自动调节,生手也能一学就会——"

又回到了舞曲。有人调了台。

孩子们吵起来了。要这么闹一整天吗?她心里问,不知道自己能否挺得住。而杰克又因为工作的关系,要到周末才回家——这简直不能算结过婚、有男人的生活。难道我从地球移民过来就为了这个？她用双手捂住耳朵，想挡住收音机和孩子们的嘈杂声。

我应该躺回床上去，那儿才是适合我待的地方。想归想，她最终还是穿戴停当，准备去过摆在眼前的这一天。

杰克·波伦在镇中心邦奇伍德园区他老板的办公室里，跟远在纽约市的父亲通无线电话。两地之间相隔几百万英里①的太空，卫星系统的通话效果从来都不理想。好在支付话费的是利奥·波伦。

"你说的富兰克林·D.罗斯福山脉②是什么意思？"杰克喊道，"你肯定弄错了，爸，那里什么都没有——就是一块不毛之地。搞房地产的没一个不这么说。"

传来他父亲微弱的声音："不，杰克，我认为值得一投。我想出来一趟，实地看看，再和你仔细商量一下。西尔维娅和孩子都好吗？"

"都好。"杰克答，"听我一句劝，先不忙做决定。人人都知道，火星上不论什么地产，只要远离管用的运河网——别忘了管

① 理论上火星与地球间的距离为 5460 万至 4.01 亿公里，平均距离为 2.25 亿公里。

② 全称"富兰克林·德拉诺·罗斯福山脉"，下文多用简称"罗斯福山（脉）"。

用的只占一成左右——那基本上就是一个明目张胆的骗局。"他不明白,父亲在商界打拼了这么多年,尤其精通未开发地块的投资,怎么会轻信这种假情报。杰克着实吃了一惊。也许这些年没见,父亲已经老了。他的来信总是三言两语,都是由公司里的速记员听写下来的。

或许在地球和火星这两个世界,时间流逝的速度是不一样的。杰克在某心理学杂志的一篇文章中读到过这么个观点。即将来访的父亲可能已经变成了一个步履蹒跚、白发苍苍的老古董。有什么办法让他取消这次出行吗?戴维倒是很乐意见到爷爷,西尔维娅也喜欢他。耳边那缕微弱而遥远的声音正介绍着纽约的近况,杰克却毫无兴趣。他觉得这都是些虚无缥缈的事。十年前,他费了九牛二虎之力就是要摆脱地球社会,后来总算成功了。现在他不想再听到那边的消息。

不过他跟父亲依然保持着联系,而父亲不久后的首次地外旅行将进一步增进两人之间的关系。他父亲总想趁着还不太晚——也就是离世之前——造访一趟别的星球。利奥心意已定。问题是,尽管大型星际飞船在不断改进,可旅途风险仍旧居高不下。利奥对此并不担心。什么也阻止不了他,事实上他已经订好机票了。

"唉,爸爸,"杰克说,"你要是觉得能经受这番折腾,那当然好啦。希望你一路上顺顺当当的。"他也只能接受现实了。

他的老板易先生站在对面直盯着他，手举一张写有报修信息的黄色纸条。瘦瘦高高的易先生打着领结，身穿单排扣西服……这套中国式打扮在外星的土地上深深植根，就好像易先生是在广州闹市区做生意一样。

易先生指指纸条，一本正经地用动作演示起了上面的内容：他打着哆嗦，做了个左手向右手倒水的姿势，再抹抹额头，扯扯领子，最后抬起瘦骨嶙峋的手腕看了看表。杰克·波伦心领神会，有个奶牛场的制冷机组坏了，是个急活儿。牛奶会随着白天气温的升高而变质。

"好吧，爸爸。"他说，"我们等你的消息。"接着道别，挂断电话。"抱歉打了这么长时间。"他对易先生说，并伸手接过纸条。

"上年纪的人不该跑这一趟。"易先生语气平静且不容反驳。

"他已经决定了，非要来看看我们过得怎么样。"杰克说。

"要是你过得没他想的那么好，他会拉你一把吗？"易先生露出不屑的微笑，"你就等发财了吧？告诉他我们这儿没有宝贝，都在联合国手里。说正事，刚才那个报修，根据维修记录，那套制冷机组咱们两个月前修过，一样的毛病。不是电源就是线路问题。说不准什么时候马达的转速就会慢下来，随后保险开关跳闸，以防马达烧坏。"

"我去瞧瞧他们的发电机还给其他什么设备供电。"杰克说。

为易先生干活可不轻松啊，他一面这么想着，一面登楼梯上天台，公司的直升机都泊在上面。这人不管什么事都是理性至上，天生一副工于心计的样子，其一举一动也印证了这一点。六年前，二十二岁的易先生算计着去火星办企业能比地球上赚得多。火星上各类机械设备、各种带活动部件的装置都急需维修保养，因为从地球进口全新设备要搭上极其高昂的运输成本。一台烤面包机用旧了，地球人可以不假思索地一扔了事，但在火星上必须坚持用下去。易先生喜欢变废为宝这个点子。他是在提倡艰苦朴素的中国长大的，看不惯浪费。他在河南当过电气工程师，专业方面训练有素。经过冷静周密而有条不紊地分析权衡，他做了一个对常人来说不亚于生死抉择的决定：他办理了从地球移民过来的手续，平常得就像找个牙医定做一副不锈钢假牙。在火星上刚一开业，他就知道该如何把经营成本压缩到最低，不让任何一枚联合国元轻易溜出腰包。这项生意利润微薄，但专业性极强。自1988年以来的六年里，易先生的业务不断扩大，如今他的维修团队已成为应急服务市场的首选——话说回来，这块拓居地连种个萝卜，连冷藏那么一点点自产牛奶都困难，哪儿还有不紧急的任务呢？

杰克·波伦关上直升机舱门，发动引擎，转眼升到邦奇伍德园区建筑物的上方,融入了朦胧阴沉的天空。此时上午已过半,这是当天第一单维修任务。

在他右边远处,一艘来自地球的巨型飞船即将结束航程,正向圆形玄武岩着陆场降落,这里仅限人员登陆,之后还要将货物卸到东面一百英里外的地方。这是艘一等运载机,马上会有遥控设备进舱,将黏附在乘客身上的病毒、细菌、虫子、草籽悉数杀灭除净。乘客出舱时仿佛新生儿般一丝不挂,再经过一道道化学药品的洗浴,还要在长达八小时的体检化验中不停咒爹骂娘——最后,在确保拓居地的生存不受影响的前提下,终于可以把这批人放出去自寻生路了。也有个别倒霉蛋会被遣返地球,因为在长途旅行的压力下,他们的身体状况暴露出了某些基因缺陷。杰克想到父亲也将默默地忍受这套入境流程。"这是不得已的事,儿子。"父亲会这样说,必不可少的。老爸会抽着雪茄陷入沉思……称之为哲人也不过分。老爸所受的全部正规教育就是在纽约公立学校系统上过七年学,而且恰恰是这类学校最无法无天的一段日子。人的自我塑造能力的确不可思议,杰克想。老爸凭着自己接触到的某些知识,早已形成了一套行为准则,与一般的处世之道不同,这套准则更为深谋远虑。他能适应这个世界,杰克断定。这趟短期旅行,他会调整得比我和西尔维娅还要好,应该跟戴维差不多……

　　这祖孙俩能合得来。两个人都精明务实,不过偶尔也会任性胡来,比如他父亲一冲动就要在罗斯福山脉买一块地。老爸心中永远跃动着希望,不过这次是最后一跃了。那片山地一文不值,无人问津,是名副其实的边疆荒地,明显不属于火星的宜居地区。这时,杰克留意到下面就是参议员塔夫脱运河了,于是沿河流调好航向。这条运河会把他引到麦考利夫奶牛场。牧场上有成千上万亩的枯草,那儿曾经牧养着一流的泽西奶牛,然而经过严酷环境的摧残,牛群的基因已然退化返祖。这里算是火星的宜居地区,一道道长条形地块如蛛网般呈辐射交叉状,几乎称得上沃土了,可也只够勉强维生,不能指望更多。正下方的参议员塔夫脱运河蒙着一层黏稠的绿浆,叫人恶心;这还是有拦蓄、过滤措施的河道,可经年累月沉积下来的淤泥、沙土和污染物早将水体糟蹋得完全不能饮用了。天知道这些年来居民都把什么碱性物质吞到了肚子里,吸收进了骨骼中。不管怎样,人还活着。黄褐色的浑水并没有要人命。这条河向西延伸,正等待着人类科技蓄势发力,创造奇迹。

　　20世纪70年代初,登陆火星的考古队急切地为火星文明描绘过衰退曲线图,如今火星文明逐渐被人类文明取代。自古以来,火星土著从未真正在沙漠地带定居过。正如发端于底格里斯河与幼发拉底河的地球文明,火星文明显然也严重依赖灌溉水源。古老的火星文明在鼎盛时期曾覆盖五分之一星球面积，其余部分仍旧保持自然原貌。例如，杰克·波伦家就在威廉·巴特勒·叶芝运河与希罗多德运河的交汇处附近，处于水网边缘。这片流域养育火星文明已有五千年之久。波伦一家是后来者，近来移民人数已呈锐减之势，十一年前谁也料不到会变成这样。

直升机无线电发出静电噪声，接着传来易先生细声细气的嗓音："杰克，又有报修了，我再派一单给你。联合国机构说公立学校的设备出故障了，他们自己人没空。"

杰克拿起麦克风说："抱歉，易先生——我跟你提过的吧，我没学过怎么摆弄那些教学设备。你最好找鲍勃或皮特去处理。"我肯定说过，他心想。

易先生自有一套道理等着："这个报修很重要，咱们不能推掉，杰克。咱从来不把活儿往外推。你的态度不够积极啊。这活儿非你不可了。我这里一有人手，就派过去和你一起干。谢谢，杰克。"易先生挂机了。

也谢谢你哦，杰克·波伦心里回呛道。

下方，第二个定居区映入眼帘，那是刘易斯敦，管道工工会的大本营，火星上首批建设的拓居地之一，其工会成员在维修方面已实现自足，他们不会照顾易先生的生意。要是实在干得不顺心，杰克·波伦随时可以卷铺盖搬到刘易斯敦来，加入工会，再找份活儿,也许还能挣得更多。但他不喜欢这块拓居地近来发生的一些政治事件。阿尼·科特当选水务工会①地方分会会长,靠的是大量歪路子竞选手段和超常的违规投票。杰克不愿意在这种政府底下谋生。就他所知,这个老头执掌大权后,重现了文艺复兴初期暴政的全部特点,再加上一点儿裙带政治。不过这块拓居地看上去倒是一派兴旺发达:推行了富有成效的市政工程计划,所实施的财政政策又为其赢得了丰厚的现金储备。整个拓居地在高效、繁荣发展的同时,也为每一个居民提供体面的工作。如果不算北面的以色列人定居区,火星上就属这块拓居地自立能力最强了。以色列人开拓定居区主要依赖顽强的犹太复国主义者组成的突击队,他们在沙漠地带安营扎寨,从栽种橙树到制取化肥,启动了各式各样的垦殖工程。新以色列单凭一己之力就开垦了三分之一的沙漠地区。事实上,火星上只有他们能反过来向地球大批量出口产品。

飞过水务工会首府刘易斯敦,即可望见联合国第一位先烈阿尔杰·希斯②的纪念碑,接下来就是茫茫沙漠。杰克往后一靠,

---

①即管道工工会的正式名称。

②阿尔杰·希斯(Alger Hiss, 1904—1996),美国政治家,联合国创始人之一,1945年于旧金山任联合国国际组织会议秘书长;1948年被指控系苏联间谍,1950年又被控作伪证,后入狱近四年;其本人生前坚称无罪。作者想象他已在1994年之前逝世。

点上一支烟。刚才易先生催得急,盯得紧,他出门时忘记带上那一保温瓶咖啡,现在总感觉少了点儿什么。他觉得昏昏欲睡。没人能逼我去公立学校干活。其实他只是在气头上这么想想,并没有横下心来。我要辞职,但他知道自己不会辞职。他还是会去学校,对着设备瞎鼓捣个一小时左右,装出忙着修理的样子,只等鲍勃或皮特赶过来搞定,这样就把公司的名声保住了。随后他们再一起回办公室。这样皆大欢喜,包括易先生。

他去公立学校看过几次儿子。那跟去干活可不一样。戴维是班里的尖子生,已经用上了教学大纲中等级最高的教学机。他总是学到很晚,这套联合国引以为豪的授课系统在他手里可谓物尽其用。杰克看了看手表,十点。根据那几次参观经验和儿子平时的介绍,他知道在这个点儿,戴维正向"亚里士多德"求教科学、哲学、逻辑学、语法学、诗学、古代物理学的基础知识。在所有教学机中,戴维似乎从"亚里士多德"受教最多,这一点颇令杰克欣慰。许多孩子偏爱那些风云人物,比如弗朗西斯·德雷克爵士(英国历史,主讲男性文明基础)、亚伯拉罕·林肯(美国历史,主讲现代战争与当代国家入门),或是尤利乌斯·恺撒、温斯顿·丘吉尔之类的铁腕角色。杰克生得太早,没能用上这些授课系统。当他还是个小男孩的时候,一堂课要跟六十个孩子一起上;到了中学,竟然要和一千个同学通过闭路电视听老师讲课。假如当时也进了这种新式学校,他很容易就能找到自己的兴趣所在:有一次去戴维的学校,具体地说是参加首次"教师"见面会,他见识了托马斯·爱迪生教学机,着迷到难以自拔。戴维花了将近一个钟头才把爸爸拖走。

直升机下方,沙漠已变成一片稀稀拉拉的大草原。一道铁丝网标志着麦考利夫奶牛场的起点,得克萨斯州就是靠这道铁丝网管辖该地区的。麦考利夫的父亲曾是得州石油大亨,他自行购置了移民火星的飞船,实力比管道工工会还要雄厚。杰克熄了烟,开始降落直升机,并迎着刺眼的阳光寻找奶牛场里的建筑物。

直升机的轰鸣吓跑了一小群奶牛。见奶牛四散奔逃,他希望不会引起麦考利夫的注意。这位爱尔兰小个子成天板着个脸,对生活的态度有点儿偏执。这些奶牛总是让麦考利夫忧心忡忡,理由还挺充分:他怀疑火星上样样都对奶牛不利,轻则掉肉,重则患病,进而影响产奶的规律性。

杰克打开无线电对讲机,对着麦克风说道:"这里是易氏公司的维修直升机。根据你的报修,杰克·波伦请求准予降落麦考利夫机场。"

等待片刻之后,大牧场传来回话:"好,波伦,机场畅通。我也不问你为什么拖到现在了。"是麦考利夫那无奈而又牢骚满腹的话音。

"这就来了。"杰克说着扮了个苦相。

接着他看清了前方的建筑物,白白的,建在沙地里。

"我们这儿有一万五千加仑①牛奶。"无线电扬声器又传出麦考利夫的声音,"如果你不能立马修好那该死的制冷机组,牛奶就全坏了。"

"马上赶到。"杰克说。他把大拇指一边一个塞进耳朵,冲着无线电扬声器做了个怪模怪样的不服气的鬼脸。

---

① 加仑是一种英美度量衡的容量单位,又分英制加仑和美制加仑。1美制加仑≈3.79升。

2

前管道工、水务工会第四行星①分会的顶级好会员②阿尼·科特上午十点起床,照老规矩慢悠悠地直接踱进了蒸汽浴室。

"哈罗,格斯。"

"嗨,阿尼。"

人人都直呼其名,气氛融洽。阿尼·科特朝比尔、埃迪、汤姆一一点头,大家也都跟他打招呼。空气中蒸汽弥漫,在他脚下凝结成水,流过瓷砖,再排出去。他喜欢这种设计:浴室产生的废水并不会回收,而是直接流进滚烫的沙地,蒸发得干干净净。还有谁摆得起这个排场? 他想。瞧瞧新以色列的犹太阔佬有没有这种不怕费水的蒸汽浴室吧。

---

① 指火星,太阳系行星按距离太阳从近到远排序,火星位列第四。

② 好会员指信誉良好的工会会员,后文对话中会出现"好会员+人名"的称呼,语气类似"××同志"。

阿尼·科特站在一只淋浴头下,对身边的大伙说:"我听到一些传言,想尽快核实一下真假。你们都知道加利福尼亚的那个集团,就是原先持有罗斯福山脉产权的那帮葡萄牙人,他们想开发铁矿,可采出来的矿石品级太低,投入产出比过高,有这回事吧?听说他们又把山给卖了。"

"是的,听说过。"小伙子们纷纷点头,"不知道他们损失多少,肯定亏血本了。"

阿尼说:"不,听说他们找到了一个买主,出的价比他们的入手价还要高。经过这么些年,他们终于赚了,也算熬出了头。我想知道是谁脑筋搭错线居然看中了那块地。你们知道,我在那边还有点儿采矿权。我想请大伙去查一查买主是谁,哪个行业的。我还想知道他们打算在那儿干什么。"

"是该摸清底细。"大家再次点头表示同意。有一个人,像是弗雷德,离开淋浴头,走到一旁去穿衣服。"我去查,阿尼。"弗雷德回头说,"马上就办。"

阿尼一面全身上下抹肥皂一面对其余的人发表起了讲话:"你们知道我必须保护自己的采矿权,不能让地球来的'老油子'乱动那些山,比方说变成随便野餐的国家公园。我还听到一些消息,大概一个礼拜前,从俄罗斯和匈牙利来了一伙大人物,准是打前站来的。想想吧,去年他们把社区搞砸了,难不成就死心了?

不！他们长着臭虫脑子，也会跟臭虫似的卷土重来。那些家伙急着要在火星上建一个像模像样的社区，想把'老家'的荒唐梦做到这里来。他们要是从加利福尼亚那帮葡萄牙人手里接盘了罗斯福山，我不会觉得奇怪。瞧着吧，不用多久，罗斯福山就得改名，把这么个好名字改成乔·斯大林①山之类的。"

小伙子们发出会心的大笑。

"我今天要办的事太多，"阿尼·科特边说边用热水哗哗地冲着肥皂沫，"就没工夫管这事了，还得拜托各位去查查底细。比如，我最近一直忙着去东部搞甜瓜试验，准备把新英格兰甜瓜引入火星，目前看来成功的希望很大。我知道大伙都在寻思这个项目到底能不能行，要是可能的话谁不爱早餐时来一片可口的甜瓜呢。"

"没错，阿尼。"小伙子们附和道。

"不过，"阿尼说，"我操心的不只是甜瓜。前几天有个联合国的家伙来咱这儿，在涉及黑鬼的制度里头吹毛求疵。我可能用词不当了，也许应该学着联合国那帮人叫他们'原住民遗留人口'，或者干脆叫布利克人。这家伙的意思是，我们放任定居区下属的矿山以不达标的待遇雇用布利克人，就是说，没达到最低工资标准——联合国那帮娘炮本来对这事儿就是睁一只眼闭一

①即约瑟夫·斯大林。

只眼的。问题是,我们没法按最低标准给布利克黑鬼开工资,他们干起活来三天打鱼两天晒网,已经搞得我们亏惨了。可我们不得不用这帮人来挖矿,因为只有他们能在地底下喘气,而大批量采购供氧设备到火星来又不现实,那价格都高得离谱。有些人在'老家'指着氧气瓶和压缩机这类东西发大财。要我说,那是敲竹杠,咱们不能去当冤大头。"

每个人都一脸严肃地点起头来。

"现在,这个定居区该怎么管理是咱自己的事,不能任由联合国那帮官僚来指手画脚。"阿尼说,"我们在这里创业那会儿,联合国不过就是插在沙地里的一面小旗;我们房子都造好了,他们呢,在火星上屁也没有,连美国和法国在南面的那块争议地区他们都管不了。"

"的确如此,阿尼。"小伙子们清一色表示赞同。

"可是,"阿尼说,"问题在于联合国那帮娘娘腔控制着水道,而我们离不了水;咱定居区要靠水路来运输,还要发电,要喝,像现在,还得洗澡。我的意思是,那帮基佬随时可以切断供水,咱们算是给人家扣住命门了。"

他冲完澡,踩过热乎乎、湿漉漉的瓷砖,从服务生手里接过毛巾。联合国的事让他太操心,肚子都咕咕叫了;十二指肠溃疡又发作了,左腹一直到靠近大腿根处火烧火燎的。最好吃点儿早饭，他想。

服务生帮他把灰色法兰绒长裤、T恤衫、软质皮靴和航海帽穿戴齐整。他离开蒸汽浴室，穿过工会大楼走廊，朝自家餐厅走去。赫利奥，他的布利克厨师，已经备好了早餐。不一会儿他就在桌旁坐下了，面前摆着一摞热松饼，还有培根、咖啡和一杯橙汁，外加一份上星期的《纽约时报》周日版。

"早上好，科特先生。"他按铃后，秘书组来了一个面生的姑娘。他瞟了一眼，觉得不怎么漂亮，便继续读报。再说，"科特先生"这个称呼他也不爱听。他呷了一口橙汁，读着一则飞船在太空失事的新闻，船上三百人全部遇难。这是一艘运输自行车的日本商船。看到这儿他哑然失笑。自行车飘在太空中，全飞跑了。真可惜啊，火星属于小质量行星，又没多少能源——只有流速缓慢的运河系统——连煤油都很金贵，自行车的经济价值不言而喻：骑个几百英里不用花一分钱，还能直接在沙地上跑。只有关键岗位的工作人员才用得上装备煤油涡轮引擎的交通工具，如维修保养人员，他这样的重要官员自然也在列。公共交通工具当然也有，像牵引式公交，已成为各个定居区之间，或偏远居民区与外部世界之间的纽带……但牵引式公交班次不定，要看地球进口燃料什么时候运到。他自己坐上这种巴士会犯幽闭恐惧症，因为实在开得太慢了。

读着《纽约时报》,他仿佛又回到了"老家"的南帕萨迪纳①。那年头他家订的是《纽约时报》西岸版。小时候,他从街边信箱取出报纸拿进家门,此情此景依然历历在目;那条雾蒙蒙的温馨小街栽着两行杏树,两旁是赏心悦目的单层住宅、停靠路边的汽车和周末必打理的草坪。他最惦念的就是草坪,包括所有那些养护工具和药剂:装着肥料的独轮手推车、新鲜草籽、手剪、早春时竖起的家禽围栏……当然还有长夏里的浇水喷头——只要法律允许洒水器就会一直工作。那儿也有缺水问题。他叔叔保罗曾因在限水期洗车而被捕入狱。

他又读到一篇关于白宫接见利兹纳夫人的报道,这位生育控制局医务工作者已累计实施了八千次治疗性流产手术,为美国女性树立了一个榜样。有点儿像护士,阿尼·科特心里评价。都是高尚的女性职业。他翻过这一页。

接下来是他亲自参与制作的一则大号字广告,占四分之一版面,热情地号召人们移民火星。阿尼往椅背上一靠,折起报纸;仔细看过广告之后,他深感骄傲。做得不错,他暗赞。凡是——用广告上的原话说——真正有魄力、有闯劲的人,就不可能不动心。

广告列出火星上所有热门技能,清单很长,只有金丝雀饲养

①美国加利福尼亚州的一座城市。

员和直肠科医生不在其中,即使这两类人才也并不一定没有用武之地。广告指出,如今拥有硕士学位的人在地球上求职有多难,而在火星只要有学士学位就能找到薪酬优厚的工作。

够有说服力了吧,阿尼想。他自己就是因为只有学士学位才选择移民的。当时他走投无路,以区区一介工会管道工的身份登上火星,只过了短短几年,看看现在的他;而在地球,持有学士学位的管道工无非就是加入美国对外援助工作队,到非洲扒拉死蝗虫去。事实上他哥哥菲尔眼下正在干这个。菲尔毕业于加利福尼亚大学,从来没机会从事他的本行——乳品检验员。他班里培养了一百多名乳品检验员,可都干什么去了?地球上毫无机会。必须来火星,阿尼暗想。我们这儿用得着你。看看镇外牧场里那些呆头呆脑的奶牛吧,就需要检验检验。

这则广告只有一个陷阱:一旦移民火星,将得不到任何保障,万一待不下去,连能不能回去都说不准;因火星发射场条件所限,返程票价要比去程贵得多。就业保障当然也等于零。这种现状应当归咎于"老家"的那几个大国,也就是美国、俄罗斯和西德①。这些国家不好好支持现有行星的发展,只顾着没完没了地探索太空。它们把时间、智力和资金全都投在了星座计划上,比如那个该死的半人马座远航项目,白白浪费的金钱和工时都已高

---

① 在作者的未来构想中,东西德尚未统一。

达数十亿。阿尼·科特看不出星座计划能有什么赚头。谁愿意花上四年时间去另一个可能根本不存在的太阳系远航呢？

与此同时，阿尼又担心这几个地球大国的态度发生转变。它们会不会某天早上一觉睡醒，换了另一种眼光来看待火星和金星的拓居地？它们会不会注意到这些拓居地的发展已经陷入危境，决定采取某些措施？换句话说，假如这些大国醒过神来，阿尼·科特会有什么变数呢？这个问题值得深思。

不过，这些大国还没有显露出恢复理性的迹象。它们仍然痴迷于争权夺利，此刻就在两光年之外争执不休。想到这里，阿尼宽下心来。

他接着看报，又读到一篇短文，称瑞士伯尔尼一女性组织召开会议，再度强调其对拓居地相关问题的担忧。

拓居地安全委员会对火星着陆场的恶劣条件表示担忧

这些女士向联合国拓居部提交了一份请愿书，又一次表达了她们的意见：火星上的地球飞船着陆场距居民区及供水系统过远。有时旅客不得不在荒漠地带颠簸一百英里，连妇女、儿童和老人都不例外。这个名为拓居地安全委员会的组织希望联合国通过一项法规，要求飞船着陆场必须设置在主运河（指定运河)二十五英里范围内。

空想改良派,阿尼·科特边读边想。这些人多半没一个离开过地球,消息来源无非是一些寄到地球的私人信件,比如某个领着退休金移居火星的大妈,尽管住在联合国免费提供的土地上,还是免不了要发发牢骚。当然,拓居地安全委员会唯一一个常住火星的会员也起到点儿作用,就是那位安妮·埃斯特黑齐夫人。她向各定居区热心公益的女士散发过一份油印的时事通讯。阿尼收到并读过那份通讯——《监察员反馈》,一看到这个标题他就倒胃口。插在两篇长文之间的一两行讽刺性宣传语也令他十分反感。

为饮用水净化而祈祷吧!!请上书呼风唤雨的拓居地议员,让我们自豪地见证滤水工程的落实!

《监察员反馈》上的一些文章充斥着专业术语,他几乎看都看不懂。不过,这份通讯显然吸引了一批忠实的女性读者,她们严肃地对待每一篇文章,并将指示贯彻到行动中。毫无疑问,现在她们正和地球上的拓居地安全委员会遥相呼应,一道投诉火星大部分着陆场与水源及居民区相距过远的危害问题。这是她们投身其中的许多场斗争之一。这一次,阿尼·科特好歹把强烈的反感压了下去。火星上约有二十座着陆场,只有一座位于主运河二十五英里范围内,那就是服务于他本人所辖定居区的塞缪尔·冈珀斯着陆场。倘若拓居地安全委员会的施压凑巧起了作用,那么来自地球的所有入境飞船都必须降落在阿尼·科特的着陆场,等于为他的定居区开辟了一条财源。

埃斯特黑齐夫人及其通讯消息,还有她所属的地球组织,都在推进一项事业,这项事业对阿尼来说有巨大的经济价值,这可绝不是偶然。安妮·埃斯特黑齐是阿尼的前妻。目前两人的关系仍然不错,联合掌控着婚内创办或入股的多家企业。他俩在不同层次保持着业务合作,但就私交而言,已经没什么共同语言了。在阿尼眼里,她变成了一个咄咄逼人、霸气十足的男人婆,身材又高又瘦,走路迈着大步,爱穿低跟鞋和花呢大衣,脸上少不了一副墨镜,肩上总挎着一只皮革大包……但她算盘精、脑子活,是个天生的决策者。只要公务之外不见面,阿尼就能跟她处得来。

安妮·埃斯特黑齐是他前妻且依然跟他维持着财务关系,知道这些内情的人并不多。他要联系安妮时,并不让区里的速记员记录口述内容,而是用书桌里那部小型加密口述录音机录下一盘磁带,由专门的信差递过去。信差会把磁带送到安妮开在以色列人定居区的一爿艺术品商店;若有回信,她也如法炮制,将磁带送到伯纳德·巴鲁克运河边上一家水泥砂石厂的办公室里,厂主是阿尼的妹夫埃德·罗金厄姆。

一年前,埃德·罗金厄姆为自己、帕特里夏和三个孩子建了一栋房子,趁此机会,他还得到了一样别人做梦都不敢想的东西:私家运河。他公然违法,雇人开凿了一条从公用大河网引水的私用运河。连阿尼都为这事大动肝火。但埃德最终并未受到任何指控。这条运河以罗金厄姆家的老大命名,还真够"低调"的;向沙漠深处延伸达八十英里,造就了帕特[1]·罗金厄姆如今享受的这处洞天福地:一片草坪、一个游泳池和一座水源充足的花园。她特地种上了一大片山茶花,这种花移植到火星,只在她家存活了下来。整个白天,浇水喷头不停地旋转喷洒,确保山茶花不会枯死。

在阿尼·科特看来,十二株巨大的山茶花似乎太过炫耀。他跟妹妹两口子不太合得来。他们来火星干什么? 他自问。投入惊人的财力和精力,就为了尽可能地复制地球"老家"的生活。这太荒谬了。干脆待在地球上不好吗? 阿尼把火星当作一个新世界,来了就要迎接一种新生活、一种改天换地的人生。包括他在内的一批批拓居者,无论大人还是小孩,在适应火星环境的过程中历经无数次微调,随着一次次的进化,他们已经变成了新物种。而生于火星的孩子自呱呱坠地就是不同以往的新人类,某

———————
① 帕特里夏的昵称。

些方面连他们的父母都会感到难以理解。阿尼有两个儿子——他和安妮的——住在刘易斯敦郊区的开拓营里。每次他去探望时都没法一眼认出他们来;他俩以冷漠的眼光瞅着父亲,好像盼着他快点儿离开。据他观察,这两个孩子都没有幽默感,但很敏感,谈到动植物和周遭环境时也能说个不停。两个儿子都养着宠物,一种令他毛骨悚然的火星动物:外形像螳螂,个头不亚于驴子。这种鬼东西叫"拳手",因为它们常常面对面直立起来,摆好干架姿势,一开始貌似虚张声势,结果往往是一个打死并吃掉另一个。两个孩子——伯特和内德——的宠物拳手都受过训练,能干一些简单的粗活,也不会相互吃掉对方。就是这种畜生成了孩子的玩伴。火星孩子都很孤独,一部分原因是人数还太少,另一部分原因……阿尼也不甚了了。这些孩子有着大大的眼睛、焦虑的神色,仿佛渴望获得某种无形之物。他们都有离群索居的倾向,只要逮着一星半点儿机会,便会溜到荒漠中去转悠;而带回来的东西,不论对于他们自己还是对于开拓营,都没什么价值,要么是几根骨头,要么是古老黑人文明的残留物,基本上就是这类东西。阿尼乘直升机时,总能发现那些形单影只的孩子,东一个西一个,或跋涉在沙漠里,或用双手挖着沙石,茫然地想要刨开火星表面,钻到底下去……

　　阿尼把书桌底层抽屉锁打开,取出一部电池供电的小型加密口述录音机,做好使用前的准备。他对着录音机说:"安妮,我想跟你面谈。那个委员会里女人太多,走上歪路了。比如《纽约时报》最近发的那篇宣传稿就让我担心,说什么——"他打住话头,因为录音机吱吱嘎嘎地响了几下,不动弹了。他拨了拨机器,磁带慢慢地转起来,又停住了,不再有动静。

还以为修好了呢,阿尼气恼地想。那帮白痴难道什么也不会修吗?或许得去黑市花天价买一部新的了。想想就心疼。

秘书组那个相貌平平的姑娘一直坐在对面静候,见他点头示意,便拿出铅笔和拍纸本开始速记。

"一般情况下,"阿尼·科特说,"我都能体谅维持设备正常运行的难处。一方面能换的零部件几乎没有;另一方面,这里的气候也会加速金属和线路的老化。但是,像我的加密录音机这类重要设备老是找不到合格的维修服务,我再有耐心也受够了。我只想把它修好,就这么简单。所以,如果你们这帮家伙还没法让它转起来,我就要解散你们,吊销你们在定居区开展修理服务的特许权,然后把我们的维修业务外包出去。"他再次点点头,那姑娘停下笔头。

"要我把录音机送到修理部去吗,科特先生?"她问,"我乐意效劳,先生。"

"不用,"阿尼没好气地说,"你可以走了。"

她离开时，阿尼又拿起《纽约时报》继续读。在地球"老家"，你花不了几个子儿就能买一台全新的加密录音机。事实上在"老家"你还能——说出来气死人。看看广告上登的这些东西吧……从古罗马钱币到毛皮大衣，从露营装备到钻石，从火箭飞船到除草剂。天哪！

但眼下的问题是如何不借助加密录音机联系他的前妻。要不就去串个门看看她吧，阿尼心想。这倒是一个离开办公室的好借口。

他拿起电话，要求直升机在工会大楼天台待命，随后吃完早餐，匆匆抹了抹嘴，往电梯走去。

"嗨，阿尼。"直升机飞行员向他打招呼，飞行组派来的这个年轻人长着一张讨喜的脸。

"嗨，老弟。"阿尼应道。飞行员扶他坐进皮椅，这副真皮套子是阿尼在定居区一家织品内饰店定做的。飞行员在阿尼前方的舱位坐定。阿尼舒服地往椅背上一靠，跷起了腿，吩咐道："起飞吧，路线我会跟你说的。别着急，我不赶时间。天气看上去还不错。"

"天气确实不错。"飞行员说着，直升机旋翼已开始转动，"就是罗斯福山顶周围还有点儿雾。"

直升机刚刚升起，扩音器就响了："紧急通知。有一小队布利克人滞留沙漠地带,罗经方位点4.650 03,因曝晒和缺水濒临死亡。请刘易斯敦北部飞船尽快前往该地施救。联合国法律规定所有商用和私家飞船均须响应本次求援。"联合国广播员用清脆的嗓音反复播报这条通知,音频来自头顶某颗人造卫星上的联合国发射机。

阿尼感觉直升机在变向,忙说:"哎,干吗呢?老弟。"

"我必须行动,先生。"飞行员答道,"这是法律。"

老天,阿尼暗暗地抱怨。他在脑子里记下一笔,一回去就炒掉这小子,至少也要停他的职。

现在他们已在沙漠上空,正疾速飞向联合国广播员所报的方位点。这帮布利克黑鬼,阿尼心想。我们手里的事全给耽搁了,就为了救这些蠢货——自己的沙漠还走不出来吗?没我们帮忙,他们不也照样过了五千年吗?

杰克·波伦开始操纵易氏公司维修机向麦考利夫奶牛场降落;就在此时,响起了联合国广播员发出的紧急通告,这类通告他以前听过很多次,次次都感到不寒而栗。

"……队布利克人滞留沙漠地带,"那个声音不带感情色彩地通报道,"……因曝晒和缺水濒临死亡。请刘易斯敦北部的飞船——"

收到,杰克·波伦心里回应。他打开麦克风说:"易氏公司维修机在罗经方位点4.650 03附近,即刻行动,可在两三分钟后抵达。"他将机头掉转向南,驶离麦考利夫奶牛场。想到麦考利夫眼睁睁看着直升机飞走,火冒三丈地乱猜出了什么岔子,波伦不禁一阵窃喜。没有人比大牧场主更讨厌布利克人了,这些赤贫的游牧土著常来牧场要吃要喝,或是请求医疗救助,有时干脆直接伸手乞讨。虽说占了人家的地,却无法摆脱原主人的长期纠缠,发达的牧场主最恼火的无非就是这档子事了。

另一架直升机也开始行动了。那个飞行员回话道:"我刚出刘易斯敦,罗经方位点4.789 95,将尽快行动。我机上有补给,包括五十加仑水。"他自报身份后,结束了通话。

牧场和奶牛都往北退去,杰克·波伦再次来到茫茫沙漠上空,专注地搜寻着那一队布利克人。果然在那儿。一共五个,躲在小石丘的阴影里,一动不动。也许已经死了。联合国卫星掠过天空时发现了他们,但帮不上忙。他们自己的统领也无能为力。而我们这些能帮忙的人——我们又有什么好在意的?杰克自问。布利克人反正要绝种了,剩余人口一年比一年贫困与绝望。他们受联合国的保护,但只是有限的保护,杰克想。

然而,对于一个正在消亡的人种,我们又能做些什么?早在苏联飞船载着不停工作的电视摄像机首度登上火星——即六十年代之前,火星土著的命运就已经注定了。没有人密谋搞种族灭绝,无此必要。况且,土著一开始可谓博尽眼球。火星土著的发现让登陆火星的数十亿元开销没有白费。这可是外星人哪。

他把直升机降落在这队布利克人附近的平坦沙地上,关闭旋翼,打开舱门,走出机舱。

他穿过沙地朝那些不能动弹的布利克人走去,上午的阳光热辣辣地晒在身上。他们还活着,正睁着眼睛盯着他看。

"愿我身上的雨洒向尊贵的朋友。"他用布利克方言向他们喊出一句地道的布利克式问候语。

走到近前,他看清这些人里有一对满脸皱纹的老夫妇、一对看起来也是两口子的年轻男女,还带着一个婴儿。他们显然是一家人,单凭自己的力量徒步穿越沙漠,多半是为了寻找水源或食物,也许他们赖以维生的绿洲已经干涸。这就是布利克人的典型困境,他们的艰苦跋涉往往落得这么个结果。他们躺在这里,一步也走不动了;体内水分丧失殆尽,活像几堆干瘪的植物,要不是被联合国卫星侦测到,他们很快就会死去。

那个布利克小伙慢慢地站起来,屈膝施礼,并用颤抖而虚弱的声音说:"尊驾携雨而来,赐予我们活力和元气。"

杰克·波伦把水壶扔给布利克小伙。小伙随即跪下,拧开壶盖,递给躺在地上的那对老夫妇。老妇一把抓过水壶,仰头便喝。

效果立竿见影。她仿佛一下子注入了生命力,脸上那层死灰色就在杰克的眼皮底下快速地褪去。

"我们可以灌满蛋壳吗?"布利克小伙问杰克。沙地上竖立着几个灰白色的帕卡蛋壳,杰克看到里面全都空空如也。布利克人用这些蛋壳盛水,他们连制作陶罐的技术都没有掌握。可是杰克转而一想,他们的祖先曾经挖凿过大运河网。

"当然可以。"他说,"还有一艘飞船正往这儿赶,带着足够的水。"他返回直升机,取出午餐提盒,又过来交给布利克小伙。"是吃的。"他说,好像他们认不出来似的。那对老夫妇已经站了起来,伸出手颤颤巍巍往前挪着。

杰克身后响起另一架直升机的轰鸣声。那是架大型双人直升机,向这边滑行一段距离后着陆了,旋翼仍保持低速转动。

飞行员朝下喊道:"还用得着我吗? 要是用不着,我就上路了。"

"我给他们的水不太够。"杰克说。

"好。"飞行员说完关闭旋翼,跳出机舱,用力拎着一桶五加仑的水,"这个可以给他们。"

杰克和飞行员站着看布利克小伙用水桶灌满蛋壳。他们的家当不多—— 一袋毒箭,每人一张兽皮;两个女人各有一块砧板,那是女人专享的财产:没有砧板就不能算合格的女人,负责狩猎采集的人不管带回兽肉还是谷物,都要用砧板来加工;另外还有一些香烟。

"我的乘客，"年轻的飞行员对杰克耳语道，"不把联合国的强制救援令当一回事。他也不想想天上有卫星盯着，要是你不停下来就会被发现。到时候罚款罚死你。"

杰克转头往上瞧了瞧停着的直升机，里面坐着一个敦实的秃顶男子，一看就是平时吃得油水很足，一副志得意满的样子。这个男人一脸不悦地向外张望，却对五个布利克人视而不见。

"法律必须得服从，"飞行员继续说着自己的道理，"要不然他们罚起来，吃大亏的还是我。"

杰克走到直升机旁，抬头朝里面的秃顶胖子喊道："救了五个人的命，你不感到欣慰吗？"

秃顶男子向下看着他说："你是指五个黑鬼吧。我不会管这个叫救了五个人，你会吗？"

"我会，"杰克答，"以后也会这么说。"

"那就随你的便喽。"秃顶男子说完，涨红着脸朝杰克的直升机瞟了一眼，认出了机身上的标识，"所以你也就混成这样了。"

年轻飞行员走到杰克身边，急忙道："跟你说话的是阿尼。阿尼·科特。"接着朝上喊了一声，"我们可以走了，阿尼。"飞行员爬上直升机，消失在机舱内，旋翼又转动起来。

直升机升上天空，现在只剩杰克和五个布利克人了。他们喝过了水,正在吃杰克给的午餐提盒里的食物。空水桶搁在一旁。帕卡蛋壳都灌满了水,蛋口也已塞紧。直升机飞走时布利克人没有抬头看。他们的注意力也没在杰克身上,而是用方言在窃窃私语。

"你们去哪里?"杰克问他们。

布利克小伙报了一个绿洲的名字,往南还有很远的路。

"你觉得能走到?"杰克说,又指着老夫妇问,"他俩能行吗?"

"能行,先生。"布利克小伙答道,"有了你和另一位先生给的食物和水,我们到得了。"

我怀疑他们是不是真能走到,杰克心想。明知不行他们也常常说行。出于种族自豪感吧,我猜。

"先生,"布利克小伙说,"我们有一样礼物送给你,感谢你停下来帮我们。"他向杰克递过来一件东西。

他们的家当实在少得可怜,杰克难以相信还能得到什么回赠。不过他还是伸出手去,布利克小伙把一个冷冰冰的小物件放在他掌心。杰克看着这个黑不溜秋、又皱又干的东西,觉得像一截树根。

"这是水巫。"布利克小伙说,"先生,它会给你带来水,生命之源,有求必应。"

"它没有帮到你们,不是吗?"杰克说。

布利克小伙狡黠地微微一笑,说:"先生,它帮到我们了,它召来了你。"

"没了它你们以后怎么办?"杰克问。

"我们还有一个。先生,我们会做水巫。"布利克小伙指了指老夫妇,"他们是行家。"

杰克仔细观察水巫,它有一张脸,四肢也依稀可见,是由某种生物制成的木乃伊。杰克分辨出这里是它细长的腿,那里是耳朵……顿时寒毛直竖。它的面孔像是扭曲的人脸,干瘪而痛苦,仿佛是在喊叫中被取了性命。

"用法呢?"他问布利克小伙。

"以前求水的时候,只要往水巫身上撒尿,她就会活过来。现在我们不这么干了,先生,我们从你们这些先生身上学到撒尿是错的,所以我们改成朝她吐口水了,她也能听见,差不多跟以前一样。她被叫醒后,会睁开眼睛四处张望,接着张嘴开始召唤水。她就是这样把先生你召唤来的,还有另一位先生,就是那位坐着没下来、脑袋上没头发的胖子。"

"那位先生来头可不小。"杰克说,"他是管道工工会定居区的一号人物,整个刘易斯敦都是他的。"

"也许吧。"布利克小伙说,"要是这样的话,我们就不在刘易斯敦停留了，能看出来那位没头发的先生不喜欢我们。虽然他给了我们水，但是我们没有回赠水巫，因为他并不是心甘情愿地把水给我们；驱使他这样做的不是内心，他只不过是做做样子。"

杰克向布利克人道别，走回直升机，片刻后，直升机起飞了。下方，布利克人庄重地挥着手。

我要把水巫给戴维，他决定。周末回家就给。他往上面撒尿也好，吐唾沫也好，随他喜欢。

3

　　诺伯特·斯坦纳是个单干户,有一定的行动自由度。在邦奇伍德园区外的一座小型钢铁建筑物里,他用百分之百的自种果蔬和矿物质生产健康食品,不使用防腐剂、化学喷剂和别家爱用的无机肥。他委托邦奇伍德园区里一家公司提供盒、箱、罐、袋等式样的专业包装,自己则往来于火星各地,直接向消费者推销产品。

　　他的赚头不错,毕竟没有竞争对手,他是火星上唯一一户经营健康食品的商家。

　　他还有一项副业,从地球进口各种美食,如松露、鹅肝酱、鱼子酱、袋鼠尾汤、丹麦蓝纹奶酪、烟熏牡蛎、鹌鹑蛋、朗姆蛋糕等,所有这些食品在火星上都是禁售的,因为联合国在拓居地强制推行食物自足政策。联合国食品专家宣称食物若经太空运输,可能会受有害辐射污染而危及健康,但斯坦纳明白其实不是这么回事;他们真正担心的是,一旦"老家"发生战争,拓居地会遭受池鱼之殃。到那时,食品将会停运,倘若拓居地不能自给自足,短期之内就会因为大饥荒而导致人口灭绝。

斯坦纳认为这不无道理,但也并不打算乖乖听话。走私几罐法国松露,既不会造成奶牛场停产,也不会让猪、牛、羊养殖场丧失赚钱的动力。即使各定居区出现二十块一玻璃瓶的鱼子酱,那些苹果树、桃树、杏树还不是该种的种,该养的养,该喷药的喷药,该浇水的浇水。

此时,斯坦纳正在检查昨夜到货的一批听装土耳其甜点——哈尔瓦,货物是由往来于马尼拉和罗斯福山脉的自动导航飞船运送的,斯坦纳雇用布利克人在这片荒山野岭上修建了一座微型着陆场。哈尔瓦是热销品,在新以色列尤其受欢迎。斯坦纳一面检查罐头是否受损,一面盘算着每听至少能赚五块钱。他还想到了刘易斯敦的老阿尼·科特,凡是斯坦纳能够搞到的甜食,阿尼几乎都要,各种奶酪和鱼罐头也是阿尼的心头好,更别提五磅①装加拿大烟熏培根罐头了,当然还有荷兰火腿。事实上,阿尼·科特是他最好的客户。

斯坦纳坐在仓库里,从这儿能望见他违法建造的小型私家着

---

① 磅,英美制质量或重量单位。1磅等于16盎司,合0.4536千克。5磅≈2.27千克。

陆场。场内竖立着昨晚降落的火箭飞船。斯坦纳的技师——斯坦纳本人毫无动手能力——正忙着为火箭返航马尼拉做准备。这支火箭仅二十英尺①高,小归小,却是瑞士制造的,相当稳定。火星上空的红日照着四周的峰峦,投下长长的阴影。斯坦纳打开煤油炉让仓库暖和起来。技师看见斯坦纳正在库房窗口张望,便点头示意火箭已准备就绪,可以装载回程货物了,于是斯坦纳暂时放下哈尔瓦罐头。他握住手推车的把手,推着一堆纸箱装的货物走出库房大门,来到岩石地面。

"看上去超过一百磅了。"见斯坦纳推车走近,技师责怪道。

"这些纸箱很轻的。"斯坦纳说。这些箱子里装的是干草,在菲律宾经过特殊加工后,可得到酷似大麻的制品,通常混合普通弗吉尼亚白肋烟一起吸,在美国售价极高。斯坦纳自己从没试过这玩意儿。在他的观念里,身心健康是不可分离的一体——他只崇尚自家的健康食品,烟酒不沾。

斯坦纳和技师奥托一同把货物装上飞船,关闭舱门,奥托设置好导航系统仪表。几天后,马尼拉的何塞·帕斯奎多将卸下货物,查看斯坦纳随船发来的订单,再照单准备下次发运的货物。

"我能搭你的直升机回去吗?"奥托问。

"我得先跑一趟新以色列。"斯坦纳答。

---

① 英美制长度单位,1英尺等于12英寸,合0.3048米。20英尺≈6.10米。

"那好吧。我时间也多。"

奥托·齐特曾经单干过黑市小买卖,专门倒腾电子设备和精密易损的小型元件,是通过往来于地球与火星的普通飞船走私的。有几次他尝试弄来一些抢手的黑市货,如打字机、照相机、磁带录音机、皮草和威士忌,但竞争对手把他挤出了局。在各大拓居地,生活必需品的大规模买卖已由几家专精此道的黑市大佬所把持,他们都拥有雄厚的财力和完善的运输系统。不过,奥托倒也志不在此。他真正想干的是修理工。事实上他就是为了这个才来火星的,当初他不知道维修业已被两三家公司以行会专营的形式所垄断;其中有一家易氏公司,斯坦纳的邻居杰克·波伦就在里面打工。奥托参加过资格考试,可成绩不太理想。于是,在火星待了一年光景后,他开始一边为斯坦纳干活,一边做着自己的进口小生意。虽有屈尊俯就之感,但总比在拓居地工作队里干体力活要好,不必顶着日头去沙漠里垦荒。

和奥托一道走回仓库时,斯坦纳说:"虽然我整天得跟那帮以色列人打交道,但我其实受不了他们。他们不是正常人,我是指那种住在营房里的生活方式,还有就是没完没了地种果树,什么橙子树、柠檬树,你知道的。他们的优势别人比不了,因为他们'老家'的生活条件差不多跟咱这儿一样,全是沙漠,资源少得可怜。"

"没错，"奥托说，"可你不服不行，他们干起活来的确卖命，不偷懒。"

"这只是一方面，"斯坦纳说，"要论吃东西，他们就是伪君子了。看看他们从我这儿买的肉罐头有多少是'不洁净①'的吧。他们没有一个遵守饮食教规的。"

"那简单，要是看不惯他们买你的烟熏牡蛎，不卖就是了。"奥托说。

"那是他们自己的事，与我无关。"斯坦纳说。

他去新以色列还有一件事，连奥托都不知道。斯坦纳有个儿子寄宿在那边的"特殊儿童"康复营里。所谓"特殊儿童"是指生理或心理上异于常规标准、无法就读公立学校的孩子。斯坦纳的儿子患有自闭症。三年来，康复营治疗师一直在设法使他融入人类文明，融入生养他的这个大家庭。

有个自闭症孩子是特别丢脸的事，心理学家认为这种病症来源于父母身上的缺陷——通常是指精神分裂倾向。曼弗雷德·斯坦纳已经十岁了，从来没有说过一个字。他爱踮着脚乱跑，见人就躲，好像别人都是带尖带刺的危险品。从外表看，他是一个高大健壮的金发男孩。他的出生给斯坦纳夫妇带来了欢

①犹太教将食物分为"洁净"（可食）和"不洁净"（不可食）两大类，猪、兔等奇蹄动物，贝类、虾蟹等无鳍无鳞的海产，或未按教规宰杀、加工的肉类均属不洁净食物。

乐,这种好日子持续了约有一年。而现在——连本－古①康复营的治疗师也指望不上了。不过这位治疗师向来乐观,乐观是她工作的一部分。

"我可能要在新以色列待一整天。"斯坦纳一面说,一面和奥托往直升机上装哈尔瓦罐头,"那些该死的基布兹②,我得一个个去跑,很费时间。"

"为什么不让我一起去?"奥托气冲冲地问。

斯坦纳拖着脚步,垂着脑袋,歉疚地说:"你误会了。我当然想有个伴儿,但——"他犹豫了一下,差点儿跟奥托吐露实情。"我捎你到牵引式公交终点站——好吗?"他觉得很累。等进了本－古康复营,他会看到曼弗雷德还是老样子,从不和别人目光接触,总是在人群的外围跑来跑去,与其说是个孩子,不如说更像一头紧张而警觉的动物……这种探视几乎毫无意义,可他不得不去。

斯坦纳心底里觉得这一切都是妻子的错。曼弗雷德还在襁褓中时,妻子从不跟他说话,也没有爱抚的表示。她学的是化学专业,有一颗知识分子的理性头脑,却不是当母亲的料。她给宝

---

① 以色列首任总理本－古里安的缩写,后文多用缩写,偶用全称。

② 基布兹是希伯来语"聚集"的意思,指以色列的一种集体社区,社区成员没有私产,工作不领工资,享受免费的衣食住行、教育、医疗等福利。

宝洗澡和喂奶的样子,就像在对付实验室里的小白鼠。虽说宝宝总是干干净净、健健康康的,但她从来没给宝宝唱过歌,从不和他一起笑,也没有好好地跟他说过什么话,所以他得上自闭症并不奇怪,还能变成什么样?想到这儿,斯坦纳觉得现实真残酷。娶一个硕士女也不过是这么个结果。他又想到隔壁波伦家的男孩子,整天嚷啊玩啊——只要瞧瞧西尔维娅·波伦就明白了。她才是一个地地道道的母亲和女人,有活力,有魅力,劲头十足。当然,她性格强势,也有自私的一面……对自己的利益算得门儿清。但斯坦纳就是欣赏她这一点。她内心强大,不会滥用感情。就拿供水那事来说,看看她的态度吧。根本没法让她动摇,即使声称自家水箱漏掉了两周的存水也不管用。回想起来,斯坦纳苦笑了一下。西尔维娅·波伦连一秒钟也不会上当。

奥托说:"就捎我到公交终点站吧。"

斯坦纳松了一口气,"这就对了。你没必要去忍受那些以色列人。"

奥托盯着他,"说实话,诺伯特,我不反感他们。"

两人一起钻进直升机,斯坦纳坐在控制台前,发动了引擎。他没再对奥托说什么。

斯坦纳把直升机降落在新以色列北部的魏茨曼机场。刚才说了以色列人的坏话，他觉得心里有愧。他是为了劝奥托不要跟来才故意说那些话，但这么干还是不对，有违良心。怕丢人呗——他找到了自己说坏话的动机；在本－古康复营藏了个有缺陷的儿子，他感到丢人……只要能保住脸面，一个人真是什么都说得出口。

没有那些以色列人，他儿子就得不到照顾。火星上没有其他收容特殊儿童的机构了，不像在"老家"，类似的机构有几十家，不管什么机构"老家"都是一抓一大把。康复营对曼弗雷德的收费也低廉得很，只是象征性收一点儿。斯坦纳停好直升机，跳出机舱，感到越来越内疚，到最后简直不知该如何面对那些以色列人了。他觉得别人也许能看透自己的心思，也许凭直觉就能知道他在背地里说过什么坏话。上帝保佑这不会真的发生！

不过见到以色列机场工作人员亲切地招呼自己，他的内疚感开始消退，毕竟谁也没有读心能力。他提着沉重的箱子穿过机场来到停车场，这里有牵引式公交等着把乘客接往中心商务区。

他上了车，还没坐稳当，就想起忘记给儿子带礼物了。米尔奇小姐，就是那位治疗师，嘱咐过他每次都要带件礼物去，而且得是耐用的，这样在他走后，曼弗雷德还能通过礼物回忆起他爸爸。得在哪儿停一下，斯坦纳心想，买件玩具或是游戏什么的。这时他想起来，有一位常去本－古康复营探望孩子的母亲在新以色列开了一家礼品店,埃斯特黑齐夫人。可以去她的店。这位夫人见过曼弗雷德,了解特殊儿童是怎么回事。她应该知道送什么礼物合适,也不会问一些令人尴尬的问题,比如,孩子多大了?

他在离礼品店最近的一站下了车,走在人行道上,欣赏着一间间门面不大、布置讲究的店铺和办公室。新以色列在许多方面让他想到"老家",这是一座名副其实的城市,比邦奇伍德园区和刘易斯敦更有都市味儿。人群熙来攘往,大部分行色匆匆,一副公务繁忙的样子。这种生机勃勃的商务氛围让他陶醉。

他来到那家装饰着时髦招牌和倾斜式玻璃橱窗的礼品店。要不是窗台花箱里种着火星灌木,它跟柏林市中心的商店没什么两样。他走进店里,看见埃斯特黑齐夫人正站在柜台后面。她认出了斯坦纳,微微一笑。夫人四十出头,黑发,端庄而不失魅力;一贯穿着考究,总给人以富有朝气、头脑敏锐的印象。众所周知,埃斯特黑齐夫人积极投身公民事务与政治活动,出版时事通讯,加入了一个又一个委员会。

她有个孩子也在本—古康复营,这是一个秘密,只有少数家长知情,当然还有营里的工作人员。孩子很小,只有三岁,因胎儿期暴露于伽马射线中,天生带有可怕的生理缺陷。斯坦纳只见过这孩子一次。本—古康复营里有形形色色的严重病例,不管多么离奇,他都慢慢习惯了。第一眼看到埃斯特黑齐的孩子,他还是吓了一跳。这孩子太小,太干瘪了,却长着一对像狐猴一样的大眼睛,还生有罕见的蹼指,活像某种水栖动物。斯坦纳觉得这孩子的感知力敏锐得惊人。孩子紧紧地盯着他,仿佛直抵他的内心深处,那里通常是外人的禁区,也许连他本人都无法进入……当时就像有一只触手伸了出来,开始刺探他的隐秘,随后又缩了回去,似乎得出了结论:就已掌握的情况而言,可以接受此人。

他猜测这孩子出生在火星上,俗称火星人,父亲不知何许人也,因为埃斯特黑齐夫人目前一个人过。这是她自己在聊天时透露的,她面不改色、大大方方地说着这些事。她已离异多年。显然,本—古康复营里的那个孩子是私生子,但正如许多现代女性那样,埃斯特黑齐夫人并不以此为耻。斯坦纳也很认同她的观点。

斯坦纳放下沉重的箱子,说:"你这家小店真别致,埃斯特黑齐夫人。"

"谢谢。"她从柜台后面绕出来,"要帮忙吗,斯坦纳先生? 你是来推销酸奶和麦芽的吗?"她的黑眼睛闪着光。

"我要给曼弗雷德买件礼物。"斯坦纳说。

她脸上现出同情的神色。"我明白了。嗯——"她转身朝一个柜台走去，"有一回我去康复营，见到了你儿子。他看上去对音乐有兴趣吗？很多自闭症孩子爱听音乐。"

"他爱画画，整天画个没完。"

她拿起一支貌似笛子的木制小乐器，"这是本地货，做工也很好。"她把东西递过来。

"好，"他说，"我就要这个了。"

"米尔奇小姐想用音乐来打动营里的自闭症儿童，"埃斯特黑齐夫人开始包装木笛，"以舞蹈为主。"接着犹犹豫豫地说，"斯坦纳先生，你知道我跟'老家'的政界一直保持联系。我——有人传言联合国正在考虑——"她压低声调，脸也白了，"我实在不愿意惹你心烦，斯坦纳先生，可要是这事有影儿，其实应该已经……"

"请直说。"但他现在后悔进了这家店。没错，埃斯特黑齐夫人的确消息灵通，能打听到重要的事，但只透露个大概而不说清来龙去脉，只会让他心里没底。

埃斯特黑齐夫人接着说："眼下联合国应该在辩论一项议案，跟特殊儿童有关的。"她声音发颤，"议案要求关闭本－古康复营。"

他隔了一会儿才说出话来："可这是为什么呢？"他盯着对方。

"他们怕——不瞒你说，他们不愿看到在拓居星球上出现所谓的'残次品'。他们想让人种保持纯粹。你懂了吗？我懂，可我——总之，我不同意。大概因为我自己的孩子吧。也不是，我就是不同意。他们没把'老家'的特殊儿童当成麻烦，但对于我们这批人，他们有更高的要求。你得理解，他们把理想和厚望都寄托在我们身上……还记得你家移民之前，你自己是怎么想的吗？'老家'人会把火星特殊儿童看成是地球在未来仍旧要面对的一个大问题，因为在他们眼里，我们恰恰代表着未来，而且——"

斯坦纳打断她，"你确定有这么个提案？"

"基本确定。"她面朝斯坦纳，下巴高抬，一双敏锐的眼睛显得很镇定。"我们再怎么小心也不过分。要是他们真的关闭本—古康复营，就太可怕了，这样一来——"她刹住话头。斯坦纳从她眼神里读出了某些难以启齿的内容。那些特殊儿童，包括他们自己的儿子，都将以某种科学无痛、瞬间致死的方法遭到屠杀。她是这个意思吗？

"只管说。"他催促道。

埃斯特黑齐夫人继续道："孩子们都要被安排去睡觉了。"

他一阵反感，"你是指杀掉吧。"

"哦，"她说，"你怎么能这么说，难道你不在乎吗？"她惊恐地瞪着斯坦纳。

"上帝啊!"斯坦纳万分痛苦地说,"假如这事有影儿——"他心里并不相信她的话。也许是自己不愿相信?还是因为这事听起来太恐怖?都不是,斯坦纳想。是不相信她的直觉以及她对现实的领悟力,她会听信一些以讹传讹、毫无道理的谣言。或许是有那么个提案跟这事沾边,仅仅是对本—古康复营和孩子们有点儿影响而已。其实,他们——特殊儿童的父母——一直都生活在阴影之中。他们曾经读到过一份材料是这么说的:若能证明某人的生殖腺已发生永久性变异,通常是受过大剂量伽马射线的照射,则可对此人及其子女施以强制性绝育。

"联合国里是谁发起这项提案的?"斯坦纳问。

"应该是行星健康福利委员会的六个成员起草的。"她开始写字,"这是他们的名字。接下来,斯坦纳先生,我们希望你给这些人写信,而且发动所有你认识的人都——"

斯坦纳听而不闻,付了笛子钱,道了谢,接过折好的纸包,迈步走出了礼品店。

该死!真希望没进这家店!她就喜欢说这种事吗?中年妇女特爱瞎传这些鬼话,她们一开始就不该掺和公共事务,难道这个世界上的麻烦还嫌不够多吗?

然而,斯坦纳心里响起了一个冷静的声音:也许她是对的。你必须正视这件事。斯坦纳提着沉重的箱子闷头赶路,心里又乱又怕,对身边新开的小店视而不见。他步履匆匆地赶往本—古康复营,儿子正在那里等他。

斯坦纳走进本—古里安康复营宽敞的玻璃穹顶日光浴室,年轻的米尔奇小姐正站在里面。她有一头浅棕色头发,穿着工作服和凉鞋,身上到处溅着黏土和颜料;她眉头紧锁,一副忙乱的神情。她朝斯坦纳走来,甩了一下头,把脸上乱蓬蓬的头发朝后捋了捋,"哈罗,斯坦纳先生。今天真够瞧的!新来了两个孩子,有一个还是捣蛋鬼。"

"米尔奇小姐,"他说,"我刚才在埃斯特黑齐夫人的店里跟她聊了聊——"

"她说起外面传的那个联合国提案了吗?"米尔奇小姐现出疲态,"没错,是有这么个提案。安妮能打听到各种各样的内部消息,不过我不清楚她的渠道是什么。在曼弗雷德面前最好别露出烦躁情绪,尽量做到吧。两个新生今天已经把他搞烦了。"她走在前边,领着斯坦纳先生出了日光浴室,沿走廊前往他儿子所在的游戏室。斯坦纳紧赶几步,拦住了她。

"对于这项提案我们能做点儿什么吗?"斯坦纳紧张地问,随后放下箱子,手里只捏着埃斯特黑齐夫人装木笛的纸袋。

"我不知道我们能做什么。"米尔奇小姐答。她慢慢地走到门口,把门打开。孩子们响亮的尖叫声猛地钻进耳朵。"以色列政府,不管是新以色列还是'老家'那边的,都提出了强烈抗议,还有几个政府也做了类似表态。但这件事基本上是秘密进行的。提案是保密的,有关行动也肯定见不得光,他们不希望引发恐慌。这个问题太敏感了。谁也不知道舆论会有什么反应,甚至不知道应不应该去听媒体的意见。"她说话的尾音拖得很长,显得又累又脆弱,听上去已经筋疲力尽了。接着好像又振作起来,拍拍斯坦纳的肩膀,说:"我想,一旦他们关掉康复营,最坏的情况不过是把特殊儿童送回'老家'去。我猜不至于会消灭这些孩子。"

斯坦纳马上接话:"送回地球的康复营去。"

"我们去找曼弗雷德,"米尔奇小姐说,"好吗?我想他知道今天你要来。刚才他还站在窗边来着,当然,平时他也爱待在那儿。"

突然,他略带哽咽地脱口说了一些话,连自己都吃了一惊,"我在想他们也许是对的。一个不会说话,也没法与人相处的孩子又有什么用呢?"

米尔奇小姐看了他一眼,没吭声。

"他不可能找得到工作,"斯坦纳说,"永远是社会的负担,就像现在这样。不对吗?"

"自闭症儿童至今仍是一个不解之谜。"米尔奇小姐说,"我们既不知道病理又不清楚病因。不少患儿多年来对外界刺激毫无反应，不知怎么的，突然一下子就会开窍，对于这种现象我们也不明白其中的道理。"

"凭良心讲，我现在不能反对这项提案，"斯坦纳说，"还得仔细考虑考虑再说。一开头给我的震惊已经过去了。那样安排兴许是合理的。我有这种感觉。"他的声音有些发抖。

"好吧。"米尔奇小姐说，"幸亏你没跟安妮·埃斯特黑齐这么讲，否则她不会饶过你的。她会追着你发表讲演，直到你改主意才罢休。"她拉住门，眼前就是宽敞的游戏室，"曼弗雷德在那边的角落里。"

斯坦纳从远处望着儿子，心里琢磨，光凭眼睛看绝不会知道他有什么特殊的。大脑袋，漂亮的头型，自然鬈发，标致的相貌……他正弯着腰，全神贯注地盯着手里的什么东西。这男孩真帅，一双眼睛忽闪忽闪的，有时露出嘲弄的神情，有时又显得兴高采烈……这两种表情竟能和谐共处。他踮着脚尖四处飞奔，仿佛和着无声的音乐翩翩起舞，那是他内心奏出的曲调，让他自己痴迷不已。

跟他一比，我们太缺乏想象力了，斯坦纳想。简直无聊。我们好比爬行的蜗牛，而他总是在舞蹈，在跳跃，似乎不受引力束缚。他会不会跟我们不同，是由某种尚未被人发现的原子构成的？

"嗨,曼尼①。"斯坦纳先生招呼儿子。

孩子没有抬头,也没有任何表示,仍在摆弄手里的东西。

我要写信给那项提案的起草人,斯坦纳暗想,告诉他们我有个孩子就在康复营里,而且我支持他们。

这个想法一冒出来,连他自己都害怕。

这是谋杀,是要曼弗雷德的命——他意识到。这条消息勾起了我对他的怨恨。我理解他们为什么不能公开辩论了,许多人都怀有这种怨恨,我打赌。只不过埋在心里没有发觉而已。

"笛子不给你了,曼尼。"斯坦纳说,"干吗要给你呢? 你在乎吗? 不。"孩子还是没有抬眼看一下,也没有听见了斯坦纳的话的迹象。"毫无反馈,"斯坦纳说,"你什么都不懂。"

斯坦纳正站着,穿白大褂、高高瘦瘦的格劳布医生拿着夹纸板走了过来。斯坦纳冷不丁瞧见他,吓了一跳。

"关于自闭症有一种新理论,"格劳布医生说,"是瑞士贝格霍尔茨莱的专家提出来的。或许能启发我们用一种新方法治疗你的儿子,我想现在和你讨论一下。"

"我看未必能行。"斯坦纳说。

格劳布医生像没听见似的自顾自说道:"这种理论认为自闭症患者存在时间感紊乱的问题,他们觉得周围环境变化速度太

———————
① 曼弗雷德的昵称。

快,所以跟不上节奏。实际上是他们缺乏正确感知时间的能力,就像我们面对快进的电视节目时一样,既看不清飞快移动的东西,也听不懂乱七八糟的声音——对不对? 只有乱成一团的尖叫声。这种新理论提议将自闭症患儿安置在一个封闭舱内,让他面对一块慢速放映的屏幕——你明白吗? 声音和画面都放慢速度,慢到你我都感觉不到东西在动,也理解不了话语的含义。"

斯坦纳不耐烦地说:"真棒。精神疗法总会冒出新玩意儿来,不是吗?"

"是的,"格劳布医生点点头,"特别是瑞士人,他们善于洞察精神失常者的世界观,包括那些已切断正常交流渠道的自我封闭者——对不对?"

"对。"斯坦纳答。

格劳布医生点着头又往前走了几步,在一位母亲身边停下脚步,母亲正陪着她的小女孩坐在那里看布制图画书。

大灾前的希望,斯坦纳想。格劳布医生不知道地球当局随时会关闭本-古康复营吗? 这位好医生就知道埋头傻干……陶醉在自己的计划里。

斯坦纳跟在格劳布医生后面,等他们的交谈出现停顿,便插话道:"医生,我想再跟你讨论一下这个新理论。"

"好,好。"格劳布医生应道。他向母女俩说了声"失陪",然后把斯坦纳带到一边以便私下交流。"这种时间速率的理论能为无力与外界交流的人开启一扇大门,这些人感觉周围的一切都发生得太快,快得——"

斯坦纳打断他说:"就算你们的理论行得通,你怎么来帮具体的病人康复?难道打算让他一辈子待在封闭舱里看慢镜头吗?我觉得,医生,你们这儿的人都在'过家家'。你们并没有正视现实。本-古康复营里有一个算一个,都太单纯了。一点儿心眼也没有。但外面的世界——就不是这么回事了。这个地方太高尚,太理想化,可你们在欺骗自己。所以,依我看,你们也在欺骗病人。请原谅我这样说。慢镜头封闭舱就是你们这个地方的缩影,也代表了你们这些人的态度。"

格劳布医生边听边点头,神情专注。"已经有公司答应为我们提供实用的设备了,"等斯坦纳讲完他才说,"就是地球上的西屋电气。人的社交活动主要依赖声音,这家公司为我们设计了一种录音机,能帮助精神障碍患者——比如你儿子曼弗雷德——采集音频信息,用氧化铁磁带录下来,再立刻慢速回放给他听;然后擦掉这条信息,继续录制下一条,以此类推,通过这种办法让患者以自己的时间速率与外界长久保持联系。将来,我们还希望能有一部摄像机,为患者持续提供与录音同步慢放的外界视频信息。当然,这与真正融入现实仍然存在一定的距离,触觉方面的困难也还存在——但我不同意你刚才说的：这个概念太理想化，不切实际。看看试用不久就广受欢迎的化学疗法吧。兴奋剂可以加快患者的心理时间感，使他们有能力分辨外界涌来的刺激，但当兴奋剂药力失效时，患者的新陈代谢又会恢复到原先的失调状态，认知反应也就随之慢了下来——对不对？这让我们大受启发。我们领悟到精神失常归根到底是一个化学问题，而不是心理学问题。只做了一次实验，就推翻了六十年来的错误观念，采用阿米妥钠——"

"做梦吧。"斯坦纳打断道，"你永远别想打我儿子的主意。"他转身离开了格劳布医生。

斯坦纳走出本－古康复营，搭巴士来到红狐，这是一家时尚餐厅，也是他的大客户。跟老板做完生意后，他坐在吧台前喝了一会儿啤酒。

格劳布医生真爱唠叨，没有这股子蠢劲他们也不会来火星了——在这个星球，一杯啤酒的价格抵得上两份苏格兰威士忌，就因为它含有更多的水。

红狐的老板，一个戴眼镜的秃顶矮胖子，往斯坦纳身边一坐，开口道："诺布①，遇上不顺心的事了？"

---

① 诺伯特的昵称。

斯坦纳说:"他们打算关掉本－古康复营。"

"好主意,"红狐老板说,"火星上不需要那些怪胎,这是给咱们抹黑。"

"我同意,"斯坦纳说,"至少在一定程度上。"

"就像20世纪60年代,因为一种德国药的副作用,有些婴儿天生长着海豹肢。本该把他们全都消灭掉的,健健康康的孩子有的是,干吗舍不得呢? 要是你的孩子胳膊多了少了,或是哪个部位畸形,你不会想让他活着吧?"

"是的。"斯坦纳说。有件事他没提,他老婆在地球上有个兄弟就是海豹肢症患者,先天无臂,生活起居依靠一对异常灵活的义肢,是一家专攻此类装备的加拿大公司为他设计的。

事实上他什么话也没跟这个矮胖子说,光是喝着啤酒,直愣愣地瞧着吧台后面的酒瓶子。他对这个人毫无好感,也从没和他聊起过曼弗雷德。他知道此人的偏见已然根深蒂固。这种人并不少见。斯坦纳对他恨不起来,只感到厌烦,懒得搭腔。

"那只是个开始,"老板说,"我是指那些出生在六十年代初的婴儿——不知道本－古康复营里有没有这种人——我从来没进去过,以后也绝不会去。"

斯坦纳说:"康复营里怎么会有呢? 他们算不上特殊儿童,特殊指的是独一无二。"

"哦,对,"他承认道,"我明白你的意思。不管怎么说,要是早些年把他们消灭掉,我们也就不会有康复营这种地方了。在我脑子里,生于20世纪60年代的怪物也好,后来那批据说是出生前照过辐射的怪胎也好,都没多大区别。我是说,都是因为基因缺陷,不是吗?"

"我儿子——"斯坦纳欲言又止,发现自己说漏嘴了。胖子直盯着他。"我儿子就在那里头,"斯坦纳还是说了出来,"我爱他不亚于你爱你儿子。我知道他总有一天会重获新生的。"

"我请你喝一杯,诺伯特。"胖子连忙道歉,"算我赔罪,我说那些有点儿过分了。"

斯坦纳说:"如果他们关掉康复营,对于我们这些家长简直就是一场难以承受的大灾难,我接受不了。"

"我明白你的意思,"胖子说,"我能理解你的感受。"

"如果你能理解,那你比我厉害,"斯坦纳说,"因为我自己都理解不了。"他放下空啤酒杯,跳下凳子。"我不想再喝了。"他说,"抱歉,我得走了。"他提起沉重的箱子。

"你来这儿不是一回两回了,"老板说,"康复营的事咱俩没少聊,可你从来不提有个儿子在里边。这就不上道了。"他看上去气呼呼的。

"怎么不上道?"

"废话，要是我早点儿知道，就不会说那些话了。错在你，诺伯特——你本来应该告诉我的，却故意瞒着。我最恨这档子事。"他气得满脸通红。

斯坦纳拎上箱子出了酒吧。

"今天真倒霉。"他不禁说出了声。见谁跟谁吵，下回来还得挨个道歉……假如还回来的话。可我必须回来，我的生意离不开这里。而且我还必须去本—古康复营，躲也躲不开。

突然，他想到了自杀。这个念头一冒出来就那么成熟，仿佛一直藏在心里，是他身体的一部分。做起来很容易，让直升机坠毁就行了。他想，当诺伯特·斯坦纳当得我烦透了；不管是当诺伯特·斯坦纳，还是兜售黑市食品或别的什么，都不是我爱干的事。我还有活下去的理由吗？我手不巧，什么都修不好，什么都做不来，脑子也不灵光，只能搞搞推销。我受够了老婆的挖苦，因为我搞不定用水设施——我也受够了奥托，可又离不开他，因为我连自己的生意都应付不了。

其实，他又想，自杀为什么非要等到上了直升机呢？街上隆隆驶来一辆庞大的牵引式公交，车身灰蒙蒙地沾满沙尘。这辆巴士从其他定居区来到新以色列，刚刚穿过沙漠地带。斯坦纳放下箱子，跑到街上，迎头冲向牵引式公交。

巴士连连鸣笛，同时响起气动刹车的尖叫声。斯坦纳低头闭眼一路往前冲,逼得四周车辆纷纷急停。直到最后一刻,汽笛声已震耳欲聋,他才睁开眼睛;他看见巴士司机正朝下瞪着自己,还看见了方向盘和司机帽子上的号码。紧接着……

在本－古里安康复营的日光浴室里,米尔奇小姐听到警笛声,随即停下了钢琴弹奏。她刚才在弹柴可夫斯基的《胡桃夹子》组曲里的《糖梅仙子之舞》,为孩子们的舞蹈伴奏。

"着火了!"一个小男孩说着走向窗口。其他孩子跟了过去。

"不对,是救护车,米尔奇小姐,"另一个男孩在窗边纠正道,"正往城里开。"

米尔奇小姐继续弹奏,孩子们一听琴声响起,便乱哄哄地返回原位。他们都是动物园里的狗熊,蹦跶着讨花生吃——在他们听来琴声表达的就是这个意思,米尔奇小姐在催促他们快去表演。

站在一边的曼弗雷德对音乐毫无反应,他低着头,现出若有所思的神情。在警笛声叫得最响的一瞬,曼弗雷德抬起了头。见此情形,米尔奇小姐顿时屏住呼吸,轻轻祈祷了一声。这孩子听见声音了! 她重重敲击琴键,把柴可夫斯基的曲子奏得更响了,内心充溢着喜悦:这说明她和医生们的判断是正确的,这孩子正是经由声音与外界发生了一次联系。现在曼弗雷德慢慢地走到窗边向外张望起来。他孤零零地站在那里,俯视着楼房和街道,想找到那个唤醒他、吸引他的声源。

毕竟还没到不可救药的地步,米尔奇小姐心想。下回要把这条喜讯告诉他爸爸。所以说,我们决不可轻言放弃。

她继续弹奏着钢琴,声音响亮又欢快。

4

下午过半,戴维·波伦顶着火星烈日,在自家菜园的尽头用湿土筑坝。一架联合国警用直升机降落在斯坦纳家门前,他一看就知道出事了。

一名穿蓝制服、戴着闪亮头盔的联合国警察跳下直升机,沿小道走向斯坦纳家的前门。两个小女孩出来,警察跟她们打招呼。他又和斯坦纳太太说话,随后消失在门里,门也关上了。

戴维站起来,匆匆奔出菜园,穿过水渠前的一片沙地;接着纵身跃过水渠,再跑过一小块平坦的泥地,斯坦纳太太在这里种过三色堇但没成活。在房子拐角处,他冷不防地撞见斯坦纳家的一个女孩子。她呆立在那儿,撕扯着一根乌尔草①,脸色苍白,一副快要生病的样子。

---

① 虚构的火星植物。

"嘿,出什么事了?"他问,"警察找你妈妈干吗?"

女孩瞥了他一眼,一溜烟跑开了。

我敢打赌我猜到是怎么回事了,戴维想。斯坦纳先生被捕了,他干了犯法的事。戴维兴奋得上蹿下跳。不知道他到底干了什么。戴维转身原路跑回,又一次跳过水渠,最后猛地打开了自家房门。

"妈!"他大喊着从一间屋子窜到另一间屋子,"嘿,你和爸爸不是老说斯坦纳先生在违法吗? 我是指工作上。哎,你猜怎么着?"

哪儿都找不到他妈妈。准是串门去了吧,他想。比如去赫尼西太太家,沿水渠往北走不多远。他妈妈常去别的主妇家串门,喝喝咖啡,聊聊八卦,一待就是大半天。这下可好,她们错过了一个大话题,戴维对自己说。他跑到窗前张望,生怕漏掉什么细节。

现在那个警察和斯坦纳太太已经来到屋外,一起慢慢走向警用直升机。斯坦纳太太拿一块大手帕捂住脸,警察扶着她的肩膀,好像跟她沾亲带故似的。戴维被吸引住了,看着两人钻进直升机。斯坦纳家几个女孩子站成一堆,个个表情古怪。警察又过来跟她们说了几句话,再返回直升机——这时他看见了戴维。他招呼戴维过去,戴维心里害怕,不过还是照做了。他出了房间,在阳光下眯起眼睛,一步步走向那个戴着闪亮头盔和臂章、腰里别着枪的警察。

"你叫什么,孩子?"警察带着口音问道。

"戴维·波伦。"他两腿发抖。

"爸爸妈妈在家吗,戴维?"

"不在,"他答,"就我一个。"

"你爸妈一回来,就请他们照顾一下斯坦纳家的小朋友,等斯坦纳太太回来。"警察发动直升机引擎,旋翼转了起来。"能做到吧,戴维? 你听明白了吗?"

"明白,长官。"戴维说。同时他注意到警察身上的蓝色条纹,说明对方是瑞典人。这孩子能认出所有联合国机构的标志。他想知道警用直升机能飞多快,看上去是个神速的家伙,他很想进去坐一坐:他不再害怕这个警察了,反而希望能多聊一会儿。可惜警察要离开了。直升机从地上升起,强风卷起沙尘扑向戴维,逼得他转过身去,抬起胳膊挡住了脸。

斯坦纳家的四个女孩仍旧扎堆站着,谁也没说话。老大在哭,眼泪顺颊而下,不过没发出声音。最小的才三岁,羞怯地朝着戴维笑。

"你们想帮我筑水坝吗?"戴维冲她们喊道,"你们可以过来,警察跟我说你们可以来。"

一会儿,小女儿朝他走来,姐姐们也跟了上来。

"你爸爸干了什么?"戴维问老大。她十二岁了,比戴维大。"警察说你可以告诉我。"他加了一句。

女孩没有答话,光是盯着他看。

"要是你告诉了我,"戴维说,"我决不会说出去的。我一定保密。"

在琼·赫尼西家围着篱笆、藤蔓盘绕的露台上,西尔维娅·波伦晒着日光浴,啜着冰茶,一面懒洋洋地聊天,一面听着屋里的收音机播放下午档新闻。

她旁边的琼抬起身子说:"哎,那个男的不是就住在你家隔壁吗?"

"嘘。"西尔维娅示意,她正竖着耳朵听广播。但没有详细报道,只有简简单单一句话:健康食品销售商诺伯特·斯坦纳在新以色列闹市区大街撞向巴士,自杀身亡。就是那个斯坦纳,没错。她一听就知道是隔壁的斯坦纳。

"太可怕了。"琼说着坐起身,紧了紧棉质圆点挂脖背心的系带,"我只见过他几面,可——"

"这个小个子的确可怕。"西尔维娅说,"他干出这事来我一点儿不奇怪。"但实际上她感到心惊胆战,不敢相信是真的。她站起来说:"撇下四个孩子——把四个孩子都扔给了老婆!这不可怕吗?她们往后该怎么过?眼看就走投无路啦。"

"听说,"琼接口道,"他做的是黑市生意。你知道吗?大概是被盯上了。"

西尔维娅说:"我还是马上回家吧,看看能不能帮帮斯坦纳太太。也许可以临时代她管一下孩子。"会不会是我的错?她暗问。会不会因为早上供水那事我不肯帮忙,他才想不开的?有可能,因为当时他就在那儿,还没去上班。

或许我们全家都有错,她又想。就拿态度来说——我家有谁真心对他们一家好过,包容过他们?但他们发起牢骚来实在是讨人嫌,又老爱麻烦别人,一会儿问你要这个,一会儿管你借那个……谁会看得起他们?

她走进卧室换上便裤和T恤衫,琼·赫尼西跟着她进了房间。

"对,"琼应和道,"你说得没错——我们都应该尽一份力,能帮多少帮多少。不知道她打算待下去呢还是回地球。换了我就回去——其实就算没出什么事,我也准备回去。这儿太无聊了。"

西尔维娅拿上钱包和香烟,向琼告辞,沿着水渠旁的步道往回赶。她气喘吁吁地走到家,刚好看见警用直升机消失在天上。这是给斯坦纳太太传噩耗来的,她断定。在后院,她发现戴维和斯坦纳家的四个女儿正在一起玩。

"他们把斯坦纳太太带走了吗?"她冲戴维大声地问道。

男孩匆忙站起,兴奋地跑上前来,"妈,她和警察一起走了。我在照顾女孩子们。"

这就是我担心的,西尔维娅想。四个女孩子仍然坐在泥坝旁边,缓慢而木然地玩着和泥巴游戏,谁也没有抬头看看她,打个招呼。她们似乎都变呆了,父亲的死讯无疑让她们深受刺激。只有小女儿恢复了一些生气,或许她还不能马上领会这条消息意味着什么。西尔维娅思量着,这个小个子的死亡阴影已经蔓延开来,影响到别人了,寒流正在扩散。她感到一股冷意袭上心头。连我这个看不惯他的人都受到了波及,她想。

看到斯坦纳家的四个女孩,她打了个寒战。这些肥嘟嘟、圆滚滚、呆愣愣、没教养的孩子难道就得我接手了吗? 她自问。一个回答从心里冒了出来,把其他想法全都挤到了一边:我绝不要! 她感到一阵恐慌,因为显然没有选择余地;现在她们不就在她的地界,在她的园子里玩了嘛——她已经接手了。

小女儿期待地问:"波伦太太,我们能再要点儿水筑坝吗?"

水,一天到晚要水,西尔维娅想。老是来吸我们的血,似乎这是她们的天性。她没有理会小女儿,而是对自己儿子说:"到屋里去——我要跟你谈一下。"

他俩一起走进屋内,在这里说话女孩们听不到。

"戴维,"她说,"她们的爸爸死了,收音机广播过。警察就是为这个来的,把她们的妈妈带走了。这段时间咱家要帮着她们渡过难关,"她想笑一笑,但笑不出来,"不管我们有多讨厌斯坦纳一家——"

戴维脱口说道:"我不讨厌他们,妈。他怎么死的? 心脏病发作了? 会不会遭到了布利克野人的攻击,有没有可能?"

"他是怎么死的并不重要,我们现在要考虑的是能为女孩子们做些什么。"她脑子一片空白,根本转不动,只知道自己不想让这些女孩待在身边。"我们该怎么做?"她问戴维。

"也许应该给她们做顿午饭。她们说还没吃过东西,斯坦纳太太刚要做来着。"

西尔维娅出了屋子,走上小道。"我要做午饭了,女孩们,谁想吃就跟着我回你们家。"她等了片刻,往斯坦纳家走去。回头看了一眼,发现只有小女儿跟了上来。

大女儿用哽咽的声音说:"不了,谢谢你。"

"你最好吃一点儿。"说是这样说,西尔维娅还是觉得松了口气。"来吧。"她问小女儿,"你叫什么?"

"贝蒂。"小女儿怯生生地说,"我可以吃个鸡蛋三明治吗? 还能喝可可吗?"

"我们去看看有些什么。"西尔维娅答。

后来，小女儿吃上了鸡蛋三明治，也喝上了可可。西尔维娅借此机会在斯坦纳家转悠起来。她在卧室里发现了感兴趣的东西：一张小男孩的照片，有一对晶晶亮的黑色大眼睛和一头鬈发。西尔维娅觉得这孩子就像一个绝望的异类生命，来自某个神圣而又可怕的非人类世界。

她把照片拿到厨房，问小贝蒂男孩是谁。

"这是我哥哥曼弗雷德。"贝蒂答，嘴里塞满了鸡蛋和面包。接着咯咯地笑起来，一边笑一边还吞吞吐吐蹦出一些词，西尔维娅听出来了，四个女孩子是不许向外人提这个兄弟的。

"他怎么没跟你们一起住呢?"西尔维娅好奇心十足。

"他在营里，"贝蒂说，"因为他不会说话。"

"真可怜哪。"西尔维娅又想，准是在新以色列的那个康复营。难怪不许女孩子提起，他属于那种你听说过却从未见过的特殊儿童。她感到悲从中来。这是隐藏在斯坦纳家的不幸，她完全没有想到。而斯坦纳先生正是在新以色列结束生命的。毫无疑问，他一直定期探望儿子。

这么说跟我们没关系了，她把照片放回卧室老位置时这样断定。斯坦纳先生是因为自己家的事才走上这条路的。现在她觉得如释重负。

真奇怪，她想，一个人听说别人自杀，立刻就会产生负罪感，还往自己身上揽责任。要是我没干这件事，要是我做了那件事……本来可以避免悲剧的发生，所以我有错。然而，她跟这件事没有关系，一点儿关系都没有。对于斯坦纳一家她纯粹是个局外人，跟他们的生活毫无交集，仅仅因为一阵神经质的负罪感，才在幻想中把自己牵扯了进去。

"你见过哥哥吗?"她问贝蒂。

"大概去年见过。"贝蒂犹犹豫豫地说，"他在玩捉人游戏，还有好多比我大的男孩子。"

这时，斯坦纳家另外三个女孩悄悄地鱼贯而入，在桌旁站好。待了片刻，大女儿突然说:"我们改主意了，我们想吃午饭。"

"好的。"西尔维娅说，"你们可以帮我敲鸡蛋、剥蛋壳。要不你们去把戴维叫过来? 让我把他也喂喂饱。大家一块儿吃，不是很开心吗?"

她们默默地一齐点头。

阿尼·科特走在新以色列的大街上，看见前方聚着人群，车辆都靠边停着。他顿了顿，拐个弯继续走向安妮·埃斯特黑齐的当代艺术礼品店。出事了，他想。抢劫? 街头斗殴?

不过他可没空去搞清发生了什么，只顾专心赶路，不久就到了前妻开的那爿时髦小店。他双手插在裤袋里，逛了进去。

"有人吗?"他兴致勃勃地喊道。

没人。准是出门看热闹去了,阿尼想。这算做的哪门子生意,连门都不锁。

没多大工夫,安妮上气不接下气地赶回店里。"阿尼,"安妮没想到他会在,"我的天,你知道出什么事了吗? 我刚刚跟他聊过天,就刚才,还不到一个钟头。现在他死了。"她眼里涌出泪水,一下子瘫在椅子上,找了张面巾纸擤鼻涕。"太可怕了,"她瓮声瓮气地说,"而且这不是意外,他是故意的。"

"哦,原来是这么回事。"阿尼一边说,一边在心里想,要是刚才过去看一眼就好了,"你说的是谁?"

"你应该不认识他。他有个孩子在营里,所以我见过他。"她擦擦眼睛,坐了一会儿。阿尼在店里东走走西看看。"好啦,"她开腔了,"找我有什么事吗? 很高兴见到你。"

"我那部该死的加密录音机坏了。"阿尼说,"正儿八经的修理服务有多难找,你是知道的。除了自己跑一趟还有什么办法? 一块儿吃顿午饭怎么样? 铺子临时关一下。"

"当然可以,"她心烦意乱地说,"不过让我先洗把脸。我觉得就像是我死了一样。我看见他了,阿尼。巴士活活轧过他的身体,惯性太大,根本刹不住。我想吃点儿午饭——我想离开这儿。"她匆匆走进洗手间,关上了门。

没多久,两人一起走上了人行道。

"人为什么要自杀呢?"安妮问,"我老是在想,我本来能阻止这事的。我卖给他一支笛子,他打算送给儿子。可笛子还在他手里,我在路边看到笛子和他的箱子放在一起——他没给儿子。会不会就跟笛子有关系呢?除了笛子,我本来还想推荐给他——"

"打住,"阿尼打断她,"这不是你的错。听着,假如一个人要自杀,谁也拦不住;反过来,你也没法逼一个人走上绝路。这种念头根植于他的血液,是他的宿命。日积月累,时候到了就像灵光一现,一下子就发生了——砰!说干就干了,明白吗?"他搂住安妮,轻轻地拍了她几下。

她点点头。

"话说回来,咱们自己也有个孩子在本-古康复营,但这不会让咱俩消沉。"阿尼继续说,"这并不是世界末日,对吗?我们还得过下去。你想去哪儿吃饭?对面那家红狐怎么样?有好吃的吗?我想来点儿炸大虾,见鬼,我快一年没见过大虾了。运输问题真得解决了,不然没人会移民过来。"

"不去红狐。"安妮说,"我讨厌那个老板。试试拐角那家吧,新开的,我还没去吃过。听说不错。"

他俩坐在那家饭店里等餐时,阿尼接着阐述他的观点:"凡是自杀,有一点你可以肯定,就是这个家伙明白:他对社会已经没用了。这就是他必须面对的真实自我。一旦发现自己对谁都不重要了,你就会走这条路。别的且不论,这件事我是拿得准的。自然规律就是这样——淘汰没有价值的东西,自我毁灭也是一种手段。所以,我不会因为有人自杀就失眠,假如你知道火星上有多少所谓自然死亡其实都是自杀,你准会吃惊的。想想吧,毕竟环境严酷。适者生存嘛。"

安妮·埃斯特黑齐点点头,但心情似乎并没有好转。

"再说这个家伙——"阿尼继续说。

"斯坦纳。"安妮插话道。

"斯坦纳!"他瞪圆眼睛,"诺伯特·斯坦纳,那个做黑市生意的?"他提高了嗓门。

"他卖健康食品。"

"就是那家伙!"阿尼大吃一惊,"哦,不,可别是斯坦纳啊。"天哪!他那些好货全是斯坦纳供应的,一天都离不了此人。

服务生上菜了。

"这太糟了,"阿尼说,"可以说糟糕透顶。今后我该怎么办?"他举办的每一场宴会,他为自己与某个姑娘——比如马蒂,特别是刚刚好上的多琳——安排的每一顿温馨双人餐,都……今天太他妈倒霉了,先是加密录音机,再加上这档子事。

"你有没有想过，"安妮问，"这跟他是德国人有点儿关系？自打那次医药事故造成海豹肢婴儿出生，德国的悲剧就没停过。我跟一些人聊过，他们坦率地表达了自己的看法，说这是德国人因为纳粹时期的罪行而遭到了上帝的惩罚。说这话的两个人都不是虔诚的教徒，而是生意人，一个在火星，另一个在'老家'。"

"那个天杀的蠢货斯坦纳，"阿尼说，"猪脑袋。"

"吃你的饭吧，阿尼。"她摊开餐巾，"汤看上去不错。"

"我不喝，"他说，"什么恶心玩意儿。"他把汤碗推到一边。

"你还是像个大娃娃，"安妮说，"爱发小脾气。"她怜悯地柔声道。

"得了吧，"他说，"有时我感觉整个星球都压在我身上，你倒叫我娃娃！"他满腹委屈，怒气冲冲地瞪着她。

"我不知道诺伯特·斯坦纳还做黑市生意。"安妮说。

"你当然不知道，你和你那个妇女委员会对身边这个世界知道些什么？我就是为这个才来的——我读过你们最近在《纽约时报》上发的那篇宣传稿，全是瞎掰。你们必须停止再发那种垃圾，它让有头脑的人反感——只适合跟你们一样不正常的人看。"

"少说两句吧，"安妮说，"吃你的饭。冷静冷静。"

"我打算从本部派个人帮你审稿把关。一位专业人士。"

"是吗？"她和气地反问。

"我们出了大问题——我们已经没法把地球上的能人,这边紧缺的人才吸引过来了。我们已经烂了——人人都知道。我们要垮。"

安妮笑着说:"斯坦纳先生的位置会有人顶上的,黑市生意肯定不光他一个人在做。"

阿尼说:"你在故意曲解我,好让我显得又贪婪又小气。可事实上,在为火星拓居事业出力的人里头,我的责任心是数一数二的。咱俩的婚姻就是这么破裂的,你嫉妒心太强,处处要压我一头,总想着贬低我。不知道我今天干吗要来——你没法理性地解决问题,不管什么事你都要带上人身攻击。"

"你知不知道联合国有个关闭本-古康复营的提案?"安妮冷静地问。

"不知道。"阿尼答。

"你担不担心康复营要关门?"

"倒霉,我们只能给塞姆找专人护理了。"

"营里别的孩子怎么办?"

"你偷换话题了。"阿尼说,"听着,安妮,你必须对你所谓的男性话语权做点儿让步了,让我的人来帮你改稿子。说实在的,你在帮倒忙——我不想当面说,但这就是事实。瞧瞧你干的好事,简直是猪队友,你要是敌人我倒谢天谢地了。太业余了!这就叫头发长见识短。你——不负责任。"他越说越来火,呼哧呼哧直喘气。安妮面不改色,并未受他这番话的影响。

"你能不能施加点儿压力,想办法让康复营开下去?"她问,"或许咱俩可以谈谈条件。我希望它一直办下去。"

"就你正义。"阿尼恶声恶气地说。

"没错。"

"你要我实话实说吗?"

她点点头,镇定地看着他。

"自打那些犹太人开起了康复营,我就一直不痛快。"

安妮说:"上帝保佑你,坦诚相见的阿尼·科特,全人类的好朋友。"

"这等于向全世界宣告咱火星出乱子了,你穿越太空来到这里,有可能会把性器官搞坏,生出个怪物来,见到他们,你会觉得连德国那种鳍肢人都要算正常的了。"

"你和那个红狐的老板纯属一丘之貉。"

"我只是务实罢了。咱们正在为生存而奋斗,必须吸引人继续往火星移民,不然就会吊死在这棵树上,安妮。你懂的。要是没有本—古康复营,我们就能这么宣传:远离受氢弹试验污染的地球大气,彻底告别不良生育。这才是我希望看到的结果,可康复营把事情搞糟了。"

“跟康复营毫无关系，不良生育是明摆着的事实。”

“除了康复营，”阿尼说，“没人有能力去调查、公布这儿的不良生育率。”

“你去骗鬼吧，但愿你别栽跟头，跟‘老家’的人说这里更安全——”

“没错。”他点头。

“这叫——缺德。”

“不。听好。你才缺德，你们这些女人。把本－古康复营维持下去，你们就——”

“咱俩还是别吵了，因为永远也说不到一块儿去。快吃吧，吃完回你的刘易斯敦。我受不了了。”

两人默不作声，各自用餐。

本－古康复营精神病治疗组成员米尔顿·格劳布是从星际卡车司机工会定居区借调来的一名医生。康复营当天的任务结束后，他返回自己的诊室，一个人坐在那里，手里捏着一个月前修理住宅屋顶的账单。他一直拖着没修——维修要用到防止沙粒堆积的刮除设备——结果收到了定居区房屋检查员寄来的三十日限期修缮令。他只好约了屋顶修理工，明知自己付不起钱，却别无选择。他破产了。这是有生以来最难挨的一个月。

要是他的妻子珍能少花点儿就好了。但不管怎么说，节流并不能解决问题，关键还得开源，想法增加诊疗人次。他每个月从星卡工会领取底薪，每看一个病人再额外拿五十块钱奖金，也叫提成。不过提成拿多拿少也只是能不能把债还清的区别。有老婆孩子的人很难靠精神科医生那点儿工资维持生活，更何况星卡工会又是出了名的吝啬。

然而，格劳布医生还是住在星卡工会定居区。这个社区秩序井然，在某些方面很像地球。而新以色列和其他国家定居区一样，弥漫着一触即发的紧张气氛。

格劳布医生曾经在阿拉伯联合共和国^①的拓居地生活过，那是一个富得流油的地方，从"老家"引进栽种了大量植物。但是，那里的居民对相邻拓居地一直怀有敌意，这起初让他不悦，继而发展到震惊。在日常生活中，人们总是对别人犯的错耿耿于怀。一个人再有风度，一听见某些话题，立刻就暴跳如雷。到了晚上，这种敌意便转化为具体行动。国家拓居地有的是夜猫子。白天搞科学试验和研发的实验室，夜里向公众开放，炮制出一件件恐怖武器——所有这些活动都洋溢着兴奋与欢欣，当然还有民族自豪感。

让他们见鬼去吧，格劳布医生想。他们在浪费生命，把地球

---

① 1958年由埃及与叙利亚联合组成的泛阿拉伯国家。

上的宿怨原封不动地搬了过来——忘记了开辟拓居地的初衷。比方说,当天早上他在联合国报纸上读到一篇关于电气工人定居区街道发生骚乱的报道;文中暗示毗邻的意大利拓居地应对此负责,因为有几名挑事者留着长长的、打过蜡的小胡子,是该拓居地的时髦式样……

有人敲门,打断了他的思路。"请进。"他把屋顶维修账单收进桌屉。

"好会员珀迪来了,你准备好了吗?"他妻子按他教的专业姿势开门问道。

"请好会员珀迪进来。"格劳布医生说,"嗯,再等几分钟,我过一遍他的病历。"

"你午饭吃了吗?"珍问。

"当然吃了。谁都得吃午饭。"

"你脸色发白。"她说。

这可不好啊,格劳布医生想。他从诊室走进卫生间,仔细地往脸上涂抹时下流行的焦糖色修容粉,好让肤色加深一些。他的脸色好点儿了,不过心情还是老样子。他之所以常备这种修容粉,是因为星卡工会的领导层都是西班牙裔和波多黎各裔,假如下属的肤色较浅,会让他们觉得有敌意。当然,这种修容粉的广告不会说得那么露骨,面向该区雇员的广告只是宣称:"长期处于火星气候下,自然肤色会渐渐变得苍白。"

该见病人了。

"下午好,好会员珀迪。"

"下午好,大夫。"

"病历上说你是烘焙师。"

"嗯,没错。"

对话停顿了一下。"请问我有什么可以帮忙的?"

好会员珀迪眼睛盯着地板,手里摆弄着帽子,说:"我以前从来没看过精神科医生。"

"是的,我能看出来。"

"我姐夫要办一场派对……我不太喜欢参加派对。"

"是不是非去不可呢?"格劳布医生刚才已经悄悄按下了桌上的计时钟,这位好会员的半小时就诊时间正在一分一秒地流逝着。

"这场派对好像是专门为我办的。他们,唔,希望我收外甥当徒弟,好让他混进工会。"珀迪闷声闷气地说,"……我晚上睡不着,一直在琢磨怎么躲开这事——可大家都是亲戚,拒绝的话我说不出口。可我就是不想去,去了就是委屈自己。所以我来请你帮忙了。"

"明白了。"格劳布医生说,"这样,你最好说说这个派对的详细安排——时间、地点,都有谁参加。我跑一趟,帮你把事情办利落了。"

珀迪松了口气,把手伸进上衣口袋掏出一张纸,上面整齐地打着字。"非常感谢你能替我跑这一趟,大夫。你们精神科医生的确能帮人减负,我刚才说自己为这事失眠可不是开玩笑的。"他用感激而又敬畏的眼神瞧着医生。这些年来有无数工会会员在复杂的人际关系中翻了船,而这位医生却是擅长走钢丝的社交老手。

"不必再为这事担心了。"格劳布医生说。他又暗忖,到底什么是轻度精神分裂?其实,就是你现在这种毛病。我帮你卸掉社交压力,让你重新回到慢性不适状态,起码又能维持几个月。直到你脆弱的承受力被下一个社交难题压垮……

好会员珀迪离开诊室后,格劳布医生心想,这无疑是火星上发展起来的实用型心理疗法。你不必去治愈患者的恐惧症,而是以相当于律师的角色和方式代替他——

珍打电话进来:"米尔特①,新以色列来电,是博斯利·图维姆。"

哦,上帝,格劳布医生心中一惊。图维姆是新以色列总统,出什么事了。他急忙抓起桌上的电话听筒,"我是格劳布医生。"

"医生,"传来一个深沉、严肃、有力的声音,"我是图维姆。

---

① 米尔顿的昵称。

我们这儿出了一起死亡事故,据我了解是你的病人。能不能劳驾飞一趟,处理一下这件事? 我可以提供一些死者的身份信息……诺伯特·斯坦纳,西德人——"

"他不是我的病人,先生。"格劳布医生插话道,"不过,他儿子——是本—古康复营收治的一名自闭症患儿。你是说,斯坦纳死了? 天哪,今早我还跟他说话来着——你确定就是这个斯坦纳? 如果真是他,我确实有他的档案,他全家的都有,因为孩子的病情需要保留这些资料。我们认为,在治疗自闭症患儿之前必须先掌握他的家庭情况。行,我马上过去。"

图维姆说:"他明显是自杀。"

"真不敢相信。"格劳布医生说。

"刚才我花了半个钟头向本—古康复营的工作人员了解情况。他们说,斯坦纳在离开康复营之前跟你有过一次长谈。警方在调查中会问你斯坦纳有没有显得情绪低落,有没有想不开的苗头;你是否因为他说了什么而劝过他别冲动,或要求他接受治疗。我相信他没说过引起你警觉的话。"

"绝对没有。"格劳布医生说。

"那你就没什么可担心的了。"图维姆说,"只需要做好心理准备,到时候提供一下这个人的医疗背景……谈谈可能的自杀动机。想必你能理解。"

"谢谢你,图维姆先生。"格劳布医生有气无力地说,"我觉得他可能因为儿子而心情不好,可我已经向他介绍了一种新疗法,我们很看好这种疗法。可惜,他看上去态度消极,听不进别人的话,我挺意外的。万万没想到他居然自杀了!"

要是我丢了康复营的兼职怎么办?格劳布医生自问。这可不行。每周去那里上一次班,多赚的钱足以让他想象——而不是真的——实现收支平衡。至少,康复营签的支票能让这个目标看上去还有希望。

斯坦纳这个白痴也不想想他两眼一闭会给别人造成多大的麻烦吗?没错,他肯定想过,他这么做就是报复我们。可这是为了什么呢?因为我想治好他儿子?

这是一起重大事件,他意识到。一个人自杀了,刚刚和医生谈完话就自杀了。幸亏图维姆先生跟我打了个招呼。但报社还是会拿来做文章的,那些巴不得本-古康复营关门的人要看好戏了。

杰克·波伦修好了麦考利夫奶牛场的制冷设备,然后返回直升机,把工具箱搁在座位后面,开始跟老板易先生通话。

"那个学校,"易先生说,"你必须跑一趟,杰克。这活儿我还是没找着人干。"

"好吧，易先生。"这次他没再违拗，发动了直升机引擎。

"你老婆有留言，杰克。"

"哦?"他心下一惊。易先生不喜欢员工的妻子打电话进来，西尔维娅是知道的。也许戴维出什么事了。

"她说什么了?"杰克问。

易先生说："波伦太太要我们的总机小姐转告，你家隔壁有一位斯坦纳先生自杀了。波伦太太想让你知道，她正在照顾斯坦纳家的孩子。她还问你今晚能不能回家，不过我答复她，虽然我们深感同情，但是不能放你假。周末之前你必须在这儿待命，杰克。"

斯坦纳死了，杰克心想。这个又可怜又没用的笨蛋。不过，没准自杀对他来说更好。

"谢谢你，易先生。"他朝麦克风说。

直升机从牧场稀疏的草地升起时，杰克思量，这件事会影响到我们每一个人，而且影响很大。这是一种强烈而痛楚的直觉。我每次碰上斯坦纳都顶多说个十来句话，可是——死亡蕴藏着巨大的能量。死亡本身就是高高在上的，就像生命一样令人敬畏，其意义对于常人又是多么令人费解啊。

杰克将直升机航线调到联合国火星总部方向，飞往那个庞大的自主运行机构，那个独一无二的人工"有机体"——公立学校。自从离开"老家",没有一样东西比公立学校更让他感到害怕的了。

5

为什么公立学校会让他胆战心惊？从空中俯瞰，这座鸭蛋形白色建筑物趴在黑不溜秋的地面上，像是匆忙间掉落在此的，与周遭环境格格不入。

杰克把直升机泊在入口处的停机坪上，发现手指尖已经发白发麻，这是他熟悉的一个信号，说明自己很紧张。戴维每周三天要和学习组的其他小伙伴搭校机飞来这里，但他不怕上学。显然，这是杰克的个人因素在作祟，也许是他对机器太了解，内心排斥学校营造的虚拟情境，无法融入这个假象世界。在他眼中，学校里的那些人造设备既非死物亦非活物，可谓半死不活。

不大工夫，他坐进了候客室，工具箱搁在身边。

他从杂志架上抽了一本《汽车世界》，开关咔嗒声传到了他训练有素的耳朵里。学校已经把他作为访客登记在案了。系统记录了他挑的杂志,坐着读了多长时间,下一本读的又是什么。学校在观察他的一举一动。

门开了,一位身穿粗呢套装的中年女子微笑着说:"你是易先生派来的修理工吧。"

"是的。"他起身应道。

"很高兴见到你,"女子示意杰克跟上来,"有一台教学机搅得大家虚惊一场,其实只是在输出阶段出了毛病。"女子在走廊里迈着大步,随后打开一扇门等杰克。"就是这个'愤怒的门房'。"女子说着指了一下。

他根据儿子以前的描述认了出来。

"它突然宕机了。"女子对他耳语道,"看见了吗?程序执行了一半——刚才它跑到街上大喊大叫,刚要挥拳头,就这样了。"

"主控电路知不知道——"

"我就是主控电路。"中年女子莞尔一笑,钢丝边眼镜后面闪烁着一对明眸。

"恕我眼拙。"他觉得自己有些失礼。

"我们判断问题可能出在这里。"中年女子——或者不如说是学校的移动端——递过一张折起来的纸片。

他展开纸片,是一幅自调节反馈阀组合图。

"这是一个权威人物,对吗?"他问,"教导孩子尊重财产权。

是一款道德楷模型教学机。"

"是的。"女子答。

他手动复位"愤怒的门房",它重新启动。它咔嗒咔嗒响了一阵,随即脸色涨红,举起胳膊喊道:"你们这些孩子走开,听见没有?"它胡子拉碴的腮帮子气得直发抖,嘴巴一开一合。杰克·波伦能想象孩子们见了会有多怕。连他自己都觉得它面目可憎。然而,在广受欢迎的教学机里,这是一款颇具代表性的机型,教育效果显著。另外还有二十多台教学机分散在学校走廊各处,就像游乐园里的一个个摊位。他看见旁边拐角处有一台教学机正在高谈阔论,前面恭恭敬敬地站着几个孩子。

"……于是我想,"那台教学机以平易近人的语气说道,"天哪——我们大家能从这样的经历中学到什么呢?有谁知道?你说说,萨莉。"

响起一个小女孩的声音:"嗯,那个,也许我们能学到,每个人都有好的方面,不管他们干的事有多坏。"

"你说呢,维克托?"教学机继续自说自话,"让我们听听维克托·普兰克怎么说的。"

一个男孩结结巴巴地说:"我同意萨莉说的,大部分人本质上是好的,只要你费点儿工夫仔细观察就能看出来。对不对,惠特洛克先生?"

这么说杰克无意中听到的就是惠特洛克教学机了。戴维提到过很多次,那是他特别喜欢的一台。杰克一边往外取工具,一边听着。惠特洛克是个上年纪的白发绅士,带有地方口音,可能是堪萨斯口音……它和蔼可亲,鼓励学生表达自己的看法,属于包容型教学机,毫无"愤怒的门房"那种唯我独尊的生硬态度。事实上,在杰克眼里,惠特洛克几乎是苏格拉底与德怀特·D.艾森豪威尔的结合体。

"绵羊很逗人。"惠特洛克说,"假如你往篱笆里头扔点儿吃的,比如玉米秆,看看它们会怎么样。呀!它们在一英里外就能看见。"惠特洛克咯咯笑起来,"在涉及切身利益的时候,它们可聪明了。也许这能帮助我们理解什么是真正的聪明,不是读过很多书,也不是认识很长的单词……而是总能发现什么对我们有利。善于为己所用才是真正的聪明。"

杰克跪在地上,开始拆"愤怒的门房"的背盖螺丝。主控电路站着旁观。

他知道,这台机器是通过对一卷指令带的反馈完成"表演"的,不过它能根据"观众"的反应灵活调整每一阶段的行为。这不是一套封闭系统,它将孩子们的回答与指令带做比对,在匹配、分类之后,再给出反馈。教学机可识别的问题种类有限,遇到过于特殊的问题便无法应对。尽管如此,人们还是会把它当成一个有独立意识的大活人。这种机器代表着工程学领域的一次飞跃。

与真人教师相比，教学机的优势在于有因材施教的能力，其教学方式更像是个别辅导，而非统一灌输。一台教学机辅导的学生可以多达一千名，且从来不会把人搞混；它能针对每一名学童自行调整反馈，微妙地切换着自己的言行。教学机是机械的，这固然不假——可它的复杂度接近于无限。教学机印证了杰克·波伦熟知的一个事实：所谓"人造物"也能做到深不可测。

然而他还是反感教学机。因为整个公立学校设立的目标让他很看不惯：这所学校的作为既不能算传授知识，也没有负起教育责任，而是在用模子造人。它与旧有文化紧密相连，并向下一代全盘兜售这些文化。它强迫学生接受，其目的就是让这些文化永存不灭，孩子但凡露出一点点出格的苗头，都必须扼杀。

这是一场角力，杰克意识到，发生在学校强加的共性与孩子的个性之间，但所有的王牌都握在学校手里。教学中，倘若哪个孩子的反应"不合常理"——也就是说，其举止主要取决于主观因素而非对客观现实的感知，那么他就会被归为自闭症患儿。这个孩子将被勒令退学，转到另一所性质完全不同的学校去，那种以治疗为目的的学校：本-古里安康复营。他没有受教育的资格，只是一个"病人"。

杰克一面拆卸"愤怒的门房"的背盖螺丝,一面想,自闭症已经变成火星当局为自己大开方便之门的一个概念了。"自闭症"替代的是"精神变态"这个老词儿,再往前推,"精神变态"取代了"悖德狂",而"悖德狂"替换的是"犯罪级精神失常"。本-古康复营里的孩子倒是配有真人教师的,或者不如说是"治疗师"。

自打戴维进了公立学校,杰克就一直担心收到坏消息:儿子跟不上教学机内置的学习进度,不能按部就班地升级。不料戴维对教学机反应很积极,还成了高分尖子生。大部分教学机戴维都喜欢,在家里总是不住地夸它们,连其中最严厉的几个他都相处得不错,到目前为止,显然没出什么岔子——他没有自闭症状,不用去尝本-古康复营的滋味。然而杰克并没有因此就放宽了心。西尔维娅曾经指出,什么都没法让杰克放宽心。眼前只有两条路可走,要么公立学校,要么本-古康复营,不管儿子走哪条,杰克都疑虑重重。原因他自己也不清楚。

他曾猜测,也许是因为的确存在"自闭症"这种疾病。这是童年期的精神分裂症,而精神分裂症是一种常见的重病,几乎每个家庭或早或晚都会受其影响。这种病,简单来说就是一个人无法承受社会无形中施加的压力。精神分裂者逐渐远离的——或者说从未融入的——现实,是那种由人际关系构成的生活,那种在特定文化中具有特定价值的生活;那种生活无关本能和遗传,唯有靠后天习得这一条路。你必须从身边的人，从父母和老师，从公认的权威人物……从成长期接触到的每个人那里一点一点地学会那种生活。

这样说来，公立学校就有理由开除跟不上的孩子了。孩子在校所学远远不止一些客观事实、一门能谋生，甚至有前途的专业的基础知识。学校教育的目的是塑造孩子的思维，让他们相信，在其所处的文化中，有些东西值得花任何代价保存下去。他的价值与某种客观存在的人类事业密切相关。他自己也由此变成了所继承的传统的一部分，他将穷其一生维护这份遗产，甚至为它添砖加瓦，并常戚戚于心。而真正的自闭症，杰克曾下过结论，归根结底是对公众的奋斗漠不关心；这是一种与世隔绝的生存状态，仿佛个人是一切价值的缔造者，而不仅仅是传统价值的容器。但杰克·波伦始终无法认可这样一个事实：配备教学机的公立学校成为判断事物有无价值的唯一裁决者。社会价值是不断演变的，而公立学校却墨守成规，企图固化价值——把它们涂上防腐剂制成木乃伊。

很久以前他就断定公立学校得了神经官能症。公立学校希望维持一个没有新生事物、不会横生枝节的世界。这正是强迫性神经官能症患者的世界，根本谈不上健康。

几年前，他曾把自己的想法告诉过妻子。西尔维娅耐着性子听完,随后说道:"可你没有看到问题的要害,杰克。好好想想吧。有些事比神经官能症糟糕多了。"西尔维娅低沉有力的嗓音,让杰克记忆犹新,"这些事我们也只是刚刚才开始了解。你知道是什么事。你自己恰恰就经历过。"

杰克点了点头,因为他的确知道西尔维娅指的是什么。他自己二十出头那会儿得过一阵精神障碍症。这种病很常见,没什么了不得的。但他也不得不承认,十分可怕。这时,强迫症般刻板僵化的公立学校反而像是一个参照点了,幸亏有这类参照点的指引,患者得以回归人类集体,回归公认的现实。他想通了,神经官能症其实是人造物,患病的个体也好,危机中的社会也罢,都会刻意制造出这么一种东西来。先有需求,才有了这一发明。

"别苛求神经官能症。"当时西尔维娅这么说,他也理解。神经官能症是自我划界,把自己定格在人生道路的某一点。因为一旦越过此界——

每个精神分裂者都知道越界之后会发生什么。每个曾经得过精神分裂的人也都心知肚明,杰克想。他就忘不了自己那段病史。

屋子另一头的两个人用奇怪的眼神瞅着他。他说了什么?

赫伯特·胡佛①当FBI局长,怎么都比卡林顿强。"我肯定。"他补充道,"我敢和你打赌。"他感到有点儿晕乎,呷了口啤酒。胳膊啦,杯子啦,样样东西都变得沉重了。目光也不由自主地往下耷拉……他盯着咖啡桌上的纸夹火柴。

"赫伯特·胡佛不对吧。"卢·诺廷说,"你是指J.埃德加——"

天哪!杰克沮丧地想。没错,他刚说的是赫伯特·胡佛,他们不指出来自己还没发现。我怎么了?他疑心起来。我觉得自己好像半梦半醒似的。前一夜他可是十点就上了床,几乎睡足了十二个钟头。"抱歉。"他说,"我当然是指……"他感觉舌头不利索,小心翼翼地吐着字,"J.埃德加·胡佛。"但他的声音含含糊糊的,而且越说越慢,就像唱机转盘没了动力。现在,他连头都快抬不起来了;坐着就睡着了,睡在诺廷家的客厅里,但眼睛并没有闭上——他发现想闭闭不上。他的注意力定死在了纸夹火柴上。合拢后划火,他读着上面的文字。你会画这匹马吗?美术课首堂免费,无须签约。免费报名表见背面。他眼睛一眨不眨,就这么盯着,盯着,一旁的卢·诺廷和弗雷德·克拉克在争论限制自由、民主进程之类的抽象概念……他每个字都听得清清楚楚,却并没有听

①赫伯特·胡佛是1929～1933年期间美国第31任总统,下文提到的J.埃德加·胡佛是1924～1972年期间美国联邦调查局(FBI)局长。二人同姓,杰克把两者搞混了。

进去。他一点儿也不想加入争论,虽然知道两个人都错了。他任由他俩争下去,这样省点儿劲。这种状态说来就来,而他也任其发作。

"杰克今晚心思不在这儿。"克拉克说。杰克·波伦吃了一惊,意识到自己已经引起了他俩的注意。现在,他必须做点儿或说点儿什么了。

"没有的事。"他费了好大劲才说出话来,仿佛挣扎着浮出了海面,"继续,我听着呢。"

"老天,你看上去木呆呆的。"诺廷说,"快回家睡一觉吧,看在上帝的分儿上。"

卢的妻子菲莉丝走进客厅,说:"你现在这种状态别想上火星,杰克。"她调大了高保真音响的音量。这是一个革新爵士乐队,有电颤琴和低音提琴的演奏,也许只是电子乐器。大大咧咧、一头金发的菲莉丝往杰克这张沙发上一坐,仔细地打量起他来,"杰克,我们惹你生气了吗?你这副样子,好像一点儿不想搭理人。"

"他只不过在闹情绪。"诺廷说,"我们当兵那阵儿,他经常这样,特别是礼拜六晚上。就这么闷闷不乐,一言不发,想自己的心事。这会儿你在想什么,杰克?"

他觉得这个问题很奇怪,其实他什么也没想,脑子里除了那盒纸夹火柴,只剩下一片空白。但是,现在有必要给他们说说自己在想什么,他们都等着呢,为了应付过去,他现编了一个话题。"空气,"他说,"火星上的空气。我要多久才能适应呢?应该是因人而异的吧。"胸口憋了一个呵欠总也打不出来,在肺部和气管里左冲右突。他的嘴巴不由自主地张开一半,使了点儿劲才闭上。"我还是先走一步吧,"他说,"睡觉去。"他用尽全力站起身来。

"九点就走?"弗雷德·克拉克大声问道。

之后,他沿着奥克兰凉爽而昏暗的街道走回公寓,一路上并没有感觉哪里不舒服。他怀疑是诺廷家有什么不对劲。也许是空气不佳或通风不良吧。

但的确有什么地方不对劲。

他想到了移民火星的事。当时他已经切断了地球上的联系,特别是把工作都辞了,卖掉了那辆普利茅斯汽车,还通知了房东。这套公寓他等了一年才搬进来。整栋大楼归非营利组织西岸合作社所有,是一座庞大的半地下建筑物,有数千套住宅单元,地下拱廊商街开有配套的超市、洗衣店、幼托中心、诊所,甚至自配精神科医生。顶层设调频电台,播送可供住户点播的古典音乐;楼中央建有影剧院和会议大厅。这是最新式的巨型合作公寓楼——然而他突然决定放弃一切。有一天他在楼内的书店里排队买书，一下子就冒出了这个念头。

通知退房后，他在合作公寓的拱廊里闲逛。经过布告栏时，他不由自主地停下脚步，看起了钉着图钉的公告。旁边有几个孩子蹦蹦跳跳地经过他，跑向楼后的操场。一张大幅印刷宣传单吸引了他的注意。

为合作社运动事业挺进新拓居地出一份力。为响应大企业、大工会开发火星富矿区，萨克拉门托合作社董事会正在筹备移民计划。欢迎即刻报名！

跟其他合作社公告差不多，可是——干吗不试试呢？有许多年轻人即将动身。他在地球上还有什么舍不得的？他已经放弃了合作公寓，不过依然是会员，还有点儿股份和一个会员编号。

后来，他报了名，在排队体检和注射时，事情发生的先后次序在脑子里变模糊了；印象中，下决心远赴火星发生在前，辞职和退房发生在后。这样似乎更合情理，他跟朋友们也是这么说的。但事实显然不是如此。事实究竟是怎样的呢？在近两个月的时间里，他四处游荡，迷惑而绝望，几乎对任何事都没有把握，只知道11月14日，他所在的合作社会将一支两百人的会员小队送往火星，他的人生也将从此改变。不过这种迷惑状态会自然消失的，他会再次清醒过来，就像过去他所经历的那些迷茫时期一样。他很清楚：自己原来是有能力理顺时空次序的；眼下，出于某种不明原因，时空发生了错位，无论在时间还是空间里，他都丧失了方向感。

他的生活丧失了意义。十四个月来他一直有个大目标：在新建的巨型合作公寓楼内获得一套住房，然后，就在他成功的那一刻，目标却消失了。未来已不复存在。他点播巴赫组曲，在超市买食品，在大楼书店里翻书……但这些都是为了什么呢？他自问。我是谁？在工作中，他的业务能力退步了。这是头一个征兆，或许可以说是最不祥的一个。他开始感到害怕了。

这一切起源于一件诡异的事，他永远无法解释清楚的一件事。很明显，其中有一部分纯属幻觉。但具体是哪一部分呢？当时就像做梦一样，有一瞬间他恐慌至极，猛地生出一股想逃跑的冲动，不惜任何代价逃之夭夭。

他在旧金山南部雷德伍德城的一家电子公司上班，操作流水线旁的一台品控设备。这台设备只负责一种元件——不比火柴头大的液氦电池——的品控，他的责任是确保该设备的各项指标不超出容许误差。一天，人事经理办公室意外地通知他去一趟，他不知道是什么事，乘电梯上楼时感到很紧张。后来他才意识到，自己紧张得过分了。

"请进，波伦先生。"有一张俊脸和一头灰色鬈发——可能是时髦的假发——的人事经理招呼他进办公室，"只耽误你一会儿工夫。"他目光犀利地盯着杰克，"波伦先生，你怎么没去兑现工资支票？"

一阵沉默。

"没有吗？"杰克反问。他的心怦怦直跳，连身子都发起抖来。他觉得自己在晃悠，真累啊。我以为我兑过了，他心里说。

"你可以买一套新衣服，"人事经理说，"还需要理一次发。当然，我有点儿多管闲事了。"

杰克伸手摸了摸脑袋，困惑不解：需要理发吗？不是上星期才理过吗？也许比这更早。他说："谢谢。"接着点点头，"好的，我会去的。照你说的办。"

然后，就出现了幻觉，就当是幻觉吧。人事经理完全变成了另一副模样。这个人死了。

他的目光透过这个人的肌肤，见到了骨架。骨骼由细铜丝串起。内脏通通消失，代之以人造器官，肾、心、肺——五脏六腑都是塑料和不锈钢做的，尽管配合默契，却毫无生气。其声音来自一盘磁带，通过功放和扬声系统发出。

或许他曾经是个大活人，但那是过去，这个人被偷偷掉了包，一点一点、一个器官一个器官，神不知鬼不觉地被换掉了，而摆在那里貌似完好的身体是为了骗人的。事实上,就是为了骗他杰克·波伦。这间办公室只有他一个人,没有什么人事经理。没人在跟他谈话,而他自己说话时,也没人在听。他站在一间毫无生气的机械屋里。

他拿不准该怎么办,只能尽量不直勾勾地盯着眼前这具人形构造。他尽可能镇静、自然地谈工作,甚至私事。人形构造在试探他,想套他的话。当然,他能少说就少说。每次低头看地毯,他都能看见那些管路、阀门、机件在眼前动啊转啊,他躲不开这幅画面。

他只想尽快离开。他开始冒汗,不一会儿就大汗淋漓了,而且直打哆嗦,心跳也越来越快。

"波伦,"人形构造问,"你不舒服吗?"

"是的。"杰克说,"我可以回工位了吗?"他转身朝门口走去。

"稍等。"人形构造在背后说。

就在这一刻,杰克被恐慌攫住了,撒腿就跑;一把拉开门,冲进走廊。

大约一小时后,他发现自己游荡在伯灵格姆一条陌生的大街上。他想不起来中间发生了什么,也不清楚自己是怎么来到这儿的。他感到两腿酸疼,显然走了很长的路。

他的头脑清醒多了。我得了精神分裂症,他想。肯定是。

人人都清楚那些症状。这是一种偏执的紧张性兴奋:这些知识是精神健全者灌输给我们的,甚至灌输给上学的孩子。我也得病了。这就是人事经理试探他的缘故。

我需要看医生。

杰克拆下"愤怒的门房"的电源,搁在地板上,学校主控电路说:"你的技术很棒。"

杰克抬头看了一眼这具扮成中年女子的人形构造,心想,这显然就是学校让我感到紧张的原因,仿佛多年前精神失常的一幕又重演了。当时,我是不是预见到了未来?

那时候还没有这类学校。就算有,他也没见过,连听都没听说过。

"谢谢。"他说。

自从与日冕公司人事经理谈话,出现精神失常之后,他一直遭受着一个想法的折磨:假如那不是幻觉呢? 假如所谓人事经理的确如他所见是个人造物,正如这些教学机呢?

果真如此的话,精神失常就纯属无稽之谈了。

他反反复复地思索,与其说是精神失常,不如说更像一次洞见,窥破伪饰,直面"绝对真实"。这种想法太惊人、太冒险了,同他的日常思维格格不入。精神障碍倒是恰恰来源于这类想法。

杰克伸手去够"愤怒的门房"暴露在外的电线,用细长的手指熟练地摸索着,终于摸到了他预判的问题:一根引线断了。"应该找到故障了。"他对主控电路说。谢天谢地,他想,这不是老式的印刷电路,否则就得整体更换了,没法修理。

"我的理解是,"主控电路说,"教学机的设计在修理的方便性上花了很多心思。到目前为止,我们运气不错,没有出现长时间宕机的情况。不过我认为,只要有条件,就该做一下预防性维护,所以,另外一台教学机虽然还没有失灵的迹象,我也想请你检查一下。这一台特别重要,关系到学校的总体运行。"看到杰克正费力地将焊枪的长嘴穿过层层电线,主控电路礼貌地停顿了片刻,"我想请你检查的是'慈祥老爸'。"

杰克重复道:"'慈祥老爸'。"他刻薄地想,不知道这里有没有"姨妈"。"姨妈"自制美味的荒诞故事,喂给小孩子吃。他觉得恶心。

"你熟悉那台教学机吗?"

其实他不熟悉,戴维没说起过。

他能听见走廊那头孩子们还在跟惠特洛克探讨人生。他躺在地上,一边把焊枪高举过头,伸进"愤怒的门房"内部,将焊嘴对准故障部位,一边留意着他们的对话。

"是的,"惠特洛克用它一贯不急不躁、心平气和的语调说,

"这只浣熊是个了不起的家伙,叫老浣熊吉米。我见过它很多次。顺便说一下,它个头相当大,胳膊又长又有劲儿,而且非常灵活。"

"我见过一次浣熊,"一个孩子尖叫道,"惠特洛克先生,我看到过一只,它就离我这么近!"

杰克想,你在火星上见过浣熊?

惠特洛克咯咯地笑道:"不,唐,恐怕你没见过。这里没有浣熊。你得千里迢迢去地球母亲那儿,才能看到这种令人惊奇的家伙。对了,孩子们,我是想说明一个道理。老浣熊吉米拿到吃的,偷偷摸摸带到水边去洗,大家都知道了吧? 当棉花糖化在水里,老吉米变得一无所有,大家也都笑过了吧? 那么,大家知不知道,我们中间就有很多吉米,就在——"

"应该修好了,"杰克说着抽出焊枪,"你能帮我把这个装回去吗?"

主控电路问:"你赶时间吗?"

"我不喜欢听那玩意儿啰唆个没完。"杰克说。他紧张得发抖,几乎连活儿都没法干了。

走廊那头关上了一扇门,惠特洛克的说话声一下子消失了。"好点儿了吗?"主控电路问。

"谢谢。"杰克答。但他的双手还在颤抖,这引起了主控电路的注意。他发现主控电路明察秋毫,只是不知她感想如何。

"慈祥老爸"的教室布置成客厅一角,有壁炉、沙发、咖啡桌、带窗帘的观景窗,还有一把安乐椅,"慈祥老爸"就端坐在上面,膝头上摊着报纸。杰克·波伦和主控电路进去时,几个孩子正一脸专注地坐在沙发上,聆听这台教学机的谆谆教导,似乎没有留意有人进来。主控电路解散了孩子,自己也准备离开。

"我不知道有什么需要我做的。"杰克说。

"恢复它的正常程序。我觉得它要么在反复执行某些环节,要么就是卡住了,总之,执行一轮程序的时间太长了。按理应该在三小时左右返回起点。"一扇门自动打开,主控电路出去了,留下他单独跟"慈祥老爸"待在一起,他可不乐意这样。

"嗨,'慈祥老爸'。"他冷淡地打了个招呼。随后放下工具箱,开始拧这台教学机的背盖螺丝。

"慈祥老爸"用热情友好的语气说:"你叫什么名字,小家伙?"

"我叫,"杰克拆下背盖放在一边,"杰克·波伦,我自己也是慈祥的老爸喽,和你一样。我儿子十岁了,'慈祥老爸'。别再管我叫小家伙了,行吗?"他又剧烈地颤抖起来,浑身开始冒汗。

"哦,""慈祥老爸"说,"我明白了!"

"你明白什么了?"杰克发现自己几乎在喊叫。"听着,"他说,

"好好执行你那该死的程序,好吗? 只要你开心,就算把我当小男孩也没问题。"我只想把活儿干完,离开这儿,他对自己说,麻烦越少越好。他感觉胸中涌起一股说不清道不明的情绪。居然要三个钟头! 他郁闷地想。

"慈祥老爸"说:"小杰基①,我看你今天心事很重,对不对?"

"不止今天,天天都这样。"杰克咔嗒一声打开故障检修灯,照进教学机的内部。到目前为止,机械部分似乎运行正常。

"也许我能帮你。""慈祥老爸"说,"让上年纪的过来人听听你的心事,多少能起点儿分忧减压的作用。"

"好吧。"杰克蹲着说,"听你的,反正我得在这里耗上三个钟头。你要我从头说起吗? 我在地球的日冕公司上班时发生过一件脑子短路的事,从这儿开始?"

"从哪儿开始都行。""慈祥老爸"和蔼地说。

"你知道什么是精神分裂症吗,'慈祥老爸'?"

"我想我很清楚,杰基。""慈祥老爸"答。

"好,'慈祥老爸',这是整个医学界最神秘的一种病,一点儿不夸张。每六个人就有一个得这种病的,不是小数目。"

"是的,没错。""慈祥老爸"应道。

"曾经有一段时间,"杰克盯着运行中的机件说,"我得了一

———————————

① 杰克的昵称。

种所谓处境性、多态性、单纯性精神分裂症。'慈祥老爸',这病发起来可不好受。"

"我敢肯定是这样。""慈祥老爸"附和道。

"话说回来,我知道你是干什么用的。"杰克说,"我清楚你的用途,'慈祥老爸'。我们远离'老家',隔了几百万英里。我们同'老家'文明的联系已经很薄弱了。许多人非常害怕,'慈祥老爸',因为每过去一年,这种联系都要变得更加脆弱。所以才办了这家公立学校,为了给生在火星的孩子营造一个固定的仿地球环境。比方说这个壁炉,火星上没有壁炉,我们用小型原子炉取暖。也没有那种大玻璃观景窗——沙尘暴会把窗子刮花。事实上,你房间里没一样东西来自火星的现实世界。你知道布利克人吗,'慈祥老爸'?"

"恐怕不知道,小杰基。布利克人是谁?"

"火星上的一个土著人种。你现在是在火星上,这个你知道的,对吗?"

"慈祥老爸"点点头。

"精神分裂症,"杰克说,"已经成了人类文明有史以来最严重的问题之一。实话说,'慈祥老爸',我移民火星就是因为二十二岁那年在日冕公司上班时,得过精神分裂症。我彻底垮了,不得不离开复杂的城市环境,挪到一个单纯点儿的地方,一个更自由的原始边远地区。我压力太大了，要么移民，要么发疯。那座合作公寓楼，你能想象它有一层挨一层的地下室，同时又是摩天大楼吗？你能想象因为住的人太多必须开一个内部超市吗？有一次我在书店排队，终于疯掉了。所有人，'慈祥老爸'，书店里、超市里有一个算一个——全部跟我一起生活在那栋大楼里。一栋楼，'慈祥老爸'，就是一个社会，而且，跟之后建的楼相比，它还算小的。你怎么看？"

"天哪！天哪！""慈祥老爸"摇着头说。

"我是这么想的，"杰克说，"我认为这所公立学校和你们这些教学机打算培养新一代精神分裂者，在我们这批人已经适应了火星之后，你们开始对我们的子女下手了。你们打算分裂这些孩子的思想，因为你们在教他们幻想一种不存在的环境。这种环境就算在地球上也找不到影儿，一去不复返了。问问那个惠特洛克教学机，不切实际的智慧是不是真正的智慧。我是听它这么说的，智慧必定是一种灵活应变的工具。对不对，'慈祥老爸'？"

"对，小杰基，必定的。"

"你们应该教育孩子，"杰克说，"怎么样去——"

"对，小杰基，""慈祥老爸"打断他说，"必定的。"与此同时，在故障检修灯的强光下，杰克看见一颗轮齿打滑了，教学机反复执行着一小段程序。

"你卡住了，"杰克说，"'慈祥老爸'，有颗齿轮磨损了。"

"对，小杰基，""慈祥老爸"说，"必定的。"

"你说得没错儿，"杰克说，"这的确不可避免。东西总要磨损，不可能永远存在下去。变化才是生活的常态。对吗，'慈祥老爸'？"

"对，小杰基，""慈祥老爸"说，"必定的。"

杰克关闭了教学机的电源，开始拆分主轴，准备卸下磨损的齿轮。

"看来你找到毛病了。"半小时后杰克用袖子擦着脸退出机器，听到主控电路这么说。

"是的。"他精疲力竭地看了眼手表，才四点，还得干一个小时活儿。

主控电路送他到停机坪。"你及时解决了我们的问题，我非常满意。"她说，"我会打电话给易先生表示感谢的。"

他点点头，登上直升机，累得连再见都没说。直升机很快起飞，鸭蛋形的联合国公立学校在下面变得越来越小，越来越远。那种窒息氛围已消失，他又透过气来了。

他拨了一下对讲机，说："易先生，我是杰克，学校的活儿干完了。还有什么任务？"

隔了片刻,响起易先生务实的声音:"杰克,刘易斯敦的阿尼·科特先生打电话过来。他要我们修理一部加密口述录音机,这件设备对他很重要。现在别人都分不开身,只能派你去了。"

6

阿尼·科特拥有火星上唯一一架大键琴,但已经走音了,他找不到会调的人。不管你怎么想办法,火星上就是没有大键琴调音师。

阿尼雇有一个驯化的布利克人,叫赫利奥加巴卢斯①,一个月来阿尼一直在训练他完成这项任务。布利克人普遍对音乐有敏锐的听觉,而这一位似乎还能明白阿尼的具体要求。阿尼给了他一本译成布利克土语的键盘乐器维修手册,希望哪天会有好消息。但目前这架大键琴还是没法弹。

跟安妮·埃斯特黑齐见过面后,阿尼·科特返回刘易斯敦,心情沮丧。黑市商人诺伯特·斯坦纳之死让他深受打击。他觉得

---

① 赫利奥加巴卢斯(约203—222),古罗马皇帝之一,即前文"赫利奥"的全名。

必须亡羊补牢了，也许要做一个前所未有的大动作。现在是下午三点。新以色列之行有什么收获吗？只带回来一条坏消息。安妮依旧是一副油盐不进的样子。她这个搞运动和改革的外行打算一条道走到黑，才不在乎会不会沦为火星上的笑柄呢。

"妈的，赫利奥加巴卢斯。"阿尼火冒三丈，"再不弄好那台破琴，我就把你一脚踢出刘易斯敦，回沙漠和你兄弟姐妹一起吃甲虫、嚼草根去吧。"

那个布利克人坐在大键琴旁的地板上，畏畏缩缩地抬头盯了阿尼·科特一眼，低下头继续看手册。

"这里没一样东西修得好。"阿尼抱怨。

他心想，整个火星就像那个汉普蒂·邓普蒂[①]；起初堪称完美，后来他们连人带物从那种完美状态掉落下来，摔成了一堆锈铁和废渣。他有时觉得自己其实统治着一片巨型垃圾场。接下来，他又一次想起在沙漠里碰到的易氏公司维修机，还有那个白痴飞行员。无法无天的浑蛋，阿尼心里骂道。该杀杀他的威风了。可这些家伙清楚自己的价值。他们脸上明明白白写着：这座星球的经济离不开他们，所以他们不用向任何人低头，总之就是那些个歪理。除了工会大楼里的那套公寓，阿尼在刘易斯敦还有一处房产，此刻他就在这栋房子宽敞的起居室里，双手插

[①] 旧时童谣中从墙上摔下跌得粉碎的蛋形矮胖子。

兜,阴着脸踱来踱去。

听听那家伙顶撞我的口气吧,阿尼思忖。他准是个顶呱呱的修理工,才会那么有底气。

阿尼又想,我非得整整他不可。谁敢这么跟我说话,我就叫谁吃不了兜着走。

就这样,对于易氏公司那个傲慢的修理工,他产生了两种截然不同的态度,而前一种慢慢开始占据上风,因为他是个务实的人,理智提醒他生活要继续。一个人举止是否得当只是次要问题。我们在这儿运作的不是中世纪社会,阿尼说服自己。如果那家伙真有本事,他爱对我说什么就让他说去吧,我只在乎结果。

想到这里,他拨了邦奇伍德园区易氏公司的号码,是易先生本人接的电话。

"听着,"阿尼说,"我有一部加密录音机出了毛病,要是你的人能修好,也许我会跟你签一份长期合同,你听明白了吗?"

毫无疑问,易先生听得明明白白的。他一下子就搞清楚了状况。"给您派我们最好的修理工,先生。马上就能上门。服务包您满意,白天晚上随叫随到。"

"我想点个人。"阿尼说,接着描述起他在沙漠里遇上的那个修理工。

"小伙子,黑头发,瘦瘦的,"易先生重复道,"戴眼镜,有点儿神经质。应该是杰克·波伦。我们这里最棒的一个。"

"听好,"阿尼说,"这个波伦冲我说话的态度过分了,按理我是不能原谅的,可后来仔细一想,觉得他也有道理。等我见了他,会当面跟他说清楚的。"其实阿尼·科特已经记不清当时因何起的争执。"这个波伦看上去能力挺强的。"他最后说,"他今天能过来吗?"

易先生毫不犹豫地答应五点前上门修理。

"多谢。"阿尼说,"另外一定要告诉他,阿尼没有任何恶意。当时我是有点儿吃惊,但事情都过去了。告诉他——"他想了想,"告诉波伦,他绝对不用担心我会怎么样。"他挂断电话,往后一靠,感觉艰难地干成了一件实事。

这一天总算没白过。此外,在新以色列,他还从安妮那里得到了一些值得关注的信息。他提起过有关罗斯福山脉的流言,安妮照例知道些"老家"传来的内幕消息,虽说具体内容在口口相传中必定会失真……但主要意思并没有丢。"老家"的联合国每隔一段时间必会酝酿大动作,眼下有个计划是在几周后突访罗斯福山脉拿下一大块地,再划作公用——这条消息听上去有谱。但联合国怎么会看中一块毫无价值的土地呢?关于这一点,安妮的解释倒让人犯糊涂了。"老家"日内瓦在传的一种说法是,联合国有意兴建一座堪比伊甸园的无国界巨型公园,以吸引地球人积极移民。另一个版本是说联合国工程师准备花大力气一举解决火星能源问题,拟建一座庞大的氢原子能电站,其占地面积和发电规模均远胜于现有的任何一座。此后供水系统将得到恢复。有充足的能源做保障,最终可将重工业迁至火星,从而充分发挥这里土地免费、引力小、税负轻的优势。

还有一种传闻,说联合国计划在罗斯福山脉建一个军事基地,来制衡美国与苏联的类似战略。

不管哪一种说法是真的,有一件事总不会错:罗斯福山脉某些地块的价值很快就会飙升。眼下整个山区在分片出售,从半英亩到十万英亩大小不等,都是白菜价。联合国的计划一旦传到投机商耳朵里,地价必定大涨……不用说,投机商已经开始行动了。一个人要想获得火星土地所有权,必须亲自到场办手续,待在"老家"可完不成这件事——这是法律规定。所以,假如安妮的说法不错,则随时会有投机商赶来这里。回想人类拓居火星的第一年,哪儿都活跃着投机商的身影。

阿尼在跑调的大键琴前坐下,打开一本斯卡拉蒂[①]奏鸣曲琴谱,开始砰砰砰地弹起自己钟爱的一段乐曲,其中的交叉手弹奏法他已经苦练了好几个月。这是一首威武雄壮、节奏明快的曲

---

① 多梅尼科·斯卡拉蒂(Domenico Scarlatti, 1685—1757),意大利作曲家、大键琴演奏家。

子,他兴致盎然地猛敲琴键,全然不顾走音的琴声。赫利奥加巴卢斯躲到一边继续看手册,他的耳朵受不了这噪音。

"这曲子我有一张密纹唱片。"他边弹边对赫利奥加巴卢斯说,"死贵的老古董,我连放都不敢放。"

"什么叫密纹唱片?"布利克人问。

"说了你也不懂。由格伦·古尔德演奏。已经有四十年历史了,原先是我母亲的,她留给了我。那家伙用交叉手敲奏鸣曲真是一绝。"他对自己的弹奏感到失望,便停了下来。我就这臭水平了,他暗下结论,就算这台琴还没从"老家"运来,处于最佳状态,我也弹不好的。

阿尼仍旧坐在凳子上,没再弹琴,而是又琢磨起罗斯福山脉千载难逢的投资机会。我随时可以买地,他想,就用工会的基金。关键是买哪儿呢?那地方可大了,我没法买下一整座山。

谁了解这座山?他自问。那个斯坦纳也许了解,就我所知,他——准确地说是他去世前——就在那座山的附近做生意。勘探人员来来去去会经过那里。还有布利克人也住在那儿。

"赫利奥,"他问,"你知道罗斯福山吗?"

"先生,我当然知道。"布利克人说,"我不会去那里。那座山又冷又荒,死气沉沉的。"

"听说,"阿尼又问,"你们布利克人会向一块神谕石求问未来,这是真的吗?"

"是真的,先生。不开化的布利克人是有这么块石头。可那
是没用的迷信。他们管这石头叫脏疙瘩。"

"你自己从来没有求问过喽。"

"没有,先生。"

"如果有需要,你能找到那块石头吗?"

"能,先生。"

"我给你一块钱,"阿尼说,"你帮我向那个什么狗屁脏疙瘩
打听一件事。"

"谢谢你,先生,但这个忙我帮不上。"

"为什么,赫利奥?"

"那是骗人的把戏,只有蠢人才会去干。"

"天哪,"阿尼不屑地说,"做个游戏而已——你就不能玩一
把? 图个乐嘛。"

布利克人没吭声,只是气呼呼地绷着一张黑脸。假装继续
看手册。

"你们这帮家伙已经蠢到把本土宗教都丢了。"阿尼说,"看
看你们有多不顶用。我可不像你们。说说上哪儿去找脏疙瘩,
我自己去问。我他妈知道得很清楚,你们的宗教是允许预测未
来的,这有什么新鲜? 我们'老家'的超能人士有些就具备预

知能力，能看到未来。当然，我们不得不把他们跟别的疯子关在一起，因为这是一种精神分裂症状，也许你明白是什么意思。"

"是的，先生，"赫利奥加巴卢斯说，"我知道精神分裂症，那是人性里冒出来的兽性。"

"没错，那是思维上的返祖现象，可要是能预见未来，又有什么不好呢？'老家'的精神康复营里肯定有几百个预知者——"阿尼·科特顿时想到一个主意。没准火星上也会有那么几个，就在本—古康复营里头。

让脏疙瘩见鬼去吧，阿尼想。在康复营停业前我得跑一趟，去找个有预知力的疯子；把这个人从康复营里捞出来，正式聘用他，就让他待在刘易斯敦。

他走到电话旁，拨了工会干事爱德华·L.戈金斯的号码。"埃迪①，"电话接通后他说，"你抓紧去一趟我们的精神病诊所，找那些大夫问问有预知力的疯子具体是什么样的，我的意思是，有什么症状。要是他们知道本—古康复营里有这样的人，我们就逮一个来。"

"好的，阿尼。我这就去办。"

"火星上最好的精神病大夫是哪个，埃迪？"

"呀，阿尼，这我得查了。卡车司机工会有个好大夫，叫米

---

① 爱德华的昵称。

尔顿·格劳布。这我知道,因为我舅子是个卡车司机,去年接受过格劳布的心理评估,他的诊断明明白白,切中要害。"

"我估摸这个格劳布很了解康复营。"

"哦,是的,阿尼,他每个礼拜去一次,所有大夫轮着去。那帮犹太人开的工资很高,他们有的是钱,都是地球那边的以色列给的,这你知道。"

"嗯,找到这个格劳布,叫他尽快给我搞一个有预知力的精神分裂病人。实在有必要的话,可以正式聘用格劳布。大部分精神病大夫都盼着有固定的收入,他们没见过什么钱。懂了吗,埃迪?"

"懂了,阿尼。"干事挂断电话。

"你做过精神分析吗,赫利奥?"阿尼问,他感觉心情好多了。

"没有,先生。精神分析完全是自大加愚蠢。"

"怎么说,赫利奥?"

"有个问题他们从来没有解决过,就是应该把病人改造成什么样子。其实这是一个不存在的问题,先生。"

"我没明白,赫利奥。"

"生活的目的是未知的,凡人的肉眼看不见未来的路。谁敢说精神分裂者就是错的? 先生,他们走的是一条勇敢者之路。别人能应付、能利用的日常事务,他们一点儿都不关心;他们关心的是走进内心寻求意义。那里就像无底的黑夜，像深渊。谁能说他们还会回来？就算回来，已经瞥见意义的人还会是老样子吗？我真佩服他们。"

"我的天，"阿尼鄙夷地说，"你这个半开化的怪胎——我打赌，假如人类文明从火星上消失，你只要十秒钟就会回到那帮野人中间，去拜那些偶像还有别的劳什子。你干吗假装想变成我们这样的人？干吗要读那本手册？"

赫利奥加巴卢斯说："人类文明永远不会离开火星，先生。所以我才要学习这本书。"

"放下书吧。"阿尼说，"你最好能把我那破琴调好，否则的话，不管火星上还有没有人类文明，你都得回沙漠去。"

"是，先生。"布利克仆人应道。

自从丢了工会会员证，不能合法就业，奥托·齐特的生活就变得一团糟了。如果有会员证，他现在应该是一级修理工。拿到过会员证可又搞丢了，这是他的秘密，连他老板诺布·斯坦纳都不知情。奥托宁可别人相信他没有通过资格考试，至于原因，他自己也不太清楚。也许把自己当成一个废柴倒还好受些，毕竟维修这一行门槛奇高……而本已跨进这一行却又给一脚踢了出来——

　　那是他自己的错。三年前,他曾是一名信誉良好的工会付费会员,也就是守信好会员。前途一片光明,又年轻,交了个女朋友,还有一架直升机——直升机是租来的;而女朋友是同别人分享的,不过那时他还蒙在鼓里——还有什么能阻挡他前进的脚步呢?也许只有他自己的愚蠢了。

　　他违反了工会的一条基本规定。他认为这条规定很可笑,然而……地外修理工工会火星分会高高在上,俨然一副"伸冤在我"①的模样。哇,他恨透了那帮杂种。仇恨已经扭曲了他的生活,他也意识到了——但听之任之,他要的就是扭曲。他宁愿一直痛恨这帮人,痛恨这个铁板一块的庞大机构,痛恨它触角所及的每一个地方。

　　这帮人给他安的罪名是:提供含有公益性质的修理服务。

　　倒霉就倒霉在他的服务其实跟公益并不沾边,因为最终目的仍然是为了获利。只不过采用了一种新的收费方式,而这新瓶里装的还是旧酒。严格来说,这是世界上最古老的交易方式——易货制。但他的收入分不了份儿,工会没法抽成。他的客户都是寂寞难耐的家庭主妇,她们生活在偏远地区,丈夫每周要在城里

――――――――――

　　① 典出《圣经·新约·罗马书》,全句为:"亲爱的弟兄,不要自己伸冤,宁可让步,听凭主怒。因为经上记着,主说,伸冤在我。我必报应。"这里把工会比作生杀予夺的上帝。

待上五天,只有周末回家。而奥托是个身材修长的帅小伙(至少他自认为如此),长长的黑发梳成背头,跟一个又一个女人有过风流韵事。后来这个秘密让某个丈夫发现了,盛怒之下,他倒没有一枪爆掉奥托的脑袋,而是向工会用工部正式举报奥托:未收取维修费用,违反价格下限规定。

照这么说,的确不符合规定,他承认。

然后他就跟着诺布·斯坦纳干了,从此几乎困死在了这片荒无人烟的罗斯福山区,往往一连几周脱离社会,孤独感越来越强,怨气也越来越重。他的内心渴求与人亲近,可就是这股冲动给他惹了祸,最终落得个离群索居的下场。眼下他坐在仓库里等着下一班火箭降落。回首往事,他觉得连布利克人也不愿意,或者说没本事过他这种与世隔绝的生活。要是当初自己的黑市生意能做起来就好了!他曾经也像诺布·斯坦纳一样,天天在这颗星球上兜兜转转,拜访一家又一家客户。他挑的走私货太热门,最终惊动了那些大佬,这算不算昏着呢?怪就怪他把市场摸得太准,货品门类太旺销了。

除了痛恨大工会,他也痛恨这些帮派大佬。凡是大的他都恨,就是那些大家伙摧毁了美国的自由企业体系,把做小生意的都赶尽杀绝了——事实上,他一出局,整个太阳系可能连一个真正的小业主都没有了。这才是他的真正罪名:妄图过上美国式生活，而不光是嘴上说说。

"滚他们的蛋。"他心里骂道。他坐在板条箱上，四周堆着盒子、纸箱等包装材料，还有从他检修过的几架火箭上拆下的零部件。库房窗外……目力所及，只有一座座寂寥而荒凉的山丘，顶多再加上稀稀拉拉几丛快要枯死的灌木。

此刻诺布·斯坦纳在哪里？准是舒舒服服坐在某个酒吧或饭店里，要么就是待在哪个女人温馨的客厅里，唠叨着他那些货，一手交烟熏三文鱼罐头，一手——

"通通滚蛋去吧。"奥托嘟哝着站起身，走过来又走过去，"他们想干吗就干吗吧。一帮畜生。"

那些以色列姑娘……斯坦纳就跟她们在一起。基布兹全是眼睛乌黑、嘴唇丰满、胸脯高耸、火辣性感的姑娘，个个都晒成古铜色，她们爱穿紧身的短裤和棉衬衣在地里干活，没有乳罩来束缚坚挺的双峰——乳头隐约可见，因为汗湿的衬衣已经贴住了身体。

这就是他不让我一块儿去的原因，奥托断定。

在这偏远的罗斯福山区，他只见过那些矮小干瘪、黑不溜秋的布利克女人，她们连人类都算不上，至少在他眼里不算。人类学家糊弄不了他，说什么布利克人与地球人同根同源，两座星球在一百万年前可能同属某个星际人种的殖民地。那些丑八怪，也是人类？跟其中一个上床？上帝啊，还是先把她剁了吧。

正想着，一伙布利克人就出现了，他们正光着脚板小心翼翼地走下北山崎岖的石坡。奥托瞧着他们一路往这边走来。像往常那样。

奥托打开仓库大门，等着他们。这伙人里有四个男子，其中两个上了年纪，还有一个老妇、几个皮包骨的孩子，随身带着弓、砧板和帕卡蛋壳。

他们停下脚步，默默注视着他，其中一名男子开口道："愿我身上的雨洒向尊贵的朋友。"

"也问候你们。"奥托靠着墙，深感无聊、厌倦与无望，"你们想要什么？"

这个布利克男子递上一张小纸片，奥托接过来一看，是甲鱼汤罐头的标签。布利克人吃了罐头，特地留下标签，好在这时候派上用场，因为他们叫不出这种食品的名称。

"好的，"他说，"要多少？"他把手指一根根伸出。伸到第五根时他们一齐点头。五个罐头。"拿什么换？"奥托无精打采地问。

一个年轻的布利克女子从后头走上前来，指了指自己那个地方，正是奥托长久以来日思夜想的部位。

"哦上帝啊。"奥托绝望地说，"不，够了。滚开！别再来这一套了，我不想看见。"他背转身，走进仓库，猛地摔上门，震得墙都颤了。他一屁股坐在板条箱上，两手捧头。"我要疯了。"他自言自语，这才发现下巴发僵，舌头肿胀，几乎说不出话来。他觉得胸口疼，接着竟然发现自己哭了起来。天哪，他恐惧地想，我真的要疯了，我快崩溃了。怎么回事？泪水顺着脸颊往下淌。他好多年没哭过了。这一切都怎么啦？不明白。他的脑子不知道发生了什么，而躯壳却在放声痛哭；他成了自己的旁观者。

不过，这么一哭他倒感觉好受些了。他用手帕擦了擦眼睛，抹了把脸，看到自己鸡爪般僵硬的双手和扭曲的手指，不禁发出咒骂。

库房窗外，那些布利克人还没离开，也许在盯着他瞧，他拿不准。他们脸上没有表情，但奥托相信他们都看在了眼里，他们或许和他一样困惑。这的确不可思议，他心说。我跟你们一样想不通。

那些布利克人聚作一堆商量着什么，随后其中一人独自往库房走来。奥托听见轻轻的敲门声。他过去开门，一个布利克小伙站在眼前，伸手递来一样东西。

"再看看这个。"布利克小伙说。

奥托拿过来，但凭他这半辈子的见识也没认出来是什么。此物由玻璃和金属制成，上有刻度。接着他想到这是一件勘测仪器。边上刻着一行字：联合国资产。

"我不要这个。"他不耐烦地把东西翻过来翻过去。准是布利克人偷来的,他猜测。他把东西递还过去,小伙默默地接下,回到自己人那里。奥托关上门。

这一次他们离去了,他透过窗户看见这伙人爬上山坡,渐行渐远。可恶的小偷,他暗骂。话说回来,联合国勘测公司跑到罗斯福山来干吗?

为了打起精神,他四处翻寻,找到一听烟熏田鸡腿;他打开罐头,愁眉苦脸地坐着吃起来,没有品出丝毫美味,只是机械地完成任务。

杰克·波伦冲着麦克风说:"别派我去,易先生——今天我碰上过科特,把他得罪了。"他感到浑身疲惫。我生平第一次碰上科特就冒犯了他,这不稀奇,他想。就在当天,阿尼·科特决定致电易氏公司要求上门服务,这也不稀奇,因为我的生活就是这个样子。无所不能的冷酷生活老爱跟我玩这种小游戏。

"科特先生提到你们在沙漠里见过面。"易先生说,"事实上,就是因为这次见面,他才决定打电话过来的。"

"这到底是什么意思。"他吃惊不小。

"我不知道你俩有什么矛盾,杰克,但都过去了。把你的目的地调到刘易斯敦。要是这趟活儿干到五点以后,工资按一点五倍算。另外,科特先生大方起来是出了名的,他急着修加密录音机,答应要好好招待你一顿。"

"好吧。"杰克说。这真是太出乎意料了。总之,他完全猜不透阿尼·科特在打什么主意。

没多久,他的直升机就降落在了刘易斯敦水务工会大楼的天台停机坪上。

一个女仆慢慢走出来,用怀疑的眼光打量着他。

"易氏公司修理工,"杰克说,"阿尼·科特报过修。"

"好的,伙计。"女仆应道,带他走向电梯。

在一间装潢考究的地球风客厅里,他看到了阿尼·科特。这个秃顶胖子正在打电话,见杰克进来,便朝一个方向扬了扬头。那儿有张书桌,上面搁着一部便携式加密口述录音机。杰克走过去,拆下盖子,打开开关。阿尼·科特的通话一直没断。

"我当然知道这是一种作弊的天分,这种天分一直都没人去利用,也一定是有原因的——但是,就因为人类犯了五万年的蠢,从没把它当回事,我就也该撒手不管,假装它不存在吗?我还是想试一试。"长时间的停顿,"好的,医生。谢谢。"阿尼挂断电话,又转脸问杰克:"你去过本-古康复营吗?"

"没有。"杰克答。他正忙着拆开加密录音机的外壳。

阿尼踱过去,站在杰克旁边。杰克手里干着活儿,同时能感觉到那精明的目光正聚焦在自己身上,不禁紧张起来,可除了尽量无视这个人,该干吗干吗,没有别的办法。就当这人是主控电路好了,他暗示自己。接着,他脑子里又浮现出那个老问题,那病会不会复发。的确有很长时间没发作了,但现在被一个大人物紧逼着、审视着,真有点儿像日冕公司人事经理找他谈话的那一幕。

"刚才跟我通话的是格劳布,"阿尼·科特说,"那个精神病大夫。听说过吗?"

"没有。"杰克答。

"你平时都干些什么,除了把脑袋伸进机器后面,就不关心其他事了吗?"

杰克抬起头来,迎上此人的目光。"我有老婆、儿子。这就是我的生活。我现在干这个也是为了养家糊口。"他冷冷地说。阿尼似乎并未见怪,甚至还笑了笑。

"喝点儿什么?"阿尼问。

"咖啡,如果有的话。"

"我有正宗的'老家'咖啡。"阿尼说,"清咖?"

"清咖。"

"嗯,你看上去就爱喝清咖。你觉得这机器能当场修好吗?还是得带回去?"

"我能在这儿修好。"

阿尼面露喜色，"太棒了！我是真离不开它。"

"咖啡呢？"

阿尼听话地转身走了出去，在隔壁窸窸窣窣忙活一阵，回来时端着一只陶瓷咖啡杯，放在杰克近旁的桌子上，"我说，波伦，有个客人随时会来，一个姑娘，不会打扰你吧？"

杰克感觉他在挖苦人，抬眼一瞟，才发现他并无此意。阿尼先是看了看杰克，接着又把目光挪到拆了一半的录音机上，显然很想知道修得怎么样了。他的确离不开这部机器，杰克相信。真奇怪啊，人们总是死抱着自己的旧物不放，仿佛它们是身体的延伸，这是一种机器臆想症。你原以为像阿尼·科特这样的人会把坏的加密录音机一扔了事，掏钱再去买个新的。

这时响起了敲门声，阿尼赶紧过去开门。"哦，嗨！"杰克听到他说，"进来。嘿，我请了人来修那个小玩意儿呢。"

接着是一个姑娘的声音："阿尼，你的小玩意儿永远也修不好了。"

阿尼不安地笑了笑，"嘿，见见我新请的修理工，杰克·波伦。波伦，这位是多琳·安德顿，工会财务主管。"

"嗨。"杰克打了个招呼。他用眼角瞥了一下——没有停下手里的活儿——看见她有一头红发，皮肤极白，一对大眼睛令人惊艳。谁都能吃上官饷，他不以为然地想。这个世道没得说。

阿尼,你在这儿给自己办了一个多么了不起的工会啊。

"他很忙吧?"姑娘说。

"哦,是的。"阿尼说,"这些修理工都是不把活儿干好不罢休的棒小伙,我是指外面公司派来的,不是咱自己人——咱们那些人是一帮懒鬼,整天无所事事到处找乐子,工资倒照拿。我受够他们了,多尔①。但这位波伦是高手,他随时能修好这部录音机,是吗,杰克?"

"是的。"杰克答。

姑娘说:"不说声'哈罗'吗,杰克?"

杰克放下活儿,把目光移到她的脸上,漠然地瞧着。她的表情酷酷的,有一股机灵劲儿,还带着一丝嘲弄,让人觉得又可气又可爱。"哈罗。"杰克说。

"我在天台上看见你的直升机了。"姑娘说。

"让他干活。"阿尼不耐烦地说,"把外套给我。"阿尼站到她背后,帮她脱下外套。姑娘穿着深色羊毛套装,显然是从地球进口的,价格一定贵得惊人。我打赌埋单的冤大头准是工会养老基金,杰克暗想。

他观察着这姑娘,发现一句老话说得颇有道理:明眸、秀发、美肤能组合成一个漂亮女人,而一只无可挑剔的鼻子则能成就

① 多琳的昵称。

131

一个大美人。眼前的姑娘就有这么一只鼻子:坚挺,笔直,在五官中抢尽风头,成为绝对的主角。他发现,跟爱尔兰、英国或其他地方的女人相比,地中海女人达到美女标准要轻松许多;因为从遗传学角度而言,地中海式鼻子,不管是西班牙的、希伯来的、土耳其的,还是意大利的,往往能为一个人的长相增光添彩。他的妻子西尔维娅长着一只喜感的爱尔兰翘鼻子,虽说不管以什么标准来衡量,她的相貌都不差,但离真正的美女——还是有差距。

杰克估计多琳三十出头,但她散发着一种不随岁月消逝的清纯气质。这股清新之气,杰克在接近适婚年龄的女中学生身上见识过;偶尔也能在半百女人那儿领略一次,她们通常都有一头漂亮的灰发和一双标致的大眼睛。这个姑娘的魅力很可能从未减损,而且还能再保持二十年,无法想象她会换一副模样。阿尼把自己掌管的基金投资于她,应该是笔好买卖,她是一棵常青树。现在已经能从这个姑娘的脸上看到她成熟后的样子,那是一种可遇而不可求的韵致。

阿尼对杰克说:"我们要出去喝一杯。要是你能马上修好那机器——"

"修好了。"他已经找到了断裂的皮带,并换上了工具箱里的好皮带。

"干得漂亮。"阿尼像个开心的小孩一样咯咯笑起来,"那跟我们一块儿去吧。"接着他又向姑娘解释道，"我们要会会米尔顿·格劳布，著名的精神病大夫，你可能听说过。他跟我约好了一起喝一杯。我刚才和他通过电话，听上去水平一流。"他使劲拍了一下杰克的肩膀，"我打赌，你把直升机降落在天台上的时候，肯定想不到能和太阳系顶尖的精神分析学家喝上一杯，对不对?"

杰克有些犹豫，不知该不该去。可去了又何妨呢? 于是他便答应道:"好的，阿尼。"

阿尼说:"格劳布大夫要帮我弄一个精神分裂病人来。我需要一个，我需要他的专业服务。"他笑起来，两眼闪光，觉得自己的说法十分俏皮。

"是吗?"杰克说，"我就是个精神分裂病人。"

阿尼止住笑，"别开玩笑啦。这我可绝对猜不到，我是说，你看上去没问题啊。"

杰克一边把加密录音机装回原样，一边说:"现在是没问题。治好了。"

多琳说:"精神分裂症是治不好的。"她的语气平淡，仅仅是在叙述一个事实。

"如果是所谓的处境性精神分裂症，"杰克说，"就能治好。"

阿尼盯着他，既怀着浓厚的兴趣，又将信将疑，"你在耍我，想骗取我的信任。"

杰克耸耸肩,感觉自己脸红了,便把注意力完全转回到手里的活儿上。

"别见怪,"阿尼说,"你说的是真的,不开玩笑?听着,杰克,我问一下,你有没有一点儿预测未来的能耐?"

等了半晌,杰克回答:"没有。"

"你肯定吗?"阿尼不太相信地问道。

"我肯定。"他现在后悔没拒绝阿尼的邀请了。这一问接一问让他觉得自己无遮无掩的。阿尼逼得太近,侵入了他的自我保护圈——已经闹得他透不过气了,他移到桌子另一头,跟这位前管道工拉开了距离。

"这是干啥?"阿尼高声地问道。

"没什么。"杰克继续干活,既不看阿尼也不看那姑娘。两个人都瞧着他,他的手在发抖。

过了片刻,阿尼说:"杰克,告诉你我是怎么坐上现在这个位置的。因为我有一个本事。我会看人,不光看一个人表面上做了什么、说了什么,我还能猜透他心里在想什么,能看清他的真面目。我不相信你。关于预知能力这事,我打赌你没说实话。是不是?你根本不用回答。"阿尼对姑娘说,"走,出去乐呵一下,我得喝上一杯。"同时示意杰克一起来。

杰克放下工具,硬着头皮跟了上去。

7

米尔顿·格劳布医生和阿尼·科特约好喝一杯,在驾直升机去刘易斯敦的途中,他问自己是不是真的撞了大运。不敢相信,他想,我竟会这样时来运转。

他不确定阿尼想要什么。电话来得太突然,再加上阿尼语速又快,格劳布医生还没闹明白通话就结束了,只记得对方谈到精神疾病通灵学方面的问题。好吧,关于这个话题,他基本上能把该知道的全给阿尼说一遍。不过,格劳布也意识到这次咨询没那么简单。

一般来说,一个人关心起精神分裂症,恰恰暴露了其本人的内心正在对抗着这种疾病。业界公认,早期精神分裂症虽然不易察觉,但也会显现一些征兆,比如不敢在公共场所进食。阿尼喋喋不休地唠叨着想跟格劳布见一面——不是在他自己家,也不是在诊所——而是约在了刘易斯敦挺火的垂柳餐吧。这有没有可能是一种反向作用①？在公开场合下会感到莫名其妙地紧张，若伴有摄食行为则更为严重，这说明阿尼·科特已经开始偏离正常状态了，但他又竭力想让自己复原。

格劳布一面驾驶一面猜度着这件事。后来，他的思路不知不觉拐到了自己的问题上。

阿尼·科特在"老家"那边没什么名气，在拓居地却是一位掌管着数百万工会基金的大人物，俨然一方领主。假如科特正式聘用我，格劳布盘算起来，我就能还清一屁股债，告别那一大堆从不减少更不会消失、利息高达百分之二十的透支账单。然后，我们可以从头来过，不再背债，而是量入为出……当然比现在要宽绰多了。

此外，老阿尼是瑞典人或丹麦人，总之是那一片来的，所以格劳布在接待患者前再也不用特地加深肤色了。还有一点，阿尼这个人出了名的不拘礼。米尔特，阿尼，咱俩就这么互相称呼好了。格劳布医生微微一笑。

初次见面，得留神一定要认可阿尼的观点，凡事捧着他点儿，别泼冷水，比方说，就算老阿尼的看法失之偏颇，也不必直言

①精神分析学术语，又称反向形成、反应形成，属于一种精神防御机制，指采取与本意相反的行动来控制内心的焦虑。

相告。这个人要是一泄气那就麻烦啦！不能搞砸了。

我明白你的意思，阿尼。格劳布医生一边驾机飞向刘易斯敦，一边默默排练着如何对答。没错，从这个角度来说，的确很值得探讨。

他帮病人解决过形形色色的社交难题，经常代表那些自卑封闭、恐惧社交的分裂型人格者在公共场所抛头露面，眼下这件事肯定是小菜一碟。另外——假如阿尼的精神分裂症愈演愈烈——没准连活下去都得靠我了。

棒极了。格劳布医生一兴奋，把直升机航速提到了最高。

垂柳餐吧环绕着一条冷蓝色水带。喷泉扬起水花。紫色、琥珀色、锈红色的九重葛长得高高大大，沿这座单层玻璃建筑围成一圈。格劳布医生从停机坪走下黑色锻铁楼梯时，发现阿尼·科特已经落座，身边陪着一个绝色红发女子，还有一个相貌平平、穿着修理工制服和帆布衬衫的男人。

这儿真的是无阶级社会，格劳布医生心想。

他走过横跨水带的彩虹桥。大门开启。他进入大堂，经过吧台，在沉醉于演奏的爵士乐队前止步瞧了一会儿，这才冲阿尼打招呼："嗨，阿尼！"

"嗨，大夫。"阿尼起身介绍，"多尔，这位就是格劳布大夫。

多琳·安德顿。这位是我的修理工,杰克·波伦,真正的快枪手。杰克,这位是当今最重要的精神病学家,米尔特·格劳布。"

大家相互点头致意、握手。

"过誉了。"格劳布在大家就座时轻声道,"主导这个领域的仍然是瑞士贝格霍尔茨莱的存在主义精神病学家。"尽管阿尼的介绍夸大其词,格劳布还是非常受用,感觉自己兴奋得脸都红了。"抱歉,我来晚了——今天跑了一趟新以色列。博斯①——博斯利·图维姆——有些医疗问题急着要咨询我。"

"了不起的家伙,那个博斯。"阿尼点燃了一支"奥普蒂马海军上将",正牌地球产雪茄。"很能干。我们还是谈正事吧。等等,我帮你点酒。"他用询问的目光看着格劳布,同时扬手招呼女侍者。

"威士忌,如果有的话。"格劳布说。

"顺风威士忌,先生。"女侍者说。

"嗯,可以。不加冰,谢谢。"

"好啦。"阿尼急不可耐,"言归正传,大夫。我要的深度精神分裂者,有人选了吧?"阿尼紧盯着格劳布。

"唔,"格劳布想起刚才的新以色列之行,"曼弗雷德·斯坦纳。"他说。

"跟诺伯特·斯坦纳有关系吗?"

_____

① 博斯利的昵称。

"事实上,就是他儿子。眼下在本－古康复营里——我想跟你聊聊应该不算泄密。重度自闭,天生的。他母亲是那种冷漠、理性的分裂型人格,只知道照搬教条。他父亲——"

"父亲死了。"阿尼唐突地插了一句。

"是的。很可惜。人不错,就是太消沉。他是自杀的,你知道。低迷期典型的冲动行为。按说早几年就该出事,能撑到今天已经是奇迹了。"

阿尼接口道:"你在电话里说你研究出一种理论,是关于精神分裂者时间错位的。"

"没错,那是指心理时间感紊乱。"看到三位听众一齐竖耳倾听,格劳布医生更来劲儿了,这本来就是他最爱谈的一个话题。"我们还没有完成实验验证,不过那是早晚的事。"接着,他既没有犹豫,也不感到羞愧,言谈间顺势就把贝格霍尔茨莱理论据为己有了。

阿尼显然深受吸引,说道:"很有意思。"又问修理工杰克·波伦,"这种慢速封闭舱造得出来吗?"

"没问题。"杰克低声地答道。

"还有传感器,"格劳布说,"好让病人走出封闭舱,进入现实世界。视觉、听觉——"

"也可以。"波伦说。

"听听我的想法,"阿尼急切而激动地说,"精神分裂者的时间跑得远远快过我们,他实际上已经进入了我们的未来,会不会是这样呢？预知能力会不会就这么产生了?"他的浅色眼睛兴奋得闪闪发光。

格劳布耸耸肩表示同意。

阿尼转头朝向波伦,几乎语无伦次起来:"嘿,杰克,就是这回事！奶奶的,我应该去当精神病学家。把他的速度降下来,该死,说错了,把他的速度提上去。让他活在超前的时间里,如果他愿意的话。但要叫他把自己的所见所闻汇报给我们——对吗,波伦?"

格劳布说:"可难就难在这儿。自闭症患者的交际能力都是严重受损的。"

"噢。"阿尼说,但没有气馁,"见鬼,这一点我很清楚,会找到办法的。早先不是有个叫卡尔·荣格的——很多年前他不是就破译了精神分裂者的语言吗?"

"是的,"格劳布说,"几十年前荣格破解了精神分裂者的隐秘语言。可自闭症患儿,比如曼弗雷德,根本没有语言,至少没有口语。或许只有纯属他个人的思维……但没有言词。"

"胡扯。"阿尼说。

姑娘用责备的目光瞥了他一眼。

"这是一个严肃的问题。"阿尼对她说,"必须得让这些不幸的人,这些自闭症孩子,跟我们说话,把他们知道的告诉我们,是不是,大夫?"

"是的。"格劳布答。

"那孩子现在成孤儿了,"阿尼说,"那个曼弗雷德。"

"他还有妈妈呢。"格劳布说。

阿尼兴奋地挥着手说:"可他们并不太关心这孩子,没留他在家里,而是把他一脚踢进了康复营。哼,我要把他捞出来,带到这儿。对了,杰克,这件事你负责一下,造一台能和他交流的机器——你明白了吗?"

波伦过了片刻才答道:"我不知道该说什么。"又呵呵一笑。

"你当然知道——得啦,对你来说应该不是什么难事,你也是精神分裂者嘛,你自己说的。"

格劳布来了兴致,问波伦:"真的吗?"出于职业本能,他已经注意到这位修理工坐着呷酒时,一举一动显得紧张而僵硬,而且一副病恹恹的样子,"不过你看上去康复得很好。"

波伦抬头迎上他的目光,说:"我完全康复了。已经有好些年了。"他的表情五味杂陈。

从来没人能完全康复,格劳布想。他忍住没说,而是继续前一个话题:"也许阿尼说得有道理。我们可以想办法和自闭症患儿心意相通,不过要先解决一个基本问题:自闭症患儿没法换一种思维,用我们的眼光去看世界;反过来,我们也没法把自己的思维转变成患儿的。中间隔着一条鸿沟。"

"跨越这条鸿沟,杰克!"阿尼喊道,又使劲拍了拍波伦的后背,"那是你的任务,我要正式聘用你。"

格劳布医生艳羡不已。为了掩饰,他低头紧盯酒杯。可那姑娘还是看出来了,冲他莞尔一笑。他没有回应。

杰克·波伦注视着坐在对面的格劳布医生,发现自己的感知开始渐渐散焦,这正是他万分担心的事情。多年以前,在日冕公司人事经理办公室里,这种意识畸变给了他沉重一击,从此落下病根,随时可能复发。

他看见格劳布医生也呈现出了那种"绝对真实":一件由冰冷的电线与开关组成的东西,绝非有血有肉的人类。原先的躯壳已融化于无形,内部机械结构直接袒露在杰克·波伦的眼前。不过他强自镇定,仍旧保持边啜酒边倾听的姿势,偶尔点一下头。格劳布医生和阿尼·科特都没有觉察出什么异样。

但是那姑娘注意到了。她靠过来,在杰克耳边柔声道:"你不舒服吗?"

他摇摇头。不舒服,他心里说,觉得难受。

"咱躲开他们，"姑娘悄声地说，"我也受不了。"接着大声对阿尼说，"我和杰克走开一会儿。来。"她拍拍杰克的胳膊，站起身来。杰克感觉碰着自己的手指细巧而又有力，他也站了起来。

阿尼关照了一句"别去太久"，便又起劲地和格劳布医生聊起来。

两人走在餐桌间的过道里，杰克说："谢谢。"

多琳说："阿尼说正式聘用你的时候，你瞧见那位有多眼红吗？"

"没有。你是说格劳布？"但他并不吃惊。"我这毛病，"他带着歉意说，"跟眼睛有关系，可能是散光。太紧张了吧。"

姑娘问："去吧台坐坐？还是去外边？"

"去外边。"杰克答。

随后，他们站在彩虹桥上，俯瞰水面。水里有鱼儿游来游去，亮晶晶的，却又朦朦胧胧，似真似幻；这是火星上的稀缺物种，当然火星上几乎样样稀缺。游鱼在这个世界里真是奇迹，杰克和姑娘朝下凝望时，产生了同样的感想，而且两个人同时感觉到与对方灵犀相通，尽管谁都没有说出来。

"外面真美。"多琳先开口道。

"是啊。"杰克不想说话。

"每个人，"多琳说，"或早或晚都会遇上一个精神分裂者……要么他自己就是。我'老家'的弟弟也得了这个病。"

"我会好的,"杰克说,"我现在就挺好。"

"可你没好。"多琳说。

"确实,"他承认,"但我又能怎么办呢? 你自己说的,精神分裂得过一次,就会缠你一辈子。"他沉默了,一味盯着浅色游鱼。

"阿尼很器重你。"姑娘说,"他说自己有本事掂量出一个人的价值,那是实话。他应该已经看出那个格劳布在拼命推销自己,想受聘为正式员工,来刘易斯敦上班。估计精神治疗这一行没过去好赚钱了,吃这碗饭的人太多。光这一个定居区就有二十个,谁的生意都不能说好。申请移民那会儿,你——这种情况没碰上麻烦吗?"

他说:"我不想谈这件事,好吗?"

"那去走走吧。"姑娘建议。

他们沿街而行,经过一间间店铺,大多数已经关门了。

"刚才喝酒的时候,你瞧着格劳布医生,"姑娘问,"看见了什么吗?"

杰克答:"没什么。"

"这个你也不愿意谈。"

"没错。"

"你觉得跟我聊聊,事情会变得更糟糕吗?"

"变糟的不是事情,是我这个人。"

"也许应该就事论事。"多琳说,"也许你看到的东西,不管多么奇形怪状,还真有什么说道呢。我不清楚。我曾经拼命想去了解克莱——就是我弟弟——看见了什么,听见了什么。他说不出来。我明白他的世界跟其他家人是截然不同的。后来他自杀了,像斯坦纳那样。"她在一个报摊前停下,扫了一眼报道诺伯特·斯坦纳的头版新闻,"存在主义精神病学家常常说随他们去吧,让他们自行了断;对于其中一部分人,这是唯一的出路……这种幻象会变得越来越可怕,可怕到无法承受。"

杰克一声没吭。

"是不是很可怕?"多琳问。

"不是。只觉得——心慌。"他努力解释,"你的言谈举止没法跟周围的实际情况相协调,你也没法维持自己平常的样子。"

"你是不是经常像演戏似的硬装着啥事儿没有,已经有点儿——习惯了?"没等他答话,她又接着说,"你刚才在里面就是这么做的。"

"我确实想把别人都糊弄过去。"他承认,"只要能让我把自己的角色一路演下去,我愿意付出任何代价。可那是一种真正的分裂——其他全都算不上分裂;他们说这是内心的分裂,错了。我要是不想让自己分裂,保持完整人格,那就得凑到格劳布医生跟前对他说——"他煞住话头。

"说下去。"姑娘说。

"好吧,"他深吸一口气,"我会说,大夫,我能看见你在永恒中的模样,你已经死了。那幅恶心的、恐怖的幻象差不多就是这样。这画面我根本不想看,是硬塞给我的。"

姑娘挽住了他的胳膊。

"我从来没告诉过任何人,"杰克说,"连西尔维娅,我老婆,还有我儿子戴维都没说过。对了,我一直在观察戴维。我每天都要好好瞧瞧他,生怕他也露出这种苗头。这个病很容易遗传的,就像斯坦纳家。格劳布不说,我还不知道他家有个儿子在康复营呢。我们两家还是好多年的邻居呢。斯坦纳一点儿口风也没透。"

多琳说:"我们该回'垂柳'吃饭了。好吗?最好是回去。其实,你不必非得跳到阿尼这里来,还是跟着易先生干好了。你那架直升机真漂亮。没必要因为阿尼用得着你,就放弃这一切,你还不一定用得着他呢。"

他耸耸肩说:"在自闭症孩子和我们的世界之间建立一条沟通渠道,这个任务不容易,也很有趣。我觉得阿尼的话里包含很多意思。我可以当这个媒介——去干一件有益的事。"至于阿尼为什么要把斯坦纳的儿子领出来,倒不重要了,他想。阿尼多半怀有某种明确的自利动机,想真金白银地狠赚一笔。可是那关我什么事?

事实上我可以两头兼顾,他想到了这一茬。易先生可以把我租给水务工会;我的工资照旧由易先生发,易先生向阿尼收租金。皆大欢喜,何乐而不为? 修理小孩失灵的脑袋瓜肯定比修理冰箱或加密录音机更有意义。假如折磨这孩子的幻象也是我熟悉的那些——

被格劳布据为己有拿出来显摆的那个时间理论,他也略知一二。他在《科学美国人》①里读到过。关于精神分裂症的文章,只要能搞到,他自然都会读一读。他知道这种理论是瑞士人而不是格劳布提出来的。他觉得这理论真古怪啊,可听上去又有道理。

"回'垂柳'吧。"他已饥肠辘辘,待会儿准能吃上一顿顶呱呱的大餐。

多琳说:"你很勇敢,杰克·波伦。"

"怎么说?"他问。

"那地方给你带来了痛苦,那些人让你产生幻象,用你的话说,'永恒'的幻象,而你还是敢回去。换了我就不行,我是会逃走的。"

---

① 原名 *Scientific American*,美国知名科普杂志,1845 年创刊。

"可是，"他说，"重点就在这里。它的目的就是要逼你逃走——幻象就是为了这个而出现的，为了断绝你和别人的关系，孤立你。要是让它得逞，你的人生也就完了。所以有人说精神分裂症这个术语算不上诊断结果，而是预后——不是指你得了什么病，而是预言你会怎么完蛋。"我可不打算就这么完蛋，他暗想。不能像曼弗雷德·斯坦纳那样，哑巴似的给关在病房里。工作、老婆、儿子、朋友，这些我都要保住——他瞟了一眼挽着自己胳膊的姑娘。是的，就连桃花运只要能交上，我也不愿放弃。

我会坚持下去的。

他边走边想，双手插进口袋，碰到了一样冰冷、坚硬的小东西，心里奇怪，掏出来一看，是个皱巴巴的小物件，像树根。

"这是什么鬼东西？"多琳问。

原来是布利克人上午在沙漠里送的水巫，他已经忘得一干二净了。

"幸运符。"杰克答。

多琳用颤抖的声音说："太丑了。"

"是的，"他说，"但很友善。说到这儿，我们精神分裂者还有一个毛病：对别人不自觉的敌意很敏感。"

"我知道。有点儿像心灵感应。克莱就是这样越变越糟的，最后——"多琳瞥了他一眼，"成了妄想狂。"

"那就是这种病最不可救药的地方,我们能感受到身边人,甚至陌生人压抑在心底里的暴力和敌对倾向。真希望我们没这毛病。连下个馆子——"他想到了格劳布,"坐个巴士、看个电影,我们都会接收到敌意。总之,有人群就有敌意。"

多琳问:"你知道阿尼想从小斯坦纳那儿探听到什么吗?"

"唔,那个预知理论——"

"可阿尼打算了解未来的什么呢?你不知道,是吗?你也不会想去搞搞清楚。"

没错。他甚至不觉得好奇。

"你只满足于,"多琳一边端详他一边慢慢说道,"干技术活儿,装配那些必要的机器。那可不行,杰克·波伦,这绝不是一个好迹象。"

"哦,"他点点头,"精神分裂就是这样的,我觉得……满足于纯技术性的联系。"

"你会问阿尼吗?"

他不太自在,"那是他的事,与我无关。这份工作挺有意思的,我也喜欢阿尼,他比易先生强。我只是——没兴趣打听。这是我的性格。"

"我觉得你是害怕。可我不明白原因——你有勇敢的一面,但在心底里又恐惧得要命。"

"可能吧。"他感到难过。

两个人继续往回走向垂柳餐吧。

晚上人都散了,多琳·安德顿也走了,阿尼一个人心满意足地坐在自家客厅里。真是收获满满的一天!

他找来了一个出色的修理工,已经修好了那部珍贵的加密录音机,还要造一个能开发自闭症患儿预知能力的电子玩意儿。

他一分钱没花,就从精神病大夫嘴里套出了有用的信息,又机智地甩掉了他。

总之,这是一个特别的日子。眼下只剩下两个问题:一是大键琴还没调好音;二是——还有一个是什么来着?一时记不起来了。他坐在电视机前一边冥思苦想,一边看着"美丽美利坚"——即火星上的美国拓居地——举办的拳击赛。

他想了起来。诺布·斯坦纳死了,美食断货了。

"我来搞定。"阿尼自言自语。他关上电视,取出加密录音机,坐下来,手持麦克风,开始录语音。收信人是斯科特·坦普尔,阿尼曾通过此人对无数大企业施加过影响。坦普尔是埃德·罗金厄姆的表兄弟,人不错——他想办法拿到了联合国的特许经营协议,掌握着大部分火星医药用品的进口贸易权,这可是人人垂涎的垄断生意啊。

加密录音机的滚轴转了起来，看着就带劲。

"斯科特！"阿尼说，"你好啊。嘿，你认识那个可怜的诺布·斯坦纳吗？太惨了，我是指他的死，还有那些连锁反应。我知道他精神上有点儿那个。跟咱大家伙儿一个毛病。"这句话让阿尼哈哈笑了很长时间，"说正经的，这事给我们留下个小问题——我是指货源问题。是不是？听我说，斯科特老兄。我想跟你好好聊聊。我要入伙。你明白了吗？这两天你来一趟，我们具体安排一下。我想我们不用管斯坦纳那套系统；可以另起炉灶，在偏远处搞一小块地方，弄几架运载火箭，再加上其他必要的东西。到时候把烟熏牡蛎源源不断地运进来，那才像样。"他关上加密录音机，想了想还有没有要补充的。没了，该说的都说了，和斯科特·坦普尔这样的人不需要多啰唆，这笔交易一拍即合。"好了，斯科特，"他说，"等你来。"

他取出磁带，又想起应该试放一下，确保已经加密。上帝啊，万一阴差阳错搞成了普通录音，这娄子就捅大了！

还好，是加密的，没问题。我的天！这部机器把语义单位转码为小猫打架版的当代电子乐。听到那些吹哨声、咆哮声、哔哔声、呜呜声、嗡嗡声，阿尼笑得眼泪都流出来了，不得不去卫生间，扑点儿冷水在脸上，让自己降降温。

他回到加密录音机旁，在磁带盒上仔细注明以下文字：

风神之歌,大合唱,卡尔·威廉·迪特尚德作曲

这位叫卡尔·威廉·迪特尚德的作曲家如今在地球上的知识界大受追捧,但阿尼很讨厌此人炮制的所谓电子乐。他自己是个正统派:品位以勃拉姆斯为限,绝不越雷池一步。把提议合伙干食品走私的密文标为迪特尚德的作品之后,阿尼又笑了个够。随后他打电话给一名工会好会员,吩咐将磁带送到北面的英国拓居地——"新不列颠"去。

干完这件事,已经晚上八点半了,一天的公务终于结束,阿尼回到电视机前,拳击赛还能看个尾巴。他又点上一支超柔和"海军上将"雪茄,往后一靠,放了个屁,这下轻松了。

希望天天如此,他想。这种日子有多少,我就能活多长,甚至返老还童。他感觉自己还能回到四十岁。

我居然干起了黑市生意,他又想。就为了搞点儿吃的,什么小罐装野黑莓果冻啦,什么腌鳗鱼片啦,什么熏鲑鱼片啦。但是,吃并不是小事,对他尤其如此。没人可以剥夺我的快乐,他心意决绝。要是那个斯坦纳以为自杀就能打击到我——

"上啊!"他给屏幕上被暴揍的黑小子加油,"给点儿力,娘炮,打回去啊!"

那个黑人拳手好像听见了似的,又挣扎着站了起来,阿尼·科特由衷地发出一串咯咯的笑声。

在邦奇伍德园区一家旅馆的小客房里,杰克·波伦坐在窗前抽着烟想心事。这间客房原本要轮到周末当班他才会住进来过夜。

过了这么些年,他一直害怕的事还是发生了,躲也躲不开。现在已经不是痛苦的等待,而是活生生的现实。上帝啊,他悲哀地想,他们说得没错——一旦得了这个病,就永远好不了。公立学校之行是发病的诱因;到了垂柳餐吧,这病就狠狠地发作了,跟他二十出头在地球上的那次一模一样,仿佛又回到了雷德伍德城的日冕公司。

我知道,他琢磨着,诺伯特·斯坦纳的死也起到了推波助澜的作用。人一听到死讯就心烦意乱,然后干出离谱的事情来;死亡会对人们的活动和情绪产生涟漪效应,其影响无孔不入,经久不散。

最好打个电话给西尔维娅,他想,听听她跟斯坦纳太太还有孩子们相处得怎么样。

但他没有勇气拿起电话。毕竟我什么忙也帮不上,他决定不打了。我不得不二十四小时在城里待命,易先生的总机随时会联系我。此外,他现在还得听命于刘易斯敦的阿尼·科特。

不过,这一切都是有回报的。一种妙不可言、令人兴奋的丰厚回报。他的钱包里夹着多琳·安德顿的地址和电话号码。

今晚该不该打电话给多琳呢?杰克在心里设想,找个人,一位异性,聊聊心里话,而且这位异性了解他的情况,真心愿意倾听他的诉说,还不会被他吓退。

想想就欣慰。

杰克最不愿意跟妻子谈自己的精神分裂症。他曾试过几次,每次她都怕到崩溃。和其他人一样,西尔维娅一想到精神分裂症在入侵她的生活,就惊恐万状。她自己是靠药片的魔力来抵挡其侵袭的……好像苯巴比妥顶得住史上最盛行、最凶险的精神疾病似的。天知道他自己在过去十年里吞下了多少药片,足够从家门口一路铺到这间旅馆了,兴许还能打个来回。

思量再三,他决定不打电话给多琳。还是留条后路,等危机出现时派用场吧。眼下他感觉还过得去。来日方长,将来用得着多琳·安德顿的机会多了。

当然,他还得格外谨慎才行,多琳显然是阿尼·科特的情人。但多琳似乎对自己的每一步动作都考虑得很清楚,她也肯定了解阿尼这个人。多琳留下地址和电话号码之前一定想过要避开阿尼,所以才带着他离开餐厅。

我信任她,杰克心里说。对于一个有精神分裂倾向的人,这可不寻常啊。

这么想了一会儿,杰克·波伦掐灭烟头,拿了睡衣,准备上床睡觉。

刚盖好被子,电话就响了。是报修,他念头一闪,身体猛地坐起来,一手抓下了听筒。

他猜错了。耳边传来女子温柔的声音:"杰克?"

"是的。"他答。

"我是多琳。只想知道——你还好吧。"

"我很好。"他说着在床沿坐下。

"今晚你想过来吗? 来我这儿?"

他犹豫了一下。"嗯。"他说。

"咱俩可以听听唱片,聊聊天。阿尼借给我好多他收藏的立体声密纹唱片,很少见的老古董……有的已经划烂了,当然也有极品。他是个了不起的收藏家,你知道的,火星上巴赫的唱片就数他最多。他的大键琴你也见过。"

摆在阿尼客厅里的那玩意儿原来叫大键琴。

"能行吗?"他问。

"行的。别怕阿尼,他没什么占有欲,我这样说你明白吧。"

杰克说:"好,我过来。"接着又意识到自己走不开,因为必须守着报修电话。除非能把电话转接到她家。

"没问题。"听了他的理由,她答道,"我打电话跟阿尼说说。"

他目瞪口呆,"可是——"

"杰克,如果你觉得咱俩能瞒过他,那你真是疯了——这个定居区不管发生什么阿尼都知道。交给我吧,宝贝。我马上打电话给他。你赶紧过来。半道上万一有来电,我会记下来的,但我猜不会有。阿尼不希望你再出去给人修什么烤面包机,他要你干他的活儿,造出一台和小斯坦纳交流的机器。"

"好,"杰克说,"我这就过来。再见。"说完便挂上了电话。

十分钟后他上路了,驾着那架锃光瓦亮的易氏公司维修机划过火星的夜空,飞往刘易斯敦,去会阿尼·科特的情人。

8

戴维·波伦知道他爷爷利奥有的是钱,出手也大方。老人西服笔挺,内穿马甲,外露金袖扣,刚才这套行头在出站坡道上一亮相,就抓住了戴维的眼球。一家人还没走出火箭航站楼,爷爷便在鲜花柜台前停下脚步,为孩子的母亲买了一束大朵的蓝色地球花。他还要给男孩买点儿什么,可店里没有玩具,只有糖果,爷爷就买了一盒,两磅装的。

爷爷腋下夹着一个系有细绳的白纸盒,这个盒子没有办托运。等一家人离开航站楼,钻进爸爸的直升机,爷爷打开了盒子。里面塞满了塑料包装的犹太面包、酸黄瓜和切片咸牛肉,咸牛肉足有三磅重。

"我的天!"杰克开心地叫起来,"亏你大老远从纽约带过来。在拓居地可吃不到这些,爸爸。"

　　"我知道,杰克。"利奥说,"一个犹太佬指点我在哪儿能买到好货。这家店特别对我胃口,我想你也会喜欢的,咱俩的口味差不离。"他笑了起来,很高兴看到自己给他们三个带来了快乐,"到了家我就给你们做三明治。一进门就做。"

　　直升机升到了航站楼上空,开始飞越漆黑的沙漠。

　　"这里天气怎么样?"利奥问。

　　"经常刮暴风。"杰克答道,"大概一个礼拜前差点儿把咱家房子埋了,害得我们去租了一台大型挖掘设备。"

　　"这太糟了。"利奥说,"你在信里提到的那种水泥墙,应该砌起来。"

　　"在这里搞个建筑工程要花一大笔钱。"西尔维娅说,"不像在地球上那么简单。"

　　"我明白,"利奥说,"可你们也得保护自己的投资——那套房子值不少钱,还有那块地,别忘了水源就在附近。"

　　"这怎么会忘呢?"西尔维娅说,"老天,没那水渠我们就玩儿完了。"

　　"运河今年拓宽了吗?"利奥问。

　　"还是老样子。"杰克答。

　　戴维大声地说:"他们疏通过,爷爷。我看到的是联合国的人,他们用大机器从河底吸沙子,水已经干净多了。所以爸爸关掉了过滤系统,还有现在管理员来开咱家的闸门,水抽起来可快啦,爸爸让我建了一个新菜园,能用溢出水箱的水把园子浇个透,我还种了玉米、南瓜和一些胡萝卜,但是甜菜全被偷吃了。昨天晚上我们摘了玉米吃。我们竖起了篱笆不让那些小动物溜进来——它们叫什么,爸爸?"

"沙鼠,利奥。"杰克接过话头,"戴维的菜园子一有收成,沙鼠就会跑进来。有这么老长。"他举起手比画,"不咬人,就是太能吃,十分钟能吃掉跟自己一样重的东西。老移民提醒过我们,但我们总得试一试。"

"能自己种些吃的是好事。"利奥说,"我记得的,你在信里介绍过这个菜园子。戴维,我打算明天参观一下。今晚我有点儿累。这次航程太长了,我坐的还是新式飞船呢,叫什么名字来着? 说是能达到光速,言过其实了。它起飞和降落都要花很久,震动也很频繁。我邻座的女士吓坏了,生怕飞船会烧起来,里面热得够呛,空调根本不管用。我想不通怎么会那么热,照理说票价已经够高的了。不过和以前相比还是进步很大——还记得当年你搬过来的时候坐了多久飞船吗? 两个月!"

杰克说:"利奥,你最好带了氧气面罩来。家里的太旧了,不好用。"

"当然带了,在咖啡色的箱子里。不用担心,我能适应这里的大气——我还带了新款的保心丸,药效强多了。'老家'样样都在改进,就是人口太多。越来越多的人打算往这儿移民——相信我。'老家'的雾霾快要毒死人了。"

戴维又大声地说道:"爷爷,我家隔壁那个人,斯坦纳先生,他自杀了,他儿子曼弗雷德已经从特殊儿童康复营出来,待在家里了,还有爸爸正在造一种机器,好让曼弗雷德跟我们讲话。"

"这样啊。"利奥慈祥地说,又朝男孩笑了笑,"这倒有意思,戴维。那孩子多大了?"

"十岁,"戴维答道,"可他完全讲不来话,目前是这样。但是爸爸要用他的机器来解决这个问题,你知道爸爸现在为谁工作吗? 科特先生,水务工会和他们那个定居区的头头,绝对是个大人物。"

"我一定听说过他。"男孩注意到利奥说话时冲杰克眨了眨眼睛。

杰克对他父亲说:"爸,你还打算在罗斯福山买地吗?"

"哦,没错,"利奥说,"肯定要买,杰克。当然,这次来主要是看看你们一家子,但要不是顺带办点儿公事,我可抽不出这么长时间。"

"我劝你别买了。"杰克说。

"杰克,"利奥说,"你先别担心,你搞得我都拿不准自己这一步走得对不对了。我干地产投资可有些年头了。这样,你有空载我去那条山脉,让我实地考察一下好吗?我已经搜集了一大堆地图,不过还是想亲眼瞧瞧。"

"你看了就会失望。"西尔维娅说,"那里太荒了,没有水,基本上没有活的东西。"

"咱现在别去管它。"利奥说着朝戴维微微一笑,还用胳膊肘轻轻地捅了捅男孩的肋部。"小伙子身板挺直,健健康康的,又不用吸'老家'那种脏空气,真叫人高兴。"

"不过,火星也有缺点。"西尔维娅说,"要么水质差,要么干脆没水,你过一段时间就知道了。"

"我知道。"利奥中肯地说,"生活在火星上的人肯定都是有勇气的。但这里更有利于健康,别忘了这一条。"

他们下方,邦奇伍德园区灯火闪耀。杰克将机头调向北面,朝自己家飞去。

杰克·波伦操纵着易氏公司的直升机,偷偷瞟了父亲一眼,令他惊讶的是,父亲几乎没有变老,虽已年近八旬,精力依然那么旺盛,身体也仍旧那么结实。他还在干着全职工作,一如既往地享受着投机生意的乐趣。

然而,这只是表面现象,杰克相信,对于地球到火星的这趟长途旅程,利奥嘴上轻描淡写,实际上肯定要累得多。幸好快到家了。罗经方位点显示7.080 54,还剩几分钟的路。

直升机泊在天台,一家人走下楼梯后,利奥立即兑现诺言,走进厨房忙活起来,乐呵呵地为每个人做了一份地道的犹太式咸牛肉三明治。片刻工夫,大家都坐在客厅里大快朵颐了。这是安逸而放松的一刻。

"你真不知道我们多想吃这样的东西,"西尔维娅最后说,"连黑市——"她瞥了杰克一眼。

"黑市里偶尔还能搞到些熟食,"杰克接着说,"不过,最近越来越难弄到了。我们没去买过。倒不是有什么大道理,就是买不起。"

他们交谈了一会儿,聊了聊利奥的旅途和"老家"的现状。十点半,大人叫戴维去睡觉;十一点,西尔维娅也告辞歇息去了。只剩下利奥和杰克两个坐在客厅里。

利奥说:"我们能出去看一下孩子的菜园吗?有没有大手电筒?"

杰克找了一盏故障检修灯,领着利奥走出房门,进入寒夜。

他们站在一畦玉米地旁。利奥低声地问:"近来你和西尔维娅关系怎么样?"

"很好啊。"这个问题让杰克稍感诧异。

"我觉得你俩好像有点儿冷淡。"利奥说,"要是夫妻感情出现隔阂,杰克,那可就糟了。你娶了个好女人——万里挑一的。"

"我心里有数。"杰克不太自在。

"你在'老家'那会儿,"利奥说,"年纪轻,挺花心的。不过我知道现在你已经把心收起来了。"

"是的。"杰克说,"我觉得你想多了。"

"可你看上去不大爱说话,杰克。"他父亲说,"希望那个老问题,你知道我指的是什么,没再给你惹麻烦。我是说——"

"我知道你在说什么。"

利奥不管不顾地继续说道:"我年轻那会儿,世界上根本没有现在这些精神疾病。这是时代特征,人口太多,过度拥挤。我记得你头一回发病那阵儿,还有之前的很长一段时间,好像是从十七岁起,就不爱搭理人,对别人漠不关心,还老是闷闷不乐的。我觉得你现在的状态跟那时候有点儿像。"

杰克瞪了父亲一眼。这就是父母来家里做客的麻烦,他们总是忍不住要扮演全知的智者。在利奥眼里,杰克不是有老婆、孩子的成年人,而是永远长不大的儿子。

"是这样,利奥。"杰克说,"这里人很少,到现在整个星球也没多少人定居,社交活动自然就少。而'老家',就像你说的,整天人挤人,跟那边相比这儿的人肯定更内向啦。"

利奥点了点头："嗯，这样的话，你看到熟人应该感到高兴点儿才对。"

"如果你是指你自己，我见到你确实很高兴。"

"当然，杰克，"利奥说，"我知道。也许我只是累了。可你好像话不多，老走神。"

"是工作上的事。"杰克说，"那个叫曼弗雷德的男孩，就是那个自闭症患儿——我满脑子都是他。"

然而，像以前那样，利奥总能凭着做父母的直觉，轻易地看穿他的托词。"得啦，儿子，"利奥说，"你现在是心事重重，而我了解你的工作；你的工作用手对付就够了，我说的是你的脑子，你的脑子变得闭塞了。你能去试一下心理治疗吗？别说不去，这事我还是有发言权的。"

"我不会说不去，"杰克回答道，"但我要说这他妈的不关你的事。"

黑暗中，身边的父亲似乎在退让。"好吧，儿子。"他轻声道，"抱歉，我多管闲事了。"

接下来是尴尬的沉默。

"见鬼，"杰克说，"有啥可吵的，爸。咱回屋吧，喝点儿什么，然后上床。西尔维娅在客卧给你铺了一张舒服的软床，你准能美美地睡上一觉。"

"西尔维娅很体贴人。"利奥的语气略带责备,随即缓和下来,"杰克,我一直在担心你。可能是我太保守,搞不懂这些——精神疾病的问题,如今好像人人都有这种病。太普遍了,跟以前的流感和小儿麻痹差不多,也像麻疹,我们小时候几乎人人都出过麻疹。现在你也得了这病。三个里头就有一个,我听电视上讲过。精分①——之类的。我的意思是,杰克,生活那么多姿多彩,为什么有人要逃避呢,比如那些精分者。想不通啊。这里有一整颗行星等着你去征服。比方说明天,我就要和你一起去罗斯福山,你带我到处转转,然后我把法律上的程序都摸摸清楚。地我还是要买的。听好,你也买,明白吗?钱我给你垫上。"他满怀憧憬地朝杰克咧嘴一笑,露出不锈钢假牙。

"我对这个不感冒,"杰克说,"不过还是要谢谢你。"

"我会替你挑一块地的。"利奥继续说。

"不用。我就是没什么兴趣。"

"你——喜欢现在这份工作吗,杰克?造一台同哑巴小男孩交流的机器?听上去是件好事,我为你骄傲。戴维是个拔尖的孩子,他也为他爸爸感到骄傲。"

"我知道。"杰克说。

"戴维没有任何精分的迹象吧?"

---

① 原文为"skizo",系"schizophrenia"(精神分裂症)的俚语。

"没有。"杰克答。

利奥说："不清楚你是从哪儿得的,肯定不是打我这儿遗传的——我喜欢跟人交往。"

"我也是。"杰克说。他在想,要是他爸知道了多琳的事会有什么反应。多半会感到痛心。利奥属于古板的一代——生于1924年,一个太久远的年代。那是一个截然不同的世界。能适应当今这个社会,简直称得上奇迹了。利奥出生于一战后的繁荣期,眼下居然站在火星沙漠的边缘……但他还是不能理解多琳,不能理解维持这种亲密关系对于儿子是多么重要——为了维持下去,杰克愿意付出一切,或者准确地说,几乎一切。

"那女的叫什么名字?"利奥问。

"什——什么?"杰克舌头打结了。

"我有点儿心灵感应的,"利奥不动声色,"是不是?"

杰克沉默了片刻,答:"还用说?"

"西尔维娅知道吗?"

"不知道。"

"别瞒我,你没敢看我眼睛。"

"扯淡。"杰克恶狠狠地说。

"她也结婚了吗? 也有孩子吗,这个和你搞在一起的女人?"

杰克尽力克制着,"你干吗不用心灵感应自己去调查?"

"我只是不想看到西尔维娅伤心。"利奥说。

"不会的。"杰克说。

"太糟了,"利奥说,"大老远跑来,居然发现这档子事。得啦——"他叹口气,"不管怎么说,我还有自己的事。明天咱俩起个大早,把活儿干起来。"

杰克说:"别太苛刻了,爸。"

"好吧。"利奥说,"我知道,时代在发展。你觉得这么勾搭勾搭对自己有好处——是吧?也有可能。没准能让你的脑子恢复正常。我不是说你不正常——"

"而是堕落。"杰克满怀怨气。上帝啊,这就是你的亲爸爸,他想。真折磨人!可悲啊!

"我知道你会走出来的。"利奥说,"我能看出来你在挣扎,不光是外边有人。从声音里听得出来——你有麻烦了。还是那老毛病,你现在年纪大了,折腾不起,所以更难熬了——对吗?没错,我清楚。这颗星球太荒凉。你们这些移民没有一落地就疯掉,已经很了不起了。只要一发现爱,你就会紧紧抓住,这我能理解。你需要找点儿正事做做,就像我一门心思扑在地产生意上那样。为可怜的哑巴孩子造台机器也许值得放手一干。我想见见那孩子。"

"你会见到他的,"杰克说,"可能就明天。"

他们又站了一会儿,回到屋子里。"西尔维娅还在嗑药吗?"利奥问。

"你管吃苯巴比妥叫嗑药?!"杰克笑了,"是的,她还在嗑。"

"多好的姑娘。"利奥说,"可惜她活得太紧张、太操心了。就像你说的,她还要去帮隔壁那个遇上飞来横祸的太太。"客厅里,利奥坐在杰克的安乐椅上,跷起腿,往后一靠,叹了口气,让自己坐舒服,好继续聊下去……他要说的话肯定还有很多,涉及方方面面,而且他正打算说个痛快。

西尔维娅躺在床上,几乎要昏睡过去了,临睡前照例服下的100毫克苯巴比妥冻结了她的身体机能。她恍惚之中听到院子那边传来丈夫和公公的嘀咕声;两个人一度都拔高了嗓门,她一惊之下坐了起来。

他们要吵架吗? 她自问。上帝啊,可别这样,希望这次利奥来做客不会把关系搞僵。还好,他俩的声音都压低了,她这才放心地又躺了下去。

不用说,利奥是个好老头,她想,很像杰克,只是更固执。

她丈夫最近开始为阿尼·科特干活儿,人也变了。这显然是一份诡异的工作。又哑又自闭的小斯坦纳搅得她情绪不佳。自打头一回见那孩子,她就一直觉得心里不好受。生活已经够乱的了。这孩子在家里溜进溜出,而且老是踮着脚尖跑,眼睛总是瞟来瞟去,仿佛看到了什么无形之物,或是听见了常人听不到的声音。要是时光能倒流,要是诺伯特·斯坦纳能死而复生就好了!要是……

在药片带来的昏沉中,西尔维娅看见那个一无所长的小个子在眼前一闪而过:清晨,他提着装有酸奶和黑糖蜜的箱子,走上了固定的推销路线。

他会不会还活在什么地方呢?也许曼弗雷德能看见他,像这孩子一样,迷失在——用杰克的话说——扭曲变形的时间之中。假如他们跟小男孩沟通上了,而且激活了那个忧郁的小个子的幽灵,这将是多么惊人的一个意外啊……不过很可能还是他们那套理论更对头,就是那套预知理论,男孩看见的是未来。他们会如愿以偿的。可目的是什么呢,杰克?你又为了什么呢,杰克?在你和病孩子之间建立一种亲密关系。就为这个?唉……她的思路走进了死胡同。

然后怎么样?你还会在乎我吗?

按理说,这种病人跟正常人是走不到一块儿去的。而你却做到了,同时也让我不堪重负。利奥清楚,我也清楚。你呢?你在意吗?

她睡着了。

食肉鸟在高空盘旋。这是一面排列着窗户的楼墙,墙根下粘着点点鸟粪。他一连捡了几团捏在手中。它们扭动、膨胀起来,看上去像生面团,他知道里头有活物。他捧着这些东西小心翼翼地进入楼里空荡荡的走廊。有一团裂开了,毛发交织的一侧现出一道缝。它越变越大,就要握不住了,眼看着钻进了墙里。现在那东西横躺在一个墙洞内,裂缝绽得那么宽,他已经能瞧见里面的活物了。

嘎哗圾①!一条盘卷的蠕虫,浑身都是湿漉漉的骨白色肉褶,就是那种原本寄生在人体内的不见阳光的嘎哗圾蠕虫。要是那些高飞的鸟儿能找到它,一口吞掉它就好了。他踩着台阶往下跑,而台阶开始塌陷。木地板不断消失。他透过木纹看到底下的泥土,那里有个又黑又冷的洞穴,里面塞满了嘎哗圾啃食过的木头,已经腐烂成潮湿的木屑。

他将双臂高高上扬,整个人被抛向盘旋的飞鸟;他上升,同时又在坠落。飞鸟吃掉了他的脑袋。接着他站在一座海桥上。水面上游弋着锋利如刃的鲨鱼鳍。他钓着一条,鲨鱼从水下一跃而出,张开血盆大口,要一口吞了他。他连连后退,但桥面凹

---

① 原文"gubbish"系作者自造词,由均有垃圾之意的"garbage"和"rubbish"组合而成。

陷下去,海水没及他的腰部。

这时下起了嘎哗圾雨,不管他朝哪儿看,满眼都是嘎哗圾。桥尽头出现一群敌视他的嘎哗圾,举着一个鲨鱼齿环。他成了皇帝。它们用齿环为他加冕,他想表示感谢。可它们用力把齿环从头顶往下套,一直套到脖子,开始勒他。它们将齿环打了个结,割下了他的脑袋。随后他又坐在了黑暗潮湿的地下室里,周围尽是朽烂的粉末,四面八方传来潮水的拍打声。这是一个嘎哗圾统治的世界,而他发不出声音,他的声音被鲨鱼齿切断了。

我是曼弗雷德,他说。

"告诉你,"躺在大床上的阿尼·科特对身边的姑娘说,"等我们和他沟通上了,你就乐吧——我的意思是,我们比谁都要超前:我们掌握着未来,你想想,人除了未来还有什么?"

多琳·安德顿嘟囔着动了动。

"别睡啊。"阿尼说着低头又点了一支烟,"听好了,你猜怎么着——有个搞地产投机的大佬从地球赶过来了,就今天。太空港那边有我们工会的人,认出了这家伙,他自然是用假名登记的,可还是没蒙混过去。就在我们跟航天公司核实的时候,他躲过我们的人,直接溜了出来。我估计这帮人都要开始露面了!听着,等我们从小斯坦纳的嘴里打听出什么来,就得好好揭揭这块黑幕了。对不对?"他推了推已经睡着的姑娘。"还不醒,"阿尼说,"我可踹你屁股了哦,把你踹到床底下,你自己走回去吧。"

多琳呻吟一声,翻身坐了起来。在阿尼·科特主卧室的昏暗灯光下,她脸色苍白得接近半透明。她打着哈欠,把挡在眼前的头发向后收拢。她有一根睡袍吊带滑落到胳膊上,阿尼欣赏着她高耸、坚挺的左胸,以及正中那一粒宝石般的乳头。

天哪,这个女人我算是找对了,阿尼暗自赞叹。真是个尤物。她留住波伦的这一手实在漂亮,要知道像他那样的青春型精神分裂者随时都会把活儿一撂,脚底抹油——总之,让他们老老实实干活儿基本上是不可能的,这些人都很情绪化,毫无责任感。这个波伦,他属于那种白痴天才,一个什么都会修的白痴,我们得宽容他犯傻的一面,这一点不得不让步。这种人强迫不得,所以自己没用强硬手段。阿尼抓住被子,猛地把多琳那一边掀开,微笑地盯着她的裸腿,又看着她把睡袍拉到膝头。

"你怎么会累呢?"阿尼问,"你光躺着啥也没干。没错吧?躺着有那么辛苦吗?"

她眯眼瞧着阿尼。"别再来啦。"她说。

"什么?"阿尼说,"开玩笑吧? 才刚开始呢。脱掉睡袍。"接着一把抓住她的睡袍下摆,再一次向上掀起;又把胳膊插进她的身下,略略抬高,一眨眼就从她头上脱下了睡袍。阿尼把睡袍搭在床边的椅子上。

"我要睡了,"多琳闭上眼说道,"如果你不介意的话。"

"我干吗介意?"阿尼说,"你人不是还在这儿吗?甭管醒着还是睡着——你的身体都实实在在地摆在这里,还用说嘛。"

"哎哟!"她嚷了一声。

"对不起,"阿尼吻了吻她的嘴唇,"我不是有意弄疼你的。"

她的脑袋懒懒地仰靠着,真要睡着了。阿尼有些不悦。可管它呢——毕竟她一向都不怎么出力。

"你完事后,"多琳咕哝道,"把睡袍给我穿上。"

"好,我早着呢。"再来一个小时也没问题,阿尼估摸。俩小时也说不定。我倒有点儿喜欢这样了。睡着的女人不会说话。她们一说话就扫兴。还有呻吟。他向来受不了那种哼哼唧唧的声音。

他想,真希望波伦的项目快点儿出结果。等不及了。我有把握,一旦沟通成功,我们准会听到不可思议的消息。把那个孩子的思想放大出来,想想里边藏着的财富吧。那里一定跟仙境似的,无比美丽、纯洁,天真无邪。

多琳在半睡半醒之间呻吟起来。

9

    杰克·波伦在他父亲利奥的手里放了一粒大个的绿色种子。利奥仔细看了一遍,然后递还给杰克。

    "你看见了什么?"杰克问。

    "一粒种子。"

    "它有没有发生变化?"

    利奥想不起自己看到过什么变化,于是回答:"没有。"

    两人在放映机旁坐下,杰克说:"现在看好了。"他关掉屋里的灯,随着放映机嗡嗡转动,幕布上出现了影像。那是一粒埋在土里的种子。利奥看着这粒种子裂开,伸出两根触须;一根开始向上生长,另一根分裂成细丝往下探去。与此同时,种子在土壤中旋转。上升的那根触须不断结出巨大的突出物,利奥看呆了。

    "我说,杰克,"他开口道,"你们火星上的种子真邪门,瞧!

我的天,不停地疯长。"

杰克说:"那只是一粒普普通通的利马豆,就是我刚才给你看的那种。片子是快镜头,把五天时间压缩成了几秒钟。这样我们就能看见种子发芽的全过程了。正常状态下,这个过程很慢很慢,肉眼根本觉察不到有什么变化。"

"说真的,杰克,"利奥说,"这事不简单。所以那孩子的时间速率就好比这粒种子。我懂了。我们看上去正常移动的东西,在那孩子眼里全都嗖嗖地在飞,看都看不清,我打赌像种子发芽这种缓慢的过程他倒能瞧得一清二楚。我敢说,他走进院子往那儿一坐,就能看见花花草草是怎么长起来的。打个比方,我们的十分钟相当于他五天那么长。"

杰克说:"基本上就是这个道理。"他继续向利奥解释封闭舱的工作原理,话里夹带着大量利奥不明白的术语。听着杰克的长篇大论,利奥有些不耐烦了。已经到了上午十一点,杰克仍然没有表示出带他去罗斯福山的意思,看上去完全沉浸在自己的世界里了。

"很有趣。"利奥低声插了一句。

"我们以每秒十五英寸的走带速度拍摄一段影像,然后以每秒三又四分之三英寸的速度放给曼弗雷德看。就拍一个词,比如'树'。词的上方配有树的图片,这个静态画面将保持十五到二十分钟。同时以每秒三又四分之三英寸的速度录下曼弗雷德说的话,再以每秒十五英寸的速度快放给我们自己听。"

利奥接口道:"我说,杰克,咱们该上路了。"

"又来了!"杰克说,"这是我的工作。"他生气地比画了一下,"我还以为你要见他呢——他随时到。他妈妈会送他过来——"

利奥打断道:"听我说,儿子,我千里迢迢赶过来就为看一眼那块地。现在我们到底去还是不去?"

杰克答:"我们等那男孩过来,带他一起去。"

"好吧。"利奥说。他不希望产生摩擦,只要不超出自己的忍受限度,能让步则让步。

"对了,这是你生平头一回来到另一颗星球的地面。我应该想到你盼着四处逛逛,看看运河,还有水渠。"杰克朝右边指了指,"你还一眼都没看过呢,地球人都想亲眼瞧瞧运河——他们一直在争论运河到底存不存在——吵了好几百年了!"

利奥感到失望,但还是点头应付道:"那就带我去看看吧。"他跟着杰克走出工作间,来到室外暗红色的阳光下。"好冷。"利奥使劲吸了吸空气,"我说,在这里走路真轻松,昨天晚上我就发现了,感觉自己只有五六十磅重。准是因为火星很小——对吗?心脏不好的人待在这儿肯定合适,就是空气太稀薄。昨晚我以为是吃了咸牛肉才——"

"利奥,"杰克说,"别说话,就四处看看,行吗?"

利奥环顾四周,眼前平沙万里,远处一道光秃秃的山脉。一条深渠里缓缓流淌着棕褐色的水,渠边有一片类似青苔的绿色植被。再也没什么可瞧的了,除了杰克家的房子和稍远处斯坦纳家的房子。还有菜园子,昨晚已经看过了。

"怎么样?"杰克问。

利奥敷衍道:"太壮观了,杰克。你们这儿真是个好地方,一个漂亮的小天地,很有现代气息。要是再多点儿绿化和景观就完美了。"

杰克咧开半边嘴笑笑说:"站在这里看看景儿是人类千百年来的梦想。"

"我知道,儿子,我为你们两口子做到的这一切感到非常骄傲。"利奥郑重地点点头,"现在可以准备出发了吗? 要么你去隔壁把男孩领过来,或者叫戴维去? 说不定戴维已经去了,没见他在家里。"

"戴维上学去了。你还没起床他就给接走了。"

利奥说:"我倒可以过去把那个孩子带过来,叫曼弗里德还是什么,你没意见吧。"

"走,"杰克说,"一起去。"

他们跨过小水渠,经过一块空旷的沙地和稀稀拉拉几株像是蕨类的植物，来到了邻居家。利奥听到屋里传出几个小女孩的声音。他毫不犹豫地登上门廊台阶，按响了门铃。

门开了，现身的是一个大块头金发女人，疲累的双眼满含痛苦。"早上好。"利奥说，"我是杰克·波伦的父亲。我想你就是女主人吧。是这样，我们打算带你儿子出去玩一趟，保证把他安全送回。"

大块头金发女人的目光越过他，落在已进入门廊的杰克身上；接着一言不发地转身进屋，领了一个小男孩出来。这就是精分的小家伙了，利奥想。长得真漂亮，你永远也猜不到他会得那种病。

"我们坐飞机去，小伙子。"利奥对男孩说，"怎么样?"这时他想起杰克解释过男孩特殊的时间感，便非常慢地重复了一遍刚才的话，每一个字都拖得很长。

男孩从利奥身旁冲了出去，跨下了台阶，朝运河奔去。在他飞速的移动中，身影都模糊了，男孩转眼就消失在波伦家的房子后面。

"斯坦纳太太，"杰克说，"这是我父亲。"

大块头金发女人呆呆地伸出手来，利奥发现她似乎在走神。不过还是同女人握了握手。"很高兴见到你。"他彬彬有礼地说，"听到你丈夫去世的消息，我很难过。像这样的意外打击总是叫人很难承受。'老家'底特律那边我有个好朋友,在一个周末也走上了这条路。他离开办公室时说了声'再见',这就是他留给大家的最后一幕。"

斯坦纳太太说:"你好,波伦先生。"

"我们要去追曼弗雷德了。"杰克对她说,"应该能在傍晚左右回家。"

利奥父子往回走的时候,女人还站在门廊里盯着他俩。

"她自己就很怪。"利奥咕哝了一句。杰克没接话。

两人找到了男孩,他独自站在戴维那个灌饱水的菜园里。不一会儿,三个人坐上了易氏公司的直升机,飞翔在沙漠上空,朝北面的山脉驶去。利奥展开随身带来的一张大地图,开始在上面做记号。

"咱俩讲话应该不用顾忌什么吧。"他对杰克说,同时朝男孩扬了扬头,"他听不——"他顿了一下,"你知道我的意思。"

"要是他能听懂,"杰克语带奚落,"那就——"

"好啦好啦,"利奥说,"我只不过确认一下。"他行事谨慎,并没有在地图上标出据称是联合国要拿的地块。只是根据仪表板上的罗经读数,画出了直升机航线。"你听到什么说法没有,儿子?"他问,"联合国为什么对罗斯福山感兴趣?"

杰克说:"听说要建公园或是电站。"

"想知道真相吗?"

"当然想。"

利奥把手伸进外套内插袋,取出一个信封,从里面抽出一张照片递给杰克,"你看看能不能想起什么来?"

杰克眼睛一瞟,照片上是一栋长条形板式建筑。他久久没有挪开目光。

"联合国,"利奥说,"打算建造这种大楼。复合单元住宅。一整排一整排,一英里连着一英里,里面自带购物中心——超市、五金店、药房、洗衣店、冰淇淋店,样样都有。造楼工程将全部交给自动设备,就是那种能自己给自己下指令的建筑机器人。"

过了片刻,杰克说:"像我当年发病那阵儿住的合作公寓楼。"

"一点儿不错。这个联合国项目合作社也有份儿。人人都知道,罗斯福山以前是沃土,水量充沛。联合国的水利工程师相信能把大量地下水引到地表来。在火星上,地下水与地表相距最近的地方就是这片山区。联合国工程师还认为罗斯福山是运河网的发源地。"

"合作公寓楼?"杰克语气古怪,"建在火星上?"

"合作公寓楼会成为一流的现代化建筑。"利奥说,"这是个雄心勃勃的项目。联合国将免费把人运上火星,直接送到新家去。这些单元房将以很低的价格卖给他们。不难想象,这个项目将占去很大一片山地。听说预计要十到十五年才能完工。”

杰克默不作声。

“大规模移民，”利奥说，“就靠这个来保证了。”

“我猜也是。”杰克说。

“为这个项目拨的款是天文数字。”利奥说，“光是合作社就要投入将近一万亿元。这个集团有巨量的现金储备，在地球上是数一数二的——实力强过保险集团，也强过任何一个银行巨头。这个世界上他们想办什么事，就没有办不成的。”他随后又补充道：“这个项目联合国已经跟他们谈了六年。”

杰克总算说了一句：“火星要发生天翻地覆的变化了！给罗斯福山开荒——单单这个就够厉害了。”

“人口也会密集起来。”利奥提醒道。

“难以置信。”杰克说。

“嗯，我有同感，儿子，但这件事是板上钉钉的。再过一两个礼拜就不是什么秘密了。我是一个月前得到消息的。我一直在找认识的投资商募集风险资本……我是他们的代理人，杰克。我一个人凑不齐这笔钱。”

杰克说：“换句话说，你的整个计划就是在联合国拿地之前赶过来，出个白菜价先把地买下，然后高价转卖给联合国。”

“我们打算购进大宗地块，”利奥说，“再立即分成小块，举个例子,分割成一百乘八十英尺大的面积。产权将分散到一个个私人的名下,都是我们集团股东的老婆、亲戚、员工、朋友等等。"

"像个财团。"杰克说。

"嗯,就是这么回事儿,"利奥笑着说,"财团。"

过了一会儿,杰克哑着嗓子问:"你没觉得这样干有什么不对吗?"

"怎么说?我没懂你的意思,儿子。"

"天哪,"杰克说,"明摆着的。"

"我看不出来。说明白点儿。"

"你在讹诈地球上的全体人类——最终还是要他们来埋单。你为了发笔横财,人为抬高了这个项目的成本。"

"可是,杰克,土地投机就是这个意思呀。"利奥有点儿摸不着头脑,"你觉得土地投机是怎么回事呢?几百年来都是这么干的。有的地块谁也不看好,而你相信这块地有大幅增值的理由,就低价买进。这门生意靠的是内部消息。一旦正经开始干了,非得有内部消息才维持得下去。全世界的地产投机商,有一个算一个,一听到消息都会来买地,事实上他们已经在活动了。我只是领先了他们几天而已。法律规定购地者必须亲自上火星,他们没有第一时间动身,所以——只能坐失良机了。因为傍晚前我就会把那块地的定金付掉。"他指了指前方,"就在那边。各种地图我都有,找起来不费事。那块地在一个叫'亨利·华莱士①'的大峡谷区里。按照法律,要买地必须亲自到场,在醒目位置竖立一个能充分证明身份的永久性标志。标志我带好了,一根刻有我名字的标准钢桩。待会儿咱们降落在亨利·华莱士峡谷,你帮我把桩子打进去。走走形式,用不了几分钟的。"他朝儿子笑了笑。

杰克望着父亲,心想,他真的疯了。可看到利奥冷静地朝自己微微一笑,杰克知道父亲没疯,事实正如他所说的:土地投机商就是干这个的,这是他们做生意的惯用手段,也的确有那么个联合国—合作社巨无霸项目即将上马。像他父亲这样精明老到的生意人是不可能搞错的。眼前这位利奥·波伦,他是不会听到点儿小道消息就行动的。他们有高层人脉。消息来源不是合作社就是联合国,甚至两家都有份儿。为了充分利用这点儿消息,利奥正在调动一切资源。

"关于火星开发,"杰克说,"这是——有史以来最劲爆的新闻。"他依然不敢相信。

"已经太晚了,"利奥说,"这事一开头就应该干起来。可他们干等着私有资本的介入,总指望由别人来做。"

"这会改变每一个火星居民的生活。"杰克说。权力均势将

---

① 亨利·华莱士(Henry Wallace, 1888—1965),美国政治家,曾任美国农业部部长、美国副总统和美国商务部长。

被打破，产生一个全新的掌权阶层：一旦合作社与联合国携手参与火星开发，阿尼·科特也好，博斯利·图维姆也罢，这些工会定居区和国家定居区的一把手将统统沦为小人物。

可怜的阿尼，他想。阿尼一定经受不起这次打击。时代、进步、文明，这些都将与阿尼无缘，把他本人连带他煊赫一时的小小标志——那间费水的蒸汽浴室，都远远地甩在后面。

"听我说，杰克。"他父亲说，"别走漏了消息，绝对要保密。咱们还得小心产权登记公司玩猫腻。我的意思是，咱们预付了定金之后，要是有人给别的投机商，特别是本地投机商通风报信，他们再勾结产权登记公司做做手脚，那就——"

"知道了。"杰克说。产权登记公司可能会在本地投机商的定金支付日期上作假，故意颠倒先后次序，给利奥吃个暗亏。这样的生意会滋生出各种各样的暗箱操作，杰克心想，难怪利奥要步步为营了。

"我们调查过这里的产权登记公司，看上去还牢靠。但是，当一件事牵涉的利益太大，就难说了。"

突然，曼弗雷德·斯坦纳发出沙哑的哼哼声。

杰克和利奥都吓了一跳，抬起头来。他们两个人都把曼弗雷德给忘了。他坐在直升机后座，一直脸贴玻璃朝下望着。现在他兴奋地指着一个方向。

杰克远远地看见一队布利克人行走在山间小路上。"对，"杰克对男孩说，"下面有人，可能在打猎。"他觉得曼弗雷德多半从没见过布利克人。要是这孩子迎面遇上他们，杰克琢磨着，不知道会有什么反应。安排起来很容易，只要把直升机降落在这群人前面就行。

"那些是什么人？"利奥俯视着，"火星人？"

"猜对了。"杰克答。

"老天！"利奥笑起来，"这就是火星人……看上去更像土著黑人，比如非洲的布须曼人。"

"这两种人基因相近。"杰克说。

曼弗雷德越来越兴奋。他双目放光，在前后窗之间跑来跑去，眼睛一直盯着下面，嘴里喃喃自语。

假如曼弗雷德同一家布利克人生活一段时间会怎么样？杰克自问。他们的行动比我们迟缓，他们的生活没有我们这么复杂和忙乱。也许他们的时间感更接近这个男孩……在布利克人眼里，我们地球人可能都得了轻度躁狂症，奔走速度惊人，所耗能量巨大，可都是在瞎忙乎。

然而，即便让曼弗雷德与布利克人共处，也不能解决他融入自己社会的问题。事实上，杰克意识到，这样反而会导致他与我们更加疏远，永远丧失沟通的可能性。

想到这儿，他决定不降落了。

"那些家伙干活吗，"利奥问，"那些火星人？"

"一小部分人，用通常的话讲，"杰克说，"已经驯化了。但大部分还是没变，靠打猎和采果子为生。他们还没有进化到农耕阶段。"

到了亨利·华莱士峡谷，杰克降下直升机，三人跳出机舱，踏上了焦干的石质土地。两个大人给了曼弗雷德纸和蜡笔让他在一边玩，自己去找适合打桩的地点。

他俩找到一处低台地，打下了标桩，主要是杰克出的力。利奥四处转了转，察看岩层和植物，他皱着眉头，显得既不高兴又不耐烦。看来他不太喜欢这片无人区——但什么也没说。当杰克指点他看一处化石层时，他还很配合地仔细瞧了瞧。

他们对标桩及其周边环境拍了照，事情办妥后，返回直升机旁。曼弗雷德坐在地上，正起劲地用蜡笔画画。杰克觉得四周荒凉的景象似乎并没有影响到男孩。他一门心思画着，完全沉浸在自己的内心世界里，毫不理会利奥父子。时而抬眼一瞥，但并不是看两个大人。他的目光没有焦点。

他在画什么？

杰克觉得好奇，便绕到男孩的背后去看个究竟。

曼弗雷德双目无神地不时瞟一眼四周,不料笔下画的竟是一栋栋庞大的公寓楼。

"来看看,爸。"杰克尽量保持镇定。

两个人一起站在男孩身后看他作画,眼瞧着这些大楼越来越清晰地呈现在纸上。

这事很明显了,杰克想。这孩子在画将来要造的大楼。他画的是未来之景,而不是我们当下所见之物。

"刚才我给你看的照片,不知道有没有给他看见,"利奥说,"就是那张样板楼的照片。"

"也许吧。"杰克说。这也算一种解释,男孩听得懂他俩的谈话,还看到了那些资料,由此得到了启发。但照片上是建筑俯瞰图,跟他画的大楼视角不一样。男孩是以地面仰视的视角画的大楼。这些楼房的样貌,杰克判断,只有坐在我们现在这个位置才可能看到。

"你会从这种时间理论里搞出点儿名堂来的,我看好你。"利奥看了眼手表,"说到时间,我想——"

"嗯,"杰克若有所思地说,"准备回家。"

这时,男孩笔下新出现的一些东西吸引住了他的目光。他不知道父亲有没有留意。随着笔尖移动,那些庞大的合作公寓就在两人眼皮底下慢慢透出一股不祥之气。细节渐渐明朗,终于让利奥瞪大了眼睛。利奥哼了一声，扭头瞧了儿子一眼。

大楼变得老旧而歪斜。底部出现一条条向上延伸的大裂缝。窗户都是破的。建筑物周围布满了直挺挺的长线条，像是杂草。这是一幅颓败、绝望、沉重的惨象，仿佛陷入了永恒的死寂。

"杰克，他在画贫民窟！"利奥惊呼。

没错，的确是一片衰朽的贫民窟。经过了数年甚至数十年的岁月侵蚀，这些大楼早就过了黄金期，日薄西山，已处于半废弃状态。

曼弗雷德指着自己刚画的一条大豁口说："嘎哔圾。"他用手摸着杂草和破窗，又说了声："嘎哔圾。"男孩瞟了他俩一眼，脸上挂着怯笑。

"这是什么意思，曼弗雷德？"杰克问。

没有回答。男孩继续作画，那些大楼也变得愈来愈破旧，废墟时时刻刻都在扩大。

"我们走吧。"利奥沙哑地说。

杰克拿走男孩的纸笔，拉他站起来。三个人回到了直升机。

"瞧，杰克。"利奥仔细看着孩子的画，"他在大楼门口写了几个字。"

上面是曼弗雷德歪歪扭扭写下的几个字母：

AM-WEB

"准是大楼的名称。"利奥说。

"是的。"杰克认出来了,这是合作社口号"Alle Menschen werden Brüder."①的缩写。"四海之内皆兄弟,"他低声道,"合作社的信纸上就印着这句话。"他记得很清楚。

曼弗雷德已经拿回蜡笔,接着画起来。在两个大人的注视下,男孩开始在画面顶部添加内容。是深颜色的鸟,杰克看到。黑不溜秋的巨鸟,貌似秃鹫。

在大楼的一扇破窗内,曼弗雷德画了一张有鼻有眼的圆脸,嘴巴悲伤地朝下弯着。这个人无言、无望地向外眺望,像是遭到了囚禁。

"瞧瞧,"利奥说,"真有意思。"他一脸怒容,"我说,他干吗要画这些? 我认为这不是积极健康的态度。为什么不画画应该有的那种新气象? 干干净净、漂漂亮亮的,有玩耍的孩子,有幸福的大人,再加点儿小猫小狗,这么画不行吗?"

杰克说:"也许他看见什么就画下什么。"

"好吧,如果这就是他看见的东西,那么他的确有病。"利奥

---

① 系德语,意即下文的"四海之内皆兄弟"。

说，"乐观向上的好东西有的是，他眼里怎么只有那些呢？"

"可能他没得选吧。"杰克答。"嘎哗圾"，这个词让他疑惑不解，"嘎哗圾"是时间的意思吗？或者，这是男孩感觉到的一种播撒腐烂、衰败、毁坏乃至死亡的力量？这力量无处不在，宇宙万物都在它的掌握之中。

这就是他所见的一切吗？

果真如此的话，杰克想，难怪他会得自闭症，难怪他无法跟我们交流。这是一种片面的宇宙观——甚至不是一种完整的时间观。因为时间同样会产生新事物，代表着成熟与成长的过程。显然，曼弗雷德体会不到时间在这方面的作用。

是因为他看到那些景象所以才病了，还是因为他病了所以才看到那些景象呢？这是一个没有意义的问题，或者说，是一个无论如何都没法回答的问题。那些景象是曼弗雷德目睹的现实，以我们的标准来衡量，他病得无可救药了。他无法像我们一样看见现实的另一面。他只能看到可怕的部分：现实最可憎的一面。

杰克思忖，人们谈起精神疾病时，往往认为那是一种逃避现实的表现！他打了个激灵。那不是逃避现实，而是生活走进了一条逼仄之路，最终通往一座腐坏阴湿的坟墓，那里与外界不通声息，是一个彻底为死亡笼罩的地方。

　　这个可怜的倒霉孩子！他心中叹道。面对那种现实,他是怎么一天天挨过来的?

　　杰克心情沉重地把注意力转回到直升机驾驶上。利奥面朝窗外,凝视着下面的沙漠。曼弗雷德带着紧张而恐惧的神色,继续画着。

　　它们不停地嘎叭①嘎叭。他用双手捂住耳朵,但那些蔓生物直往鼻子里钻。接着他看清了自己身在何处,正是那个令他饱受折磨的地方。有人把他往这儿一扔,成堆的嘎哔圾没及他的腰部,空气里也充斥着嘎哔圾。

　　"你叫什么名字?"

　　"曼弗雷德·斯坦纳。"

　　"年龄。"

　　"八十三。"

　　"天花疫苗种过吗?"

　　"种过。"

　　"有没有性病?"

　　"嗯,有点儿淋病,别的没了。"

---

　　① 原文"gubble"系作者自造词,派生自"gubbish"(嘎哔圾),大体表示其蔓生繁衍的状态,词形近"gobble"(贪婪地吃)。

"这个人要送性病诊所。"

"先生,我的牙在袋子里,我的眼睛也在里面。"

"你的眼睛,好的。送性病诊所前把牙齿和眼睛还给这个人。你的耳朵呢,斯坦纳?"

"耳朵有了,先生。谢谢你,先生。"

他们用纱布把他的两只手分别绑在病床两侧,因为他总想拔掉插进身体的管子。他脸朝窗口躺着,透过蒙灰的破玻璃望向外面。

外面,一只长腿虫子在一堆堆东西里挑挑拣拣,吃得正欢,有个什么经过,把虫子踩扁了,牙齿还陷在吃食里。最后,牙齿竖立起来,从嘴里爬出,四散而去。

他在那儿躺了一百二十三年,人造肝失灵,他晕了,死了。之前,他们已经截掉了他的两条胳膊,两条腿也截到了骨盆处,因为这些部位都腐烂了。

他反正也用不着手脚。没有手就拔不了管子,他们觉得这样更好。

我在AM-WEB里待了很长时间,他说。也许你们能帮我弄一台晶体管收音机来,我想听听《老友弗雷德的早餐俱乐部》。我喜欢这个栏目,他们经常放经典怀旧节目。

外面有什么东西把花粉热传给了我。准是那些开黄花的杂草,干吗让杂草长那么高?

我看过一场球赛。

他在地板上的一大摊水里躺了两天,女房东发现了他,叫了辆卡车把他送到这里。他一路打着鼾,鼾声把自己都吵醒了。有人给他喝葡萄汁,他只有一条胳膊能动,另一条再也不管用了。他希望自己还能做皮带,这份活儿既有乐子又能消磨时间。有时他会把皮带卖给周末来的客人。

"你知道我是谁吗,曼弗雷德?"

"不知道。"

"我是阿尼·科特。你怎么不笑一笑呢,曼弗雷德? 想不想出去转转,玩一会儿?"

就在科特先生说话的当口,他的两只眼窝嘎叭了起来。

"他显然不想,阿尼。再说这也不是我们现在要关心的问题。"

"你看见什么了,曼弗雷德? 跟我们说说你看到的东西。所有这些人,他们都要住在那里,是吗? 对不对,曼弗雷德? 你看见有很多人住在那里吗?"

他用双手捂住脸,嘎叭停止了。

"搞不懂这孩子干吗从来不笑。"

嘎叭,嘎叭。

10

科特先生的皮囊里装着死人骨头,亮晶晶、湿漉漉。科特先生是一袋骨头,肮脏,泛着潮湿的亮光。脑袋只剩一颗头盖骨,吮吸、啃咬着绿色植物;植物一进到里面就会烂掉,好像被什么东西腐蚀了。

曼弗雷德能看见科特先生体内的一切——那些疯长的嘎哔圾。这时,皮囊说话了:"我喜欢莫扎特。我要放这盘带子。"盒子上写着:"G小调第四十交响曲,K. 550"。科特先生拧了拧功放旋钮。"布鲁诺·瓦尔特指挥,"科特先生向客人介绍,"录音黄金时代的稀世珍品。"

音箱发出骇人的刺耳噪音,叽叽吱吱嘎嘎,活像一群丧尸陷入了骚乱。科特先生连忙关掉录音机。

"对不起。"他嘀咕道。这是一盘录有加密语音的旧磁带,不是罗金厄姆就是斯科特·坦普尔的，要么就是安妮的。总之，科特先生知道是某个人发过来的音频信息，却阴差阳错地混进了他的音乐藏品里。

多琳·安德顿呷了一口酒，说："吓死人了。你饶了我们吧，阿尼。你这种幽默感——"

"弄错了。"阿尼气鼓鼓地说。他翻找着另一盘磁带。唉，碰上鬼了，他想。"我说，杰克，"他转身道，"很抱歉把你叫过来，我知道你爸来了，可我快没时间了。给我讲讲你跟小斯坦纳的新进展，好吗？"他急得说话都不利索了，眼巴巴地瞧着杰克。

但是杰克·波伦没在听，他跟多琳并排着坐在沙发上，正说着些什么。

"我们的酒都喝光了。"杰克放下空杯子。

"看在上帝的分儿上，"阿尼说，"我得知道你干得怎么样了，杰克。你就不能透点儿底吗？你俩只顾着坐在那儿卿卿我我吗？真腻歪。"他摇摇晃晃走进厨房，赫利奥加巴卢斯正坐在一只高脚凳上看杂志，那模样活像个不开窍的笨瓜。"给我兑杯热苏打水。"阿尼吩咐。

"是，先生。"赫利奥加巴卢斯合上杂志，跳下高脚凳，"我都听到了。你为什么不把他俩轰走？他俩不好，一点儿都不好，先生。"他从水槽上面的橱柜里取出一包小苏打，舀了一茶匙。

"谁要听你发表意见?"阿尼说。

多琳也进了厨房,拉长着脸,无精打采的。"阿尼,我想我该回家了。我真的受不了曼弗雷德,他一刻不停地跑来跑去,永远不能安安静静地坐一会儿。我吃不消。"她上前吻了阿尼耳朵一下,"晚安,宝贝。"

"我看过一篇文章,有个孩子幻想自己是一台机器,"阿尼说,"声称必须插上电才能做事。我的意思是,对于这些怪孩子,你能忍还是忍忍。别走。看在我的面子上留下来吧。有女人在,曼弗雷德已经安静多了。不知道为什么。我有种感觉,波伦什么也没干成,我要出去当面跟他说个明白。"布利克仆人将一杯热苏打水塞进他的右手。"谢谢。"他喝起来,庆幸这杯水来得及时。

"杰克·波伦,"多琳说,"已经做得够好了,条件这么困难。我不想听他的坏话。"她带着笑意微微摇摆,"我有点儿醉了。"

"谁不是呢?"阿尼伸手搂腰将多琳揽入怀中。"我醉得难受。说真的,那孩子我也受不了。瞧瞧,我刚才居然还放了一盘加密的旧带子,我也疯了。"他放下杯子,解开了多琳衣服领口的扣子。"头别过去,赫利奥。读你的书。"布利克人别过头去。阿尼紧搂着多琳,把她的衣服扣子一一解开,又开始解裙子的纽扣。"我知道他们已经赶到我前头去了,你随便瞅,哪儿哪儿都有地球来的杂种。我在太空港那边的人数都数不过来了,整天排着队进。我们上床吧。"他亲吻多琳的锁骨,越吻越往下,多琳不得不用两只手使劲捧起他的脑袋。

客厅里,他从易先生那儿雇来的修理高手正在摆弄录音机,笨手笨脚地插着一盘新磁带。空杯子已经给他碰倒了。

要是他们领先我一步怎么办? 阿尼·科特心想,他紧贴着多琳在厨房里慢慢转着圈,赫利奥加巴卢斯自顾自看杂志。万一我抄底抄了个空怎么办? 不如死了的好。他想着心事,把多琳压得朝后仰去。非得搞块地不可。我爱这个星球。

猛地响起震耳欲聋的音乐,是杰克·波伦让磁带转起来了。

多琳狠狠掐了阿尼一把,他才松开手。他从厨房回到客厅,调低音量,说:"杰克,干正事吧。"

"好。"杰克·波伦说。

多琳跟在阿尼后面走出厨房,一边走一边扣着衣服扣子。她绕了个大圈,好躲开趴在地上的曼弗雷德。男孩摊开了一张包肉用的厚纸,用稠糨糊往上贴着杂志里剪下的纸片。小地毯已经被他弄得白点斑斑。

阿尼走近男孩,弯下腰凑上前问道:"你知道我是谁吗,曼弗雷德?"

男孩没有回答,似乎根本没听见问话。

"我是阿尼·科特。"阿尼说,"你怎么不笑一笑呢,曼弗雷德？想不想出去转转，玩一会儿？"他为男孩感到难过，既难过又心烦。

杰克·波伦用发颤而含混的声音说："他显然不想，阿尼。再说这也不是我们现在要关心的问题。"他眼神迷茫，拿杯子的手直打哆嗦。

但阿尼继续问道："你看见什么了，曼弗雷德？跟我们说说你看到的东西。"他等着，可男孩一言不发，只顾贴纸片。他在厚纸上创作了一幅拼贴画：横向一道参差的绿色，纵向一道密实的灰色，看上去阴森可怖。

"这是什么意思？"阿尼问。

"这是一个地方，"杰克说，"一座大楼。我带了另一张来。"他走到一旁取了个马尼拉纸信封过来，从里面抽出一大张皱巴巴的儿童蜡笔画，举起来给阿尼看。"瞧，"杰克说，"就是这个。你要我和他沟通，这不，我沟通过了。"话稍微长点儿他就说不利索，好像舌头打结了。

不过，阿尼并不在乎自己请的修理工醉成了什么样。他习惯让客人灌个够。烈性酒在火星上属于稀缺物资，人们一旦得着喝的机会，比如来阿尼家做客，基本上都会跟杰克·波伦一个样。托付给杰克的那个任务才是重点。阿尼拿起画仔细看起来。

"就这个？"他问杰克，"还有别的吗？"

"没别的了。"

"那间慢速封闭舱呢?"

"没有。"杰克答。

"这孩子能预见未来吗?"

"绝对能,"杰克说,"毫无疑问。这幅画就是证明,除非他听懂我们说的话了。"他转头朝向多琳,慢慢吞吞、含含糊糊地说:"你觉得他听得懂咱俩的话吗? 不对,你当时不在。在场的是我爸。我觉得他懂不了。听着,阿尼。按理你不该看到这个,不过我想问题不大。已经来不及挽回了。这幅画谁也不该看到,这是一百年以后的光景,一片废墟。"

"这是什么鬼东西?"阿尼问,"我看不懂孩子瞎画的东西,给我解释解释。"

"这是AM-WEB,"杰克答道,"一个超级大的住宅区。成千上万的人住在里边。火星上没有比它更大的。可惜,从这幅画来看,它就要塌成碎渣了。"

一时间谁也不说话。阿尼一脸迷惑。

"也许你不感兴趣。"杰克说。

"我当然感兴趣。"阿尼怒道,又问站在一边愣神的多琳,"你懂吗?"

"不懂,宝贝。"她答。

　　"杰克，"阿尼说，"我把你叫过来是要听你报告进度的。而我只拿到了这张愚蠢的画。这个大住宅区在哪里？"

　　"在罗斯福山里。"杰克答。

　　阿尼感觉脉搏慢了下来，继而吃力地跳动着。"哦，是这样，我明白了，"他说，"我懂了。"

　　杰克笑着说："我猜你就会明白。你对这事有兴趣。瞧，阿尼，你把我当成精神分裂病人，多琳也是，还有我爸……可你有什么想法，我都是放在心上的。联合国在罗斯福山开发的这个项目，我可以帮你弄到大量情报。你还想了解什么？那既不是电站，也不是公园，而是跟合作社联手搞的项目。那是个复合单元住宅区，大得没边，有超市，有面包店，就在亨利·华莱士峡谷的正中间。"

　　"都是这孩子跟你说的？"

　　"不，"杰克答，"我爸说的。"

　　他俩对视了很长时间。

　　"你爸是投机商？"阿尼问。

　　"是的。"杰克说。

　　"他前两天从地球赶过来了？"

　　"是的。"杰克说。

　　"上帝，"阿尼对多琳说，"上帝啊，敢情是这家伙的老爸。他已经抄完底了。"

"是的。"杰克说。

"还有剩么?"阿尼问。

杰克摇摇头。

"哦,我的上帝,"阿尼说,"我竟然还要给他发工资。我从来没这么倒霉过。"

杰克说:"我也是刚刚明白过来你真正想知道什么,阿尼。"

"是的,没错。"阿尼冲杰克说完又朝多琳说,"我没跟他交代过,所以错不在他。"接着随手拿起男孩的画,"到时候就是这个样子喽。"

"最终会变成这样,"杰克说,"一开始不是。"

阿尼对曼弗雷德说:"你有情报不假,但我们知道得太晚了。"

"太晚了。"杰克重复道。他好像明白过来了,看上去懊悔不已,"抱歉,阿尼。真的非常抱歉。可你也应该早点儿跟我说清楚的。"

"我不怪你。"阿尼说,"咱俩还是朋友,波伦。只是运气不好。你对我是知无不言的,我心里有数。该死,真倒霉啊。你爸提交购地申请了吗? 还用说,肯定要走这一步。"

"他代表一个投资集团。"杰克哑着嗓子说。

"肯定啦,"阿尼说,"他们要多少钱有多少钱。我又能怎么办呢? 寡不敌众啊。"他转向曼弗雷德,"所有这些人——"他指着画问,"他们都要住在那里,是吗? 对不对,曼弗雷德? 你看见有很多人住在那里吗?"他失态地喊叫起来。

"别这样,阿尼,"多琳劝道,"冷静。我知道你有多憋屈,想开点儿。"

阿尼抬起头,低声对她说:"搞不懂这孩子干吗从来不笑。"

男孩突然说:"嘎叭,嘎叭。"

"好,"阿尼挖苦道,"这就对了。这才叫真正的有效沟通呢,孩子。嘎叭,嘎叭。"他又冲杰克说,"你这沟通建立得不错,我看出来了。"

杰克没吱声,一副忧心忡忡的样子。

"看上去还需要很长时间,"阿尼说,"才能把这孩子的胆儿练出来,好跟我们对话。是不是? 可惜咱们不能再继续下去了。我不打算再搞下去了。"

"没理由再搞下去。"杰克有气无力地说。

"没错。"阿尼说,"就这样吧。你的工作结束了。"

多琳说:"但你还可以请他——"

"哦,那当然,"阿尼说,"熟练的修理工我还是需要一个的,修修加密录音机这些玩意儿。我他妈每天要坏一千样东西。我只是说这件工作结束了。把这孩子送回康复营吧。AM-WEB。

确实,合作公寓楼都有这种滑稽名字。合作社要来火星啦!那可是大集团。会出高价向他们买地的,他们已经把战利品抢到手了。替我捎个话给你爸:他真是个精明的生意人。"

"能握握手吗,阿尼?"杰克问。

"行啊,杰克。"阿尼伸出手来,两个人对视着,紧紧握了很长时间。"希望能常见面,杰克。咱俩的关系不但没有结束,才刚刚开始呢。"他松开杰克·波伦的手,回到厨房,一个人站着陷入了沉思。

过了一会儿,多琳走到阿尼身旁。"对你来说这是个天大的坏消息,是吗?"她问道,同时伸出胳膊搂住他。

"坏透了,"阿尼说,"好久没这么背了。不过我能挺过去的,我不怕合作社运动。刘易斯敦和水务工会是这儿的先驱,还远远没到完蛋的时候。要是我早点儿招小斯坦纳来搞这个项目,结果就不一样了,当然我没有责怪杰克的意思。"然而,他在内心深处是这么想的:你在跟我作对,杰克。一直都是。你们父子俩一个鼻孔出气。打一开头,打我雇你的那一天起,就是这样。

他返回客厅。杰克闷闷不乐地站在录音机旁,也不说话,只是拨弄着旋钮。

"别把这事看得太重了。"阿尼对他说。

"谢谢,阿尼。"杰克两眼发呆,"感觉我让你失望了。"

"没有的事,"阿尼安慰道,"你并没有让我失望,杰克。因为没有人能让我失望。"

曼弗雷德·斯坦纳仍在地板上贴着纸片,旁若无人。

杰克载着父亲离开罗斯福山返航时,心中暗想,该不该把男孩的画拿给阿尼看呢?要不要把画带到刘易斯敦交给他?这也太不像回事了……都到这时候了,实在拿不出手。

他知道,今晚无论如何要去见阿尼了。

"这儿真荒凉,"他父亲朝底下的沙漠扬了扬下巴说,"你们这些拓荒者了不起啊,应该为自己感到骄傲。"其实利奥的心思几乎都在地图上,只是随口说几句场面话敷衍罢了。

杰克啪嗒打开无线电对讲机,呼叫刘易斯敦的阿尼,"抱歉,爸,我得跟我老板通个话。"

无线电发出一连串杂音,立刻吸引了曼弗雷德的注意;他本来一直盯着自己的画,现在抬起了头。

"我要带你一起去。"杰克对男孩说。

呼叫接通了。"嗨,杰克。"传来阿尼浑厚的声音,"我一直在联系你。你能不能——"

"今天晚上我过去和你碰头。"杰克说。

"早点儿不行吗?下午怎么样?"

"恐怕早不了。"杰克说,"我要给你——"他犹豫了一下,"看点儿东西,最早只能晚上带过去。"去了阿尼那儿,杰克想,我再把这个联合国－合作社项目透露给他,有什么说什么。到那时我爸已经提交了购地申请,即使让阿尼知道了也没关系。

"那就今晚吧。"阿尼只得同意,"我可等着你啊,杰克。不见到你我饭都吃不下。我知道你会拿出点儿成果来的,我一直对你很有信心。"

杰克表示感谢,道过别,结束了通话。

"你老板听上去人不错,"这时他父亲说,"而且他一定很器重你。我觉得,像你这样的人才对他的机构应该有不可估量的价值。"

杰克没搭腔。他已经感到内疚了。

"给我画一幅画,"他对曼弗雷德说,"就画今晚我和科特先生之间将要发生的事。"他拿开男孩正在画的那张纸,另给了他一张白纸,"好吗,曼弗雷德? 你能预见到今晚的。你、我、科特先生,在科特先生家。"

男孩拿起一支蓝蜡笔画起来。杰克一面留神着直升机,一面看他在画什么。

曼弗雷德很用心地画着。一开始杰克没看出名堂来。过了一会儿看懂了。画面中有两个男人,其中一个一拳打在另一个的眼睛上。

曼弗雷德神经质地尖声大笑起来,笑了很长时间,接着猛地把画抱在胸前。

杰克感到发冷。他把注意力移回了前方的控制台。他觉得身上直冒汗,那是紧张之下渗出的阴湿的虚汗。竟然是这个结果吗?他自问。我跟阿尼干上一架?你将目睹这一场面……或者,至少是知道会发生这种事,在将来的某一天。

"杰克,"利奥说话了,"你开到产权登记公司把我放下来,行不行?我想把资料交进去。直接过去,先别回家,好吗?我得承认我挺担心的。本地投机商肯定在盯着咱们,我怎么小心都不过分。"

杰克说:"我还是那句话:你这么干是不道德的。"

"好坏都由我自己扛。"他父亲说,"这是我的经营方式,杰克。我不想改变。"

"牟取暴利。"杰克说。

"我不会跟你吵的。"父亲说,"这事不用你操心。我千里迢迢从地球赶过来,要是你不愿帮我,我想我坐公交车绕过去也行。"他的口气还算和缓,但脸已涨红。

"我会送你去的。"杰克说。

"我可受不了别人给我上道德课。"父亲说。

杰克没搭话。他把机头调向南面,朝和平大街上的联合国大楼飞去。

曼弗雷德继续用蓝蜡笔画着,两个人里眼睛挨揍的那个现在躺倒在地,死了。杰克看见了,看见那个人倒下去,一动不动。那是我吗? 他猜着。还是阿尼?

总有一天——也许不用多久——就能知道。

科特先生的皮囊里装着死人骨头,亮晶晶、湿漉漉。科特先生是一袋骨头,肮脏,泛着潮湿的亮光。脑袋只剩一颗头盖骨,吮吸、啃咬着绿色植物;植物一进到里面就会烂掉,好像被什么东西腐蚀了。

杰克·波伦也是一副塞满嘎哗垃圾的死皮囊。这副皮囊粉饰得很光鲜,香喷喷的,几乎骗过了所有人,此时正弓着腰盯着安德顿小姐——他看到了这一幕。他还看见这副皮囊用污秽的方式向那姑娘示爱。皮囊把又湿又黏的真面目倾倒在女人眼前,嘴里不断吐出死虫子般的词句。

"我喜欢莫扎特。"科特先生说,"我要放这盘带子。"他拧了拧功放旋钮,"布鲁诺·瓦尔特指挥,录音黄金时代的稀世珍品。"

音箱发出骇人的刺耳噪音,叽叽吱吱嘎嘎,活像一群丧尸陷入了骚乱。他连忙关掉录音机。

"对不起。"他嘀咕道。

杰克·波伦被这声音吓了一跳,随后使劲闻了闻旁边女人的身体,又瞧着她上嘴唇发亮的汗珠,那儿有一抹淡淡的唇膏,像一道伤口。他想咬女人的嘴唇,他想见血。他的两根大拇指想钻进她的腋窝,再绕到上面,揉捏她的胸部,这样他才能感受到大拇指是自己的,想拿它们干什么就干什么。他已经在动大拇指了,真有意思。

"吓死人了。"她说,"你饶了我们吧,阿尼。你这种幽默感——"

"弄错了。"阿尼说。他翻找着另一盘磁带。

杰克·波伦伸手触碰女人的大腿。女人裙子底下没穿内裤。他摩挲女人的腿,女人抬起双腿冲他转过来,用膝盖顶住他。女人像一头动物般充满期待地蜷坐着。我等不及要带你离开这儿了,就咱俩在一起,杰克想。天哪,我多想抚摸你啊,不隔着衣服。他用手指捏了一下女人赤裸的脚踝,女人痛得叫了一声,却还是对他笑意盈盈。

"我说,杰克,"阿尼·科特转身对他说,"很抱歉——"杰克只听到打头的几个字,后半截没听清。旁边的女人在跟他说话。赶快,她说。我也等不及了。女人呼吸急促,嘴里连连发出嘶嘶声。她凑上来死盯着杰克的脸,眼睛睁得大大的,仿佛陷入了困境。两个人都没听见阿尼在说什么。屋内寂静无声。

他是不是漏听了阿尼的话？杰克伸手拿起杯子，但杯子是空的。"我们的酒都喝光了。"他说着把杯子放回咖啡桌。

"看在上帝的分儿上，"阿尼说，"我得知道你干得怎么样了，杰克。你就不能透点儿底吗？"他边说边从客厅走进厨房，声音越来越轻。女人依然抬头凝视着身边的杰克，她的嘴巴松弛无力，像是被杰克抱得太紧，气都喘不上来了。必须离开这地方，就咱俩待在一起，杰克决定。他四下望了望，发现真的没有别人了；阿尼已经走出房间，在厨房里和布利克仆人说话，所以，现在这里只剩下他们两个。

"别在这儿。"多琳说。但她的身体在发抖，当杰克死死箍着她的腰时，她并不抗拒。她不介意被紧紧搂住，这正合她的心意。她无法拒绝。"好吧，"她说，"不过快点儿。"她的指甲抠进了杰克的肩膀，她紧闭双眼，呻吟着，颤抖着。"在边上，"她说，"裙扣在边上。"

杰克由上而下看着她，只见她的美貌开始憔悴萎谢，终至烟消云散。她的牙齿上出现一道道黄色裂纹，接着——裂成碎块，陷入牙龈，牙龈又变成绿色，干得像皮革。她开始咳嗽，将一股股尘埃喷在杰克的脸上。杰克意识到，是嘎啵垃①抢先一步占有

---

① 原文"gubbler"系作者自造词，派生自"gubbish"（嘎哗圾），意为其制造者。

了她。于是杰克的手松了松。她向后一靠，骨骼折断，发出轻微的脆裂声。

她的双眼融化了，熄灭了。一只眼睛的睫毛变成了毛茸茸的虫子腿，这只多毛虫正向外试探着想从里头钻出来。虫子的小红眼睛有大头针针帽那么大，在盲眼内透过已松脱的眼眶向外窥视，又缩了回去。接着，虫子蠕动起来，顶得死人眼睛胀鼓鼓的；它通过晶状体朝外张望了片刻，左瞧瞧右看看，虽然看见了杰克，但辨认不出是谁或是什么东西。它寄生的这具腐坏机体已经无法提供正常的感官功能了。

她的乳房活像熟透的马勃①，噗的一声瘪掉了；乳房内部干透，表面布满蛛网般的裂缝，一团孢子借着缝隙腾起，飘到杰克脸上，一股嘎啵垃的陈年霉味扑鼻而来。嘎啵垃早就寄居在里面了，现在趁机夺路而出。

死人的嘴巴抽搐了几下，从喉管深处发出一声咕哝："你动作太慢了。"接着整颗脑袋掉了下来，只剩下白脖颈像尖头棍似的杵在那儿。

杰克一放开她，她就坍成了一小堆半透明的鳞片，一如蜕下的蛇皮，轻飘飘几无分量。他用手把这堆东西从身上拂落。与

---

① 一种真菌。嫩时色白，圆球形，体形较大；成熟后为褐色，内含粉末状孢子，开裂后会喷出。

此同时,杰克惊讶地听到从厨房里传来她的声音。

"阿尼,我想我该回家了。我真的受不了曼弗雷德,他一刻不停地跑来跑去,永远不能安安静静地坐一会儿。"杰克转头看见她在那边,和阿尼在一起,两人站得很近。她吻了吻阿尼的耳朵。"晚安,宝贝。"她说。

"我看过一篇文章,有个孩子幻想自己是一台机器。"阿尼说。厨房门关上了,杰克听不见也看不到他俩在干什么。

他揉着脑门想,我真的喝醉了。我犯什么病了?我的脑子,在分裂……他眨了眨眼,试图恢复正常意识。离沙发不远的小地毯上,曼弗雷德·斯坦纳一边笑,一边用钝剪刀剪着杂志图片,剪得纸片沙沙作响,这声音让杰克分心,使他更难集中注意力了。

杰克听到厨房门后传来沉重的呼吸声,继而是费力发出的长长的哼唧声。他们在干什么?杰克自问。这三个人,她、阿尼,还有布利克仆人,在一起……哼唧声渐渐慢下来,消失了。一点儿动静也没有了。

我真该待在家里,杰克绝望地想。他的思绪已是一团乱麻。我想离开这儿,可怎么离开呢?他感到浑身无力,很不舒服,只能窝在沙发里,别说一走了之,就连动弹一下,甚至理理思路都办不到。

他脑子里响起一个声音,嘎叭嘎叭嘎叭,我在嘎叭嘎叭嘎叭嘎叭。

停,杰克对它说。

嘎叭,嘎叭,嘎叭,嘎叭,它回答。

灰尘从墙上落到他身上。屋子年久失修,满是灰尘,吱吱嘎嘎到处都在朽烂。嘎叭,嘎叭,嘎叭,屋子说。嘎哓垃就在这里,它要把你嘎叭了又嘎叭,最终把你变成嘎哗垃。

他晃晃悠悠地站起来,吃力地一步一步挪到阿尼的功放和录音机旁。拿起一盘磁带,打开盒子。哆哆嗦嗦试了好几次,才把磁带套上转轴。

厨房门打开一条缝儿,露出一只眼睛盯着他。他认不出是谁的。

我必须离开这儿,杰克·波伦对自己说。要么就赶走它,不能这样下去了,不摆脱它,就会被它吃掉。

它正在吃我。

他猛地拧大音量,让震耳欲聋的音乐在屋里咆哮起来,撞向四壁和家具,拍击着微启的厨房门,轰炸着视野里的一切人与物。

厨房门朝外倒下,合页断裂,砰的一声砸在地上。音乐轰鸣了一阵儿,才有个东西从厨房里横冲而出。这个东西向他摸索过来,从他旁边经过,摸到了音量旋钮。音乐轻下去了。

不过他觉得好受些了,神智又清醒了,感谢上帝。

杰克·波伦把父亲送到产权登记处后,带着曼弗雷德飞往刘易斯敦,来到多琳·安德顿的公寓。

多琳开门见是他,便问:"有什么事,杰克?"接着把门完全打开,让他和曼弗雷德进屋。

"今天晚上要出事。"他回答。

"你肯定?"多琳在他对面坐下,"再说你非得去吗?哦,我想去还是得去一趟。不过,你也可能会猜错。"

杰克说:"曼弗雷德已经告诉我了。是他预见到的。"

"别怕。"多琳柔声道。

"可我就是害怕。"杰克说。

"那到底会出什么事呢?"

"不知道。曼弗雷德没法告诉我。"

"可是——"多琳指了指,"你已经和他沟通上了,那不是很好嘛。阿尼就想要这结果。"

"我希望你也去。"杰克说。

"是的,我会去。但是——我也帮不上什么忙。我的意见顶用吗?我确信阿尼会满意的,依我看你的焦虑一点儿道理都没有。"

"我和阿尼要闹翻了，"杰克说，"就在今晚。我知道会，但不清楚原因。"他恶心得想吐，"我觉得，曼弗雷德好像不单单能预见未来，还能以某种方式控制未来，让未来以最糟糕的面目出现，而他自己应该看不出有什么问题，因为那就是他眼里的现实。我们这些接近他的人似乎也会陷入他的现实中去。这种现实已经开始向我们渗透了，正在取代我们看待事物的方式。我们习惯的场景莫名其妙地再也不出现了。对我来说这不正常，未来在我眼里从来不是这样的。"

接下来他默然不语。

"你跟他在一起待得太久了。"多琳说，"你身上有——"她犹豫了一下，"不稳定的倾向，杰克。现在再加上他的。你本来应该把他拉回我们的世界，拉回社会公认的现实……可现在，不是他反过来把你拉到他的现实中去了吗？我不相信什么预知未来，我觉得这从一开始就是个错误。你会好起来的，但你要摆脱这件事，离开那男孩——"她瞥了曼弗雷德一眼，他站在窗前注视着楼下的街道，"不能再和他有一点儿瓜葛了。"

"已经太晚了。"杰克说。

"你既不是心理治疗师也不是医生。"多琳说，"你和米尔顿·格劳布不一样，他整天跟自闭症和精神分裂患者打交道，而你——你是修理工，因为阿尼一时发疯才误打误撞卷到这件事里来的。你只是碰巧遇上他，是去他家修加密录音机的，但就这么陷进去了。你不该太被动，杰克。你让一些偶然事件随随便便地改变了生活，看在上帝的分儿上——你不知道被动意味着什么吗？"

隔了一会儿，杰克回答："应该知道吧。"

"说说看。"

他说："精神分裂者都有被动倾向，我清楚这一点。"

"果断点儿，别再往里陷了。打电话给阿尼，坦率地说你没能力对付曼弗雷德。他应该回本一古康复营，由米尔顿·格劳布来照顾。他们可以在那儿造一间慢速舱。他们已经开始干了，不是吗？"

"他们做不起来的。他们在商量从'老家'进口设备，这说明了什么你应该明白。"

"你也别想做起来，"多琳说，"因为在开始之前，你早就精神崩溃了。我也能预见未来，知道我看见什么了吗？我看见你垮了，从来没这么厉害过；我看见——你精神上彻底垮掉了，杰克，假如你非要干下去的话。分裂型焦虑，尤其是恐慌情绪，正在狠狠折磨着你，不是吗？是不是？"

他点点头。

"我在我弟弟身上见过，"多琳说，"这种分裂型恐慌，只要见到有人发作过,就一辈子都忘不了。他们周围的现实会崩塌……对时间和空间的感觉,对因果关系的感觉也都会崩塌……你不就是这种情况吗?你话里的意思好像是碰上阿尼之后,不管做什么都没法改变局面了——成年人的责任感都快叫你给丢光了,又长回小毛孩啦,这可完全不像你。"她深吸一口气,胸脯吃力地一起一伏,继续说道,"我要打电话给阿尼,告诉他你撤了,曼弗雷德的事让他另请高明吧。我要跟他说你一点儿进展也没有,再干下去对你对他都毫无意义。我以前领教过阿尼心血来潮的样子,一件事他会念叨个几天,最多几个礼拜,然后就忘干净了。这件事他一样可以忘掉。"

杰克说:"这件事他忘不掉的。"

"试试看。"多琳说。

"不行。"杰克说,"今晚我还是得去,把进展报告给他。我答应过,说到就要做到。"

"你傻透了。"多琳说。

"我知道,"杰克说,"但跟你想的不一样。我傻在不计后果接了这活儿。我——"他顿了顿,"也许你说得对。我没能力应付曼弗雷德。就是这么回事。"

"可你还在硬撑。你今晚要给阿尼看什么?先给我看看。"

杰克拿出一个马尼拉纸信封,从里面抽出曼弗雷德画的大楼图。多琳细看了很久，才还给杰克。

"这画真邪气，叫人心里发毛。"多琳的声音轻得几乎听不见，"我知道画的什么。是冥界，对不对？他画的就是这个。死后的世界。这就是他看到的东西，在他的影响下，你也开始看见了。你要把这个拿给阿尼？你的现实已经失控了，你觉得阿尼要看这种恶心玩意儿吗？烧掉它。"

"不至于那么糟糕吧。"杰克被她这番话搅得心烦意乱。

"就是有那么糟糕，"多琳说，"要是你不这么觉得，这本身就是一个可怕的迹象。你看第一眼的时候觉不觉得糟糕？"

杰克不得不点头同意。

"那么你就该明白我说得没错。"多琳说。

"我没法甩手不干。"杰克说，"今晚在他家见。"杰克走到窗前，拍了拍曼弗雷德的肩膀，"咱们得走了，今天晚上还会见到这位女士的，再加上科特先生。"

"再见，杰克。"多琳送他出门，一对黑色大眼睛充满绝望，"我说服不了你，我能看出来。你变了。就算跟一两天前相比，你也够——颓废的了……你自己知道吗？"

"不知道，"杰克答，"我没发现。"但他听了这话并不意外，自己的确感到四肢无力、胸口发闷。他倾身吻了吻多琳丰满而优雅的嘴唇。"晚上见。"

多琳站在门口，目送着一大一小两人离去。

入夜前还有些时间，杰克·波伦决定顺路去一趟公立学校接儿子。公立学校本是他最怕去的地方，现在他希望能在那儿弄清楚多琳到底说得对不对，也想试一试自己是否还有意志和能力去区分哪些是现实，哪些又是潜意识投影。公立学校现在对他事关重大。他驾驶易氏公司的直升机往学校飞去，深信自己能应付这第二次拜访。

他还怀着一股极大的好奇心，想看看曼弗雷德对那个地方、对那些仿真教学机都有什么反应。这段时间他有个挥之不去的预感：曼弗雷德面对那些教学机会有明显反应，可能跟他自己的反应差不多，也可能完全相反。不管怎样总会有反应，他有相当大的把握。

接着他又变得灰心丧气，是不是太晚了？工作是不是已经结束了？是不是这个项目没什么意义，已被阿尼中止了？

今晚我是不是已经去过他家了？现在几点？

他惊恐地想，我的时间感全丢了。

"我们要去公立学校，"他低声地问曼弗雷德，"你喜欢这个主意吗？去看看戴维上的学校。"

男孩流露出期待的目光。是的，他好像在说。我喜欢。咱们去吧。

"好。"杰克说。他费了好大劲操作着直升机控制台,感觉自己已经沉到了大洋之底,被死水压得喘不过气来,几乎动都动不了。可怎么会这样呢?

他不知道。他只能竭尽全力往前飞。

11

　　科特先生的皮囊里装着死人骨头，亮晶晶、湿漉漉。科特先生是一袋骨头，肮脏，泛着潮湿的亮光。脑袋只剩一颗头盖骨，吮吸、啃咬着绿色植物；植物一进到里面就会烂掉，好像被什么东西腐蚀了。杰克·波伦也是一副塞满嘎哔垃的死皮囊。这副皮囊粉饰得很光鲜，香喷喷的，几乎骗过了所有人，此时正弓着腰盯着安德顿小姐——他看到了这一幕。他还看见这副皮囊用污秽的方式向那姑娘示爱。它把又湿又黏的真面目倾倒在女人眼前，越倒越近；嘴里不断吐出死虫子般的词句，落在她身上。死虫子争先恐后地溜进她衣服褶子里，有些还硬生生地钻入她的皮肉，进到体内。

　　"我喜欢莫扎特。"科特先生说，"我要放这盘带子。"

　　她觉得痒痒，因为衣服里塞满了毛发、灰尘和虫粪。她隔着衣服挠了挠,衣服碎成了一条条破布。她张嘴咬住破布条,咀嚼起来。

科特先生拧了拧功放旋钮,说:"布鲁诺·瓦尔特指挥,录音黄金时代的稀世珍品。"

屋里某处发出骇人的刺耳噪音,叽叽吱吱嘎嘎,片刻后她发现这声音正是自己发出的;是她的体内在骚动:所有的死虫子都在起伏、蠕动、乱爬,朝着屋里的光亮挣扎而出。上帝啊,她怎么挡得住呢?那些死虫子纷纷从她的毛孔蹿出,穿过黏糊糊的蛛网掉到地上,最后消失在木地板缝里。

"对不起。"阿尼·科特嘀咕道。

"吓死人了。"她说,"你饶了我们吧,阿尼。"她推开粘在身上的那个又黑又臭的东西,从沙发上站起。"你这种幽默感——"她说。

阿尼转头见她扯下身上仅剩的几条破布,便放下磁带,向她走去,伸出手。

"干吧。"她说,于是两人一起躺倒在地板上。阿尼用脚脱自己的衣服,用脚指头钩住布料一片片撕下来。两人手臂相互紧箍,滚到炉灶底下的暗处,躺在那里,在撞击中汗如雨下,在尘土、热气和自己冒出的潮气里粗声喘息。"还要。"她的膝盖已狠命顶进了阿尼的两肋。

"弄错了。"阿尼说着将她死死地压在地板上,还朝着她脸上喷气。

炉边露出一对眼睛,有什么在偷看这两个躺在暗处的人——目不转睛。它把糨糊、剪刀、杂志统统放下了,将视线转向这边,贪婪地欣赏他俩的每一下撞击。

"走开。"她喘着气赶那东西。但那东西没有走开。"还要。"她说。那东西冲她笑了。她和压在上面的人继续做着,那东西就一直笑啊笑。他俩停不下来。

接着嘎叭我,她说。嘎叭嘎叭嘎叭我,把你的嘎哔圾灌到我里面来,灌到我的嘎哔圾里来,你这个嘎嗾垃。嘎叭嘎叭,我爱嘎叭!不要停。嘎叭,嘎叭嘎叭嘎叭,嘎!叭!

杰克·波伦操控易氏公司的直升机往公立学校停机坪降落,他瞥了曼弗雷德一眼,猜不透男孩在想什么。曼弗雷德·斯坦纳沉浸在自己的思维中,两眼无神地对着窗外,面部扭曲成一副怪相。杰克心生反感,马上挪开了目光。

为什么要跟这个男孩扯上关系呢?杰克自问。多琳说得对,曼弗雷德不是他对付得了的,总跟这孩子待在一起,他性格中不稳定的精神分裂倾向会被搅动起来。然而他不知道怎样来摆脱这一切;不知为什么,太迟了,仿佛时间已然崩塌,将他永远困在了当下,只能跟这个不幸的哑孩子相依为命,而这孩子除了不停地翻寻审视自己的内心世界,什么也不干。

他在某种程度上接受了曼弗雷德的世界观,显然,他自己的世界观也正在悄悄地瓦解。

熬过今晚,他想。我必须坚持到晚上:想办法撑到跟阿尼·科特碰头。然后我就能抛下这一切,回到自己的空间、自己的世界,从此以后再也不用见到曼弗雷德·斯坦纳了。

阿尼,看在上帝的分儿上,救救我吧,他在心中祈祷。

"咱们到了。"他说,直升机颠了一下降落在天台停机坪上。他熄了火。

曼弗雷德一下子冲到舱门口,急着要出去。

看来你挺想瞧瞧这地方的,杰克想。不知道为什么。他站起身,走过去打开舱门锁。曼弗雷德立刻跳到天台上,朝下坡道飞奔而去,像记得路似的。

杰克跨出直升机,没看见男孩的踪影,他已经一个人跑下坡道,冲进了学校。

多琳·安德顿和阿尼·科特,杰克思量着,是对我最重要的两个人,是和我走得最近的两个朋友,也是我与生活最紧密的联系点。然而,这个男孩强行闯了进来,他正在切断我最亲密的社会关系。

还能剩下谁呢？他自问。一旦我与世隔绝，其余的人——我的儿子、妻子、父亲，再加上易先生——都会乖乖地自动与我隔绝。

假如再继续一步步受制于这个精神彻底失常的孩子，我知道会有什么后果。现在我明白精神错乱是怎么回事了：完全感知不到外部世界，特别是那些要紧的、有意义东西，那些好心人。取而代之的是什么呢？是可怕的偏执——只能感觉自我永不止歇的潮起潮落。这种起落变化源自内心，其影响也仅仅局限于内心。内心世界与外部世界成了两个割裂的疆域，井水不犯河水。两者并存，却永不相交。

于是，时间停滞不前，再也得不到任何新经验，接受不到任何新事物。一旦精神失常，可谓万事皆休。

他意识到，我正处在精神错乱的边缘。也许我向来如此，打一出生就有这病根。而这孩子又带着我往歧路上走了很远。或者确切地说，正因为他，我才走了很长一段歧路。

一个已凝成铁板一块的自我，它无边无际，抹去一切，占据了整个世界。在这个世界里，最细微的变化也会受到最审慎的检视。这就是曼弗雷德的现状，也是他自出生起一直沉浸其中的状态。这正是精神分裂症的晚期症状。

"曼弗雷德，等一等！"他喊道，随后沿着男孩的去路慢慢走下坡道,进入公立学校大楼。

西尔维娅·波伦坐在琼·赫尼西家的厨房里,一边啜饮咖啡,一边大倒苦水。

"他们最讨厌的地方,"西尔维娅指的是厄娜·斯坦纳和她的子女,"就是,实话实说,太没教养。照理不该这么说人家,可我真的受够了,没法忍。我天天都得遭这份罪。"

琼·赫尼西穿着白色短裤和小小的挂脖背心,光脚在屋里走来走去,用玻璃壶浇着各种各样的室内绿植。"那个男孩真怪。他是最难搞的,对吧?"

西尔维娅打了个激灵,说:"他整天待在我家。杰克在帮他,你知道的,想让他变得像个人样。我个人认为应该把这些怪胎和畸形儿消灭了完事,让他们一直活下去绝对有害无益。这种善心发错地方了,不管对他们还是对我们都是折磨。那男孩得有人照顾一辈子,别想离开慈善机构。"

琼拎着空壶回到厨房,说:"我要跟你讲讲那天托尼带我去干什么了。"托尼是她的现任相好,两人偷情已有六个月。琼总是把他俩的那点儿事及时通报给小姐妹们,尤其是西尔维娅。"我们去了日内瓦二号他熟悉的一家法国餐馆吃午饭,点了法蜗,就是蜗牛。是连壳端上来的,你要用一把怪吓人的叉子把肉抠出来，叉尖足有一英尺长。不用说，那都是黑市货。有些餐馆只供应黑市来的美食，你知道吧？托尼不带我去我还真不知道。当然，我不能透露餐馆的名字。"

"蜗牛。"西尔维娅反感地说，同时想了想假如有个情人带自己下馆子，她会点哪些美味佳肴。

出轨是什么感受？很麻烦，但肯定值，只要能瞒住丈夫。当然，戴维也是个问题。况且眼下杰克在家工作的时间很长，还有公公暂住在家里。以后她可能也没法把情人领回家，因为隔壁有厄娜·斯坦纳盯着。如果那个德国肥婆看见，也能咂摸出是怎么回事。出于普鲁士式的责任感，她兴许会立刻告发到杰克那里。可话说回来，冒险不正是偷情的一部分吗？越危险不是越——有味吗？

"要是你老公发现了会怎么样？"她问琼，"会不会把你千刀万剐？杰克会的。"

琼说："自打我俩结婚，迈克自己就偷过好几次腥。他要是知道了肯定大发脾气，可能会送我一个乌眼青，然后带上他的某个女朋友离家出走一礼拜，孩子嘛肯定是甩给我带了。不过他总能看开的。"

西尔维娅寻思着杰克有没有过外遇。好像不可能。她揣摩自己要是发现杰克出轨会是什么心情——这场婚姻是不是就结束了？是的，她想。我会马上请个律师。嗯，会吗？没发生还真不好说……

"你和你公公处得怎么样？"琼问。

"哦，还行。他跟杰克，还有斯坦纳的儿子今天外出，是公事。其实我跟利奥见面的时间不太多，他这次来主要是出差——琼，你外边有过几个相好的？"

"六个。"琼·赫尼西答。

"天！"西尔维娅说，"我一个也没有过。"

"有的女人天生出不了轨。"

在西尔维娅听来，这句话即便不算生理歧视，也有点儿人身攻击的味道。"你这是什么意思？"

"心理结构不合适。"琼伶牙俐齿地解释道，"只有特定类型的女人才能日复一日地编造和维持一个复杂的谎言。我爱干这个，我喜欢编故事去蒙迈克。你就不一样了。你脑瓜单纯，又实在，不爱骗人。再说，你嫁了个好老公。"她扬了扬眉毛，让自己这番论断显得更权威些。

"过去杰克一离家就是一个礼拜，"西尔维娅说，"那时候我应该试一下的。现在就难多了。"她真心希望自己干了点儿什么不寻常的、有意义的或是有激情的事，来填补那些漫长而空虚的午后。上别的主妇家，在厨房里一小时接一小时地喝咖啡，她感觉无聊得要死。难怪那么多女人要偷情,不然就得发疯。

"假如感情经历只局限于自家老公,"琼·赫尼西说,"就会缺少判断的基准。他给你什么,你基本上只能接受什么,可要是你跟其他男人上过床,就更容易发现老公的缺点,这其实是擦亮自己的眼睛,对老公有个更客观的评价。看清楚他需要改变什么,你就能牵着他往那个方向努力。而你呢,也好趁机了解了解自己的不足,还可以通过别的男人提高自己,反过来让你那口子更满意。我看不出有谁会吃亏。"

这么一说,倒真像是一件皆大欢喜的美事,连自己丈夫也能捞着好处。

西尔维娅一边啜咖啡一边琢磨着这番话,这时意外地看到窗外有架直升机正在降落。"那是谁啊?"她问琼。

"老天,我不知道。"琼瞧了一眼外面说。

直升机摇摇摆摆地降落在房子附近。舱门打开,钻出一个帅气的黑发男子,身着光鲜的尼龙衬衫,系领带,下穿宽松长裤,脚蹬一双时髦的欧式船鞋。后头跟着个布利克人,手提两口沉重的箱子。

眼见黑发男子朝房子这边慢慢走来,布利克人拎着箱子跟在后面,西尔维娅的心怦怦直跳。在她的想象中,琼的相好托尼就是这副派头。

"天哪,"琼说,"不知道他是谁。推销的?"外间响起了敲门声,她过去开门。西尔维娅搁下杯子紧随其后。琼在门后刹住脚步。"我好像穿得有点儿……少。"她紧张地把手按在短裤上。"你接待一下,我到卧室换身衣服。没想到会有生人来。你瞧,咱们不得不小心点儿,附近没有别人,老公又不在——"她拔腿冲向卧室,头发张牙舞爪地飘了起来。

西尔维娅打开门。

"您好。"帅男人微笑着打招呼,露出一口完美的地中海式白牙。他稍许有点儿口音,"您是这家女主人吗?"

"算是吧。"西尔维娅怯生生地答道。她低头扫了一眼,不知自己衣着是否得体,是否配得上跟眼前这位男士说话。

"我想向您介绍一组优质健康食品,也许是您熟悉的牌子。"男人说。他的眼睛一直盯着西尔维娅的脸,但西尔维娅明显感觉到,他正在以某种方式仔仔细细地审视自己的整个身体。她的自尊心抬头了,不过并没有气恼。这个男人风度翩翩,略带羞涩,又有一股特别的直率劲儿。

"健康食品,"她嗫嚅道,"嗯,我——"

男人点了点头,布利克人走上前来,放下一只箱子,打开。里面码着篮子、瓶子、盒子……她一看就挪不开目光了。

"这是未经过均质处理的天然花生酱。"男人报起了货名,

"这是零卡路里瘦身糖果,能让您保持苗条的身材。麦芽、酵母、维生素E,一种增强生命力的维生素……当然,像您这么年轻还不需要服用。"他用温柔的嗓音逐一介绍产品。西尔维娅意识到自己在他身旁弯下了腰,两个人靠得那么近,肩膀都碰上了。她马上警觉地拉开了距离。

琼在门口露了一下脸,已经穿上了裙子和羊毛衫;一眨眼她又退回屋里,关上了门。男人没有注意到她。

"另外,"男人继续介绍,"美食系列也有不少女士感兴趣的产品——像这些。"他接着举起一个瓶子。西尔维娅屏住了呼吸:鱼子酱。

"天哪!"她深受吸引,"你是从哪儿弄到的?"

"贵是贵,但很值。"男人的黑眼睛直戳她的心底,"不是吗?让人回想起'老家'的那些日子,柔和的烛光、乐队现场演奏的舞曲……在一个又一个悦人耳目的场所享受的那些浪漫时光。"男人递给她一个长长的、毫不掩饰的笑容。

黑市货!她自己猜到了答案。

她说话时心在嗓子眼里狂跳:"实话说吧,这不是我家。我家在运河下游一英里左右。"她指了指,"我——非常感兴趣。"

男人微微一笑,她浑身都酥了。

"你以前从没来过这儿,是吗?"她唠叨起来,舌头也不太利索了,"我从来没见过你。你叫什么名字? 我是问商号的名字。"

"我叫奥托·齐特。"男人递过名片,她几乎看都没看,她无法把视线从男人脸上移开。"我的生意很早就起步了,只是最近——因为发生了一个意外——在人事上有大调整,所以我现在要负责招揽新客户了,比如您。"

"你会来吗?"

"会的,来的话也是下午,比现在稍晚点儿……我有一批独家销售的进口美食,品种繁多,咱可以慢慢挑。下午好。"他像猫儿般轻盈地站起。

琼·赫尼西又露面了。"哈罗。"她谨慎而又不乏兴趣地轻声应道。

"我的名片。"奥托·齐特向她递过一张白色压纹卡片。现在两位女士都有了他的名片,她们各自仔细看起来。

奥托·齐特带着他那狡黠而讨好的灿烂笑容,招呼布利克跟班摆好另一只箱子,打开。

米尔顿·格劳布医生正坐在本—古里安康复营的办公室里,听到走廊里有个女人在说话,沙哑的声音透着居高临下的味道,不过一听就是女性。格劳布医生留意到护士对她毕恭毕敬的,这才想起此人是安妮·埃斯特黑齐,来探望儿子塞姆的。

他打开档案柜，找到"E"，将"埃斯特黑齐，塞缪尔①"的病历夹摊开在桌面上。

有意思。这个小男孩不是婚生子，而是埃斯特黑齐夫人同阿尼·科特离婚至少一年后生的。他进本－古康复营登记的是母亲的姓。不过阿尼·科特一准是孩子的父亲，病历夹里包含有大量阿尼的资料，负责检查的医生理所当然地将他俩视为父子。

显然，尽管阿尼与安妮·埃斯特黑齐早就离了婚，却仍然频繁见面，频繁到连孩子都生下了，所以，他俩之间不单单是业务关系。

格劳布医生琢磨着能不能将这桩事变成把柄。阿尼有仇人吗？就他所知没有，人人都喜欢阿尼——除了米尔顿·格劳布医生。很明显，格劳布医生是火星上唯一在阿尼手里吃过亏的人，想到这一点格劳布医生怎么也高兴不起来。

这个人以最冷漠、最傲慢的态度对待了我，格劳布医生心里无数次念叨着这句话。可又能怎么办呢？顶多把服务费账单给他寄去……收几个小钱。杯水车薪。他希望——也应当——得到的远远不止这些。格劳布医生又研究起了病历。真罕见，这个塞缪尔·埃斯特黑齐，他还没碰上过这类患儿。这个男孩似乎发生了返祖现象，退化成了远古的类人，或某个已灭绝的人类近

——————————
① 塞姆的全名。

亲：一个半栖息于水中的物种。格劳布想起许多人类学家提出的一个理论，即人类由生活在海岸边和浅滩的水猿进化而来。

他注意到塞姆的智商只有73。真丢人。

——更丢人的是，他突然想到，塞姆无疑该被归为弱智儿，而不是特殊儿童。本－古康复营并不是收容纯智障儿的机构。曾有数名伪自闭症儿童被证明只是低能，苏珊·海恩斯院长把他们送回了家。不用说，是诊断上的漏洞让他们混进来的。这里还记录着埃斯特黑齐的孩子有皮肤红斑……

毫无疑问了，格劳布医生断定。我有充分的理由把这个孩子送回家。他完全能上公立学校，老师只要放慢教学进度就行。他顶多在身体上有点儿"特殊"，但我们的任务不是治疗生理疾病。

可我的动机是什么呢？他自问。

也许我是想报复阿尼·科特的无情。

不，他认为，这不太可能。我不属于报复型人格——并没有肛门排泄型或口腔咬嚼型①人格倾向。他老早就把自己归类为生殖期人格，这种人格成型于追求成熟两性恋的阶段。

---

① 弗洛伊德将性心理发展划分为口唇期、肛门期、性器期、潜伏期、生殖期等五个阶段，假如某一阶段的矛盾没有解决，人就会在以后保持该阶段的某些行为，从而形成某种人格。这里提到的肛门排泄型和口腔咬嚼型均属攻击型人格倾向，而下文的生殖期型人格属于成熟的理想型人格。

但另一方面又不可否认,是他先对阿尼·科特有意见,才会去调查这孩子的病历……这里还是有一点点因果关系的。

就在看完病历的当口,他忽然对其中隐含的古怪关系又有了新的认识。就是说,他俩在婚姻关系结束后的多年里依然保持着性关系。那为什么要离婚呢?也许两人之间存在严重的权力冲突。安妮·埃斯特黑齐一看就是个处处要占上风的女人,有着强烈的阳刚气质,也就是荣格所谓的"男性意向"。要想压过这种人格,你一定要定位好自己的角色,必须一上来就取得权威地位且决不让步;你还得天生雄辩,否则很快会落败。

格劳布医生收起病历夹,沿着走廊踱到游戏室。他看到了埃斯特黑齐夫人,她正在和儿子玩抛接豆子袋。他走过去站在那儿瞧着母子二人。埃斯特黑齐夫人注意到他,便停了下来。

"哈罗,格劳布医生。"她兴致颇高地招呼道。

"下午好,埃斯特黑齐夫人。嗯,探视结束后,能不能请你到我办公室来一趟?"

眼见这个得意扬扬的女强人顿时面露愁容,他觉得挺解气的。"没问题,格劳布医生。"

二十分钟后,格劳布医生与她隔桌相对而坐。

"埃斯特黑齐夫人,你儿子当初进本一古康复营的时候,关于他的病理有不少疑点。有一段时间认为是精神障碍方面的问题,可能是外伤性神经症或是——"

女人干脆利落地打断他说:"医生,你是要告诉我,塞姆除了学习障碍之外没有其他问题,所以就不能待在这里了,对吗?"

"还有那个身体上的毛病。"格劳布医生说。

"但那个不关你的事。"

他做了个悉听尊便的手势。

"最晚哪天要把他领回家?"她脸色煞白,浑身发颤,双手紧紧捏着坤包。

"唔,三四天,一礼拜以内吧。"

埃斯特黑齐夫人咬着指关节,两眼无神地低头瞅着办公室的地毯。这样过了一会儿,她用颤抖的嗓音说:"医生,你可能听说了,联合国正在审议一项关闭本—古康复营的提案,这段时间我一直在忙着反对这项提案。"她的声音渐渐攒起了力量,"要是逼我带走塞姆,这件事我可就撒手不管了,到时候提案准能通过。我还要把自己撂挑子的原因告诉苏珊·海恩斯。"

一股震惊的寒流慢慢掠过米尔顿·格劳布医生的脑海。他无言以对。

"你明白了吗,医生?"埃斯特黑齐夫人问。

他费劲地点了点头。

埃斯特黑齐夫人站起身,说:"医生,我搞政治不是一天两天了。阿尼·科特把我当成空想改良派,一个外行,可我不是。真的,在某些方面我是很有政治手腕的。"

"是的,"格劳布医生说,"我能看出来。"他也下意识地站了起来,送她到办公室门口。

"塞姆这件事请你以后再也别提,"夫人开门时说,"太伤人了。对我来说,把他当作特殊儿童要好受得多。"她直视格劳布医生,"弱智二字我想都不敢想。"她转身快步离去。

结果不太理想。格劳布医生这么想着,哆哆嗦嗦地关上了门。这个女人明显是个虐待狂——敌意十足、盛气凌人。

他在办公桌前坐下,点了支烟,垂头丧气地吸着,努力让自己镇定下来。

杰克·波伦走下坡道,没看到曼弗雷德的人影。几个孩子小跑而过,准是去教学机那儿上课。他四处寻找,不知男孩往哪儿去了。也不知道他干吗跑得这么快?情况不妙。

前面有一群孩子围着一台教学机,模样是个白发浓眉的高个子绅士,杰克认出来是"马克·吐温"。但曼弗雷德不在那群孩子里面。

杰克刚要走过去,"马克·吐温"煞住了它正给孩子们灌输的长篇大论,吸了几口雪茄,冲着杰克的后背喊道:"朋友,有什么可以效劳的吗?"

杰克收住脚步说:"我在找一个小男孩,跟我一起来的。"

"所有的小家伙我都认识,""马克·吐温"教学机答道,"他叫什么名字?"

"曼弗雷德·斯坦纳。"他开始描述男孩的相貌,教学机仔细听着。

"嗯。"它听完应了一声,又抽了几口才拿开雪茄。"我相信小家伙正在和罗马皇帝提比略①谈古论今。至少受托管理本机构的权威人士是这么告诉我的,我指的是主控电路,先生。"

提比略,他没想到公立学校还会让教学机扮演这等角色:卑鄙而疯狂的历史人物。"马克·吐温"显然从杰克的表情猜到了他的心理活动。

"出于热情及最大限度的审慎,""马克·吐温"解释道,"这所学校设计了一批仅供批判而非效仿的反面教材。当你漫步在这些走廊里,你会发现,先生,有不少恶棍、海盗和无赖也位列其中,用悲哀忧伤的语调讲述着他们那些教训惨痛的往事,以此来启迪年轻一代。"它又吸了几口雪茄,冲杰克眨眨眼。杰克心神不宁地匆匆走开。

---

① 提比略·恺撒·奥古斯都(前42—37),罗马帝国第二任皇帝,塔西佗等古罗马史家对其多有恶评。

经过"伊曼努尔·康德"时,他停下来问路。几名十来岁的学生给他让开了道。

"'提比略'，"它用口音很重的英语说，"沿那条路直走就能找到。"它以绝对权威的手势指了一下，没有一丝犹疑，杰克急忙沿那条走廊而去。

过了片刻，他发现前面就是那位满头白发、瘦弱憔悴的罗马皇帝。杰克走近时它似乎在沉思，不过没等杰克开口，它就把头转了过来。

"你找的那个男孩子已经离开了。他是你家孩子，是吧？一个出类拔萃的少年。"接着它不再开口，仿佛又进入了冥想状态。实际上，杰克知道，它正与学校主控电路重新连线，主控电路在调动所有教学机帮忙找曼弗雷德。"这会儿他没在跟谁说话。"提比略加了一句。

杰克继续往前走。一个两眼无神的中年女性人形微笑着从他身旁走过；他不知道这是谁，也没有孩子跟它交谈。它突然开腔道："你找的男孩现在跟'西班牙国王腓力二世'在一起，"它指指右边的走廊，用一种奇怪的语调说，"劳驾抓紧时间带他离开学校，越快越好。多谢。"话音戛然而止。杰克朝它指的方向匆匆走去。

他刚拐进另一条过道，就迎面遇上了一副禁欲形象的大胡子"腓力二世"。没见曼弗雷德,但已经能闻到他残留的气息了。

"他刚走,尊敬的先生。""腓力二世"的话音里也带着不寻常的紧迫口吻,就像刚才那个"中年女性","劳驾找到他,把他带走,十分感谢。"

杰克没有耽搁,在过道里跑起来,一股寒意蹿遍全身。

"……万分感谢。"一个坐着的白袍人形在他跑过时说道。他又经过一个穿礼服大衣的灰发男性人形,它也重复着校方传达的这句紧急口令:"……越快越好。"

他拐了个弯,看见了曼弗雷德。

男孩一个人坐在地板上,背靠墙,低垂头,像是陷入了深思。

杰克弯下腰问:"你为什么要跑?"

男孩没有答话。杰克碰了碰他,仍然没反应。

"你还好吗?"杰克又问。

男孩忽然开始动弹,起身面朝杰克站定。

"怎么啦?"杰克继续问。

男孩还是不作声。他的脸上蒙着一层说不清道不明、无处发泄的扭曲情绪。他盯着杰克,却又似乎视而不见。他完全沉浸在自我之中,无法挣脱到外部世界来。

"发生了什么事?"杰克再问。然而他知道永远问不出个所以来,眼前这个孩子没有自我表达能力。只有沉默,两人之间完全缺乏交流渠道,这是一道难以填补的鸿沟。

男孩移开目光,接着又坐到地板上,缩成一团。

"你待在这儿,"杰克说,"我叫人把戴维找来。"他留着心从曼弗雷德身边走开,男孩并没有动。

杰克走近一台教学机,对它说:"请帮我找一下戴维·波伦。我是他爸爸,来领他回家的。"

这就是托马斯·爱迪生教学机,老者模样。它抬头一望,露出吃惊的样子,并用手拢住一只耳朵。杰克把刚才的话重复了一遍。

它点着头说:"嘎叽嘎叽。"

杰克盯着它,又回头望了望曼弗雷德。男孩依然弯腰低头,背靠墙坐在地上。

托马斯·爱迪生教学机再次开口对杰克说:"嘎叽嘎叽。"说完就住了嘴。

是我出毛病了吗?杰克自问。这是我最终的精神崩溃吗?还是——

他不相信还有别的假设,因为不存在其他可能了。

走廊另一头有台教学机在跟一群孩子讲话,它的声音从远处传来,带着回音和金属感。

杰克竖耳倾听。

"嘎叭嘎叭。"它对孩子们说的也是这个。

他闭上眼睛。一下子全明白了,自己的头脑和感知并没有出错,他听到的一切、看到的一切确确实实正在发生。

曼弗雷德·斯坦纳的存在已经侵入了公立学校的肌体,渗进了它的心脏。

12

　　本－古康复营里,米尔顿·格劳布医生还坐在办公桌前,郁闷地回顾着安妮·埃斯特黑齐刚才的反击。这时来了一个紧急电话。是联合国公立学校主控电路打来的。

　　"医生,"响起一个平板的声音,"很抱歉打扰你,我们需要你的帮助。有一个男性公民正在我校四处游荡,明显处于精神错乱的状态。希望你能过来一趟,把他带走。"

　　"没问题,"格劳布医生低声说,"我马上去。"

　　没多久,他就驾直升机飞行在了沙漠上空,从新以色列驶向公立学校。

　　他到达后,主控电路迎上来,快步领着他在大楼里穿行,一直走到一条已封闭的过道。"我们认为应该把他和孩子们隔离开。"主控电路解释道,同时下指令收起卷帘门,敞开了过道。

前方站着一个满脸迷茫的男人，是格劳布医生的熟人。医生心中不禁升起一股快意。这么说杰克·波伦的精神分裂症又发作了。波伦眼神涣散，显然处于紧张性木僵状态，或许还夹杂着兴奋——他看上去已经精疲力竭了。旁边还有一个人格劳布医生也认识，是曼弗雷德·斯坦纳。他蜷坐在地板上，身体前倾，也是一副魂游象外的模样。

你俩就算联手也发达不了，格劳布医生暗想。

在主控电路的帮助下，他把波伦和小斯坦纳都扶进了直升机，随后往新以色列的本－古康复营飞去。

波伦佝偻着背，紧握着双拳，开口说道："我来告诉你发生了什么。"

"请讲。"格劳布医生——终于——感觉自己镇定下来了。

杰克·波伦用颤抖的声音说道："我去学校接儿子。带上了曼弗雷德。"他在座位上扭头看了看小斯坦纳，男孩还没有脱离僵直状态；他蜷缩在直升机地板上，雕像般一动不动。"曼弗雷德从我身边跑开了。接着——我跟校方的交流就给切断了。我只能听见——"他刹住话头。

"二联性精神病①。"格劳布咕哝了一句。疯子二人组。

---

① 又称感应性精神病，指长期共处的两人，一人发病"传染"给另一人的精神病例。

波伦说："我听到的不是学校里的声音，净是他的那种话。我听到教学机都在说他那种话。"他不作声了。

"曼弗雷德属于强势人格。"格劳布医生说，"谁在他身边待久了，谁就会耗尽心力。我认为你应该放弃这个项目，这是为了你自己好，为了你的身体健康。我觉得你太冒险了。"

"今晚我得去见阿尼。"波伦声音不大，却沙哑刺耳。

"那你自己呢？你打算落到什么地步？"

波伦没答话。

"你的病在目前这个阶段，"格劳布医生说，"我还能治。再往后——就没准了。"

"在那儿，在那个该死的学校里，"波伦说，"我脑子彻底乱了，不知道该怎么办。我找啊找，想找一个还能跟我讲讲话的人。一个跟——他不一样的人。"他指了指男孩。

"精神分裂者跟学校扯上关系会出大问题，"格劳布说，"精神分裂者，比如你自己，在跟别人打交道时总要观察他们的潜意识。而教学机自然是没有隐性人格的，它们的一切都暴露在表面上。由于精神分裂者习惯透过外表看人心——结果就是一无所获，完全无法理解它们。"

波伦说："它们说的话我一句也听不懂，全都是——曼弗雷德说的那种胡话。只有他自己明白。"

"你能走出来算运气好的。"格劳布医生说。

"我知道。"

"现在你打算怎么办,波伦? 休息一段时间养一养,还是继续冒险跟这个孩子接触下去? 他失控得太厉害,已经——"

"我没有选择。"杰克·波伦说。

"你说得对。你的确没有选择,必须退出。"

波伦说:"我已经有点儿数了。我知道自己在这件事上要下多大的本钱。现在我明白像曼弗雷德那样与世隔绝是怎么一回事了。我会尽可能避免落到那样的下场。目前我还不想放弃。"他哆嗦着从衣兜里掏出一支烟,点燃。

"你这个病预后不太理想啊。"格劳布医生说。

杰克·波伦点点头。

"你现在症状有所缓解,无疑是因为脱离了学校环境。我可以直言相告吗? 谁也没法预测你能正常多久,也许十分钟,也许一小时——可能不到晚上还挺好,一到晚上你会发现自己崩溃得更厉害。夜里特别难熬,不是吗?"

"是的。"波伦答。

"我能帮你做两件事。我可以把曼弗雷德送回本—古康复营,然后作为你正式委托的精神科医生,代表你赴今晚的阿尼之约。这事我常干,这也是我的工作。先付点儿定金,我这就送你回家。"

"过了今晚再看吧。"波伦说，"要是继续恶化下去，可能会请你做我的代表。但是今晚我得带曼弗雷德去见阿尼·科特。"

格劳布医生耸了耸肩。他发现对方听不进建议——这正是一种自闭症症状。杰克·波伦已经油盐不进了，他跟外界隔绝得太厉害，听不明白别人的意思。语言对他来说变成了空洞的客套，毫无意义。

"我儿子戴维，"波伦突然说，"我还得回学校去接他。再说易氏公司的直升机还停在那儿呢。"他的双眼变得清澈些了，似乎正在恢复正常。

"别回去了。"格劳布医生劝他。

"送我回去。"

"那别进学校，就待在停机坪上。我叫人传话给你儿子——你可以坐在直升机里等他上去，这样应该对你比较安全。我去跟主控电路说。"格劳布医生顿时涌起一股同情心，为这个人，为他一意孤行的本能行为。

"谢谢，"波伦说，"很感激。"他冲医生笑了笑，格劳布也回以一笑。

阿尼·科特抱怨道："杰克·波伦呢？"已到下午六点，阿尼独自坐在客厅里,喝着赫利奥调制的稍稍甜过头的古典鸡尾酒。

此刻,他的布利克仆人正在厨房里准备晚餐,这些美食全部是黑市货,都是从阿尼新进的货品中挑来的。一想到现在能以批发价办一桌宴席,阿尼就心满意足。比过去那种采购方法强太多了,要不然利润都进了诺伯特·斯坦纳的腰包!阿尼呷着酒等客人来。屋角的音箱传来微弱却又颇具穿透力的音乐,弥漫在整个房间里,哄得好会员科特昏昏欲睡。

就在恍恍惚惚之际,他被电话铃声吵醒了。

"阿尼,我是斯科特。"

"哦?"阿尼心生不悦,他只想通过那套精妙的加密流程跟斯科特联系。"你瞧,我这儿正要开一个重要的业务会议,如果你的事儿不那么——"

"绝对要紧,"斯科特说道,"有人把手伸到咱们的地盘里面来了。"

阿尼愣了一下,问:"什么?"接着他立刻明白了斯科特·坦普尔的意思,"你是指食品生意?"

"没错,"斯科特说,"而且他全都安排好了。他有自己的着陆场、进货火箭、推销路线——想必是接盘了斯坦——"

"别说了,"阿尼打断道,"马上过来。"

"好。"斯科特咔嗒一声挂了电话。

这算哪门子事啊，阿尼心想。我的生意刚刚顺利开张，某些无赖就硬要横插一杠子。况且，一开始我根本不想做这个黑市生意——这家伙干吗不告诉我他要接手斯坦纳留下的摊子呢？可现在太晚了，我已经上了船，谁也别想赶我下去。

半小时后，斯科特焦虑不安地上门了。他在阿尼·科特的客厅里走过来走过去，一面吃着开胃点心，一面语速很快地讲个不停。"那家伙是个真行家，以前肯定干过这一行——他已经跑遍了火星，是个人他基本上都拜访过了，连犄角旮旯里那些孤零零的房子，连只买一两瓶东西的主妇，他都没放过。这是在赶尽杀绝啊。咱们生意才刚刚起步，就给逼得没活路了。这个家伙，直说了吧，已经甩开咱们几条街了。"

"知道了。"阿尼摸着秃掉的那块头皮说。

"我们得有对策，阿尼。"

"你知道他的大本营在哪儿吗？"

"不清楚，不过多半在罗斯福山，诺布·斯坦纳的着陆场就在那儿。咱们先去查那个地方。"斯科特在备忘本里记下一条。

"一找到他的着陆场，"阿尼说，"就通知我。我派一艘刘易斯敦警用飞艇过去。"

"到那时他就知道对头是谁了。"

"没错。我得让他知道知道他的对手是阿尼·科特，不是什么无名小卒。我要让警用飞艇扔一颗战术原子弹下去,用小型爆破武器也行,把他那个着陆场夷为平地。到时候那个无赖就会明白他的胡作非为真的把咱们惹火了。事情明摆着的,当初我还没定下来做这门生意呢,他二话不说就抢到前头去了! 这生意本来已经够难做的了,现在还要加上他来瞎搅和。"

斯科特在备忘本里记了几个字:他瞎搅和,等等。

"你给我找到地方,"阿尼总结道,"其余的交给我办。我不会叫警察去抓人,只毁设施,咱别惹着联合国。我相信这事没多久就会过去。你估摸是条独狼对吗? 别是'老家'来的什么大公司吧?"

"根据我得到的情报,肯定是条独狼。"

"很好。"阿尼说完,打发斯科特走了。门关上,客厅里又只剩阿尼·科特一个人了,布利克仆人还在厨房里瞎忙活。

"普罗旺斯鱼汤做得怎么样了?"阿尼进厨房问道。

"挺顺利,先生。"赫利奥加巴卢斯答,"我能问下今晚这些东西都给谁吃吗?"他在灶边忙碌着,四周搁着好几种鱼外加各色香草和香料。

阿尼说:"有杰克·波伦、多琳·安德顿,还有加入杰克那个项目的自闭症孩子,格劳布医生推荐的……也就是诺布·斯坦纳的儿子。"

"净是些三流人物。"赫利奥加巴卢斯咕哝了一句。

嗯,和你一样,阿尼心想。"你把饭做好就行。"他气恼地说,随后关上厨房门,回到客厅。这个黑杂种,就是你让我陷在这里头的,他暗骂;是你和你的预言石启发我想到了这个主意。这事最好能办成,我可把一切都押在上面了。另外——

音乐门铃响起,盖过了音箱的声音。

阿尼打开门,是多琳。她围着皮草披肩,朝阿尼亲热地笑着,脚蹬高跟鞋走进客厅,"嗨!什么这么香?"

"一种鱼,鬼知道叫什么。"阿尼帮她拿下披肩,露出光滑的裸肩,晒得黑黑的,隐约有些雀斑。"不,"他立刻说,"今晚不是来玩的,是公事。你进去换件像样的衬衫。"阿尼领她到卧室,"下回再穿这个。"

阿尼站在卧室门口瞧着她换衣服,不禁暗赞,真是一流的美人啊。看着她把无肩带礼服仔细地铺在床上,阿尼想,那是我送的。阿尼回忆起当时百货公司穿这件礼服亮相的模特。相比之下,多琳穿起来好看多了,她那一头红发披散在后颈上,宛如密密洒落的火雨。

"阿尼,"她一面扣着衣扣,一面扭头说,"今天晚上你对杰克·波伦客气点儿。"

"见鬼,"他不服气,"你啥意思?我只想从老伙计杰克那儿要个结果。我是说,给他的时间够多了——快来不及啦!"

多琳重复道:"客气点儿,阿尼,否则我永远不会原谅你。"

阿尼嘟嘟囔囔地走到客厅的餐具柜前,准备给她倒酒,"想喝点儿什么? 我有一瓶十年陈爱尔兰威士忌,不错的。"

"那就来这个。"多琳说着走出卧室。她在沙发上坐下,跷起腿,抚平膝上的裙摆。

"你看上去没得挑。"阿尼说。

"谢谢。"

"我说,你跟波伦搞到一块儿是经过我同意的,这个就不用提了。可你都是逢场作戏,对不对? 最最里面还是留给我的。"

多琳揶揄道:"什么叫'最最里面'?"她盯着阿尼,直到阿尼笑出声来。"听好了,"她说,"没错,我当然是你的人,阿尼。刘易斯敦没有一样东西不是你的,连一块砖一片瓦都不例外。我每次在厨房里放点儿水进下水道,都会想到你。"

"为什么?"

"因为你是废水图腾神。"她笑着说,"开个小玩笑而已,我想到的是你那间蒸汽浴室里流走的水。"

"是啊。"阿尼说,"记得咱俩有一回半夜去了那儿,我用钥匙打开门,就像两个调皮的孩子一样……偷偷溜进去,拧开热水莲蓬头,直到白茫茫的蒸汽充满整个浴室才关上。随后咱们脱掉衣服——之前准是一直在喝酒——就这么光溜溜的在蒸汽里乱跑，躲猫猫……”他笑呵呵地说，“我还抓到过你，在那条按摩凳上，就是女按摩师把人捶成瘪屁股的那条长凳。咱俩肯定在那上面开心过一把。”

“够野的。”多琳回忆道。

“那天晚上我感觉自己又回到了十九岁。”阿尼说，“其实我的心态还不老——我是说，我还有很多事情要做，你应该明白的。”他在房间里踱来踱去，“天哪，这个波伦到底什么时候来？”

电话铃声响了。

“先生，”赫利奥加巴卢斯在厨房里喊道，“我现在走不开，只好请你自己去接了。”

阿尼对多琳说：“如果是波伦打的说来不了——”他比了一个阴森森的割喉动作，才拿起听筒。

“阿尼，”是一个男人的声音，“真抱歉，打扰了，我是格劳布医生。”

阿尼松了一口气，“嗨，格劳布医生。”接着又转头对多琳说，“不是波伦。”

格劳布医生说：“阿尼，我知道杰克·波伦今晚要过去，你在等他——他还没到吧？”

“没呢。”

格劳布犹豫了一下说:"阿尼,我今天正巧碰上了杰克,虽说
——"

"怎么啦? 他是不是精神分裂症发作了?"阿尼凭着敏锐的
直觉猜出来了,医生正是为此来电的。"好吧,"阿尼说,"他是有
压力,时间挺紧的,这不假。可我们大家压力都不小。要是你把
他当成一个生病的孩子,来替他请病假,我就要让你失望了。我
办不到。波伦清楚自己现在是什么状况。假如他今晚还拿不出
点儿结果来,我会叫他下半辈子在火星上连一部烤面包机都别
想修。"

格劳布医生沉默了一会儿说:"就是你这种人在那儿狠命施
加压力,别人才会精神分裂的。"

"那又怎么样? 我有我的标准,而他必须达到这个标准,就
这么简单。我的标准不低,这我有数。"

"他也有他的高标准。"

阿尼说:"但没我的高。好啦,还有其他事吗,格劳布医生?"

"没了,"格劳布说,"除了——"他的声音在哆嗦,"没别的
了。多有打扰。"

"谢谢来电。"阿尼挂机,"是那个胆小鬼,自己心里怎么想的
都不敢说出口。"他一脸反感地从电话机旁走开,"连自己相信的
东西也没胆坚持,我对他只剩下瞧不起了。这么没种还打哪门

子电话呢?"

多琳说:"没想到他会打电话来。强出头。他说杰克什么?"她的双眼因关切而蒙上了一层荫翳。她起身走近阿尼,拽住他胳膊让他停下脚步,"告诉我。"

"哦,他就说今天碰到波伦了。我估计波伦有点儿发作,就是他那个病,你知道的。"

"他来吗?"

"上帝,我不知道。为什么件件事情都这么复杂? 大夫打电话来烦我,你又在挠我,活像挨了鞭子的狗。"阿尼气不打一处来,嫌恶地甩开她的手指,又把她推到一边,"还有厨房里那个神经病黑鬼。天哪! 难不成他在学巫医炼丹吗? 都磨磨蹭蹭好几个钟头了!"

多琳用细弱而又克制的声音说:"阿尼,听好了。要是你太过分,把杰克逼出个三长两短来,我决不会再和你上床。我说到做到。"

"人人都护着他,难怪他要得病。"

"他是个好人。"

"他最好还是个好技师,他最好能把那孩子的思想像地图一样摊开来给我看。"

两人互相瞪着眼睛。

多琳摇了摇头,转身拿起酒杯,背朝阿尼走开了。"好吧。我没法命令你去做什么。床上功夫不比我差的女人你能找一打,在大人物阿尼·科特面前我又算什么呢?"她的话音里满是幽怨。

阿尼尴尬地追了上去,"见鬼,多尔①,你是独一无二的,我发誓,赛过天仙,就拿你完美的后背来说吧,那件礼服往身上一套,曲线全衬出来了。"他抚摸着多琳的脖子,"即便用'老家'的标准来衡量,咱也称得上是个绝代佳人。"

门铃音乐又响了。

"他来了。"阿尼说着立刻朝门口走去。

门打开,眼前正是杰克·波伦,看上去一脸疲惫。旁边有个男孩,不停地踮着脚尖蹦蹦跳跳,忽而在杰克这一边,忽而又到了另一边。男孩眼里闪着光,扫视着一切,却又从不聚焦在任何东西上。男孩一眨眼从阿尼身旁溜进客厅,消失在他视野之外。

阿尼慌乱地对杰克·波伦说:"请进。"

"谢谢,阿尼。"杰克走了进来。阿尼关上门,两个人东瞧西望地找曼弗雷德。

"他进厨房了。"多琳说。

果然,阿尼打开厨房门,男孩正站在那儿全神贯注地盯着赫利奥加巴卢斯。"怎么?"阿尼对男孩说,"你以前从没见过布利克

① 多琳的昵称。

人吗?"

男孩一言不发。

"你在做什么甜品,赫利奥?"阿尼问。

"焦糖布丁,"赫利奥加巴卢斯答,"一种菲律宾甜点,在蛋奶布丁上淋一层焦糖浆。是从龙鲍尔夫人①的烹饪书里学来的。"

"曼弗雷德,"阿尼说,"这是赫利奥加巴卢斯。"

多琳和杰克也站在厨房门口看着。阿尼发现男孩似乎深受这个布利克人的吸引。他像着了魔似的,眼睛死死盯着赫利奥的一举一动。赫利奥小心翼翼地把布丁液灌进模子,再将模子放入冰箱冷冻室。

曼弗雷德怯生生地开口了:"哈罗。"

"嘿!"阿尼说,"他说人话了。"

赫利奥气呼呼地说:"我不得不请各位都离开厨房。你们在这儿围观让我很不自在,活儿都没法干了。"他瞪着大家,直到他们一个接一个走出厨房。人走干净后,门从里面关上,谁也看不见忙碌的赫利奥了。

"他这人有点儿怪,"阿尼带着歉意道,"不过手艺是真棒。"

杰克对多琳说:"这是我头一回听见曼弗雷德这样说话。"他

_____

① 龙鲍尔夫人(Irma S. Rombauer, 1877—1962),美国著名烹饪书作家,她在1931年出版的《烹调的乐趣》一书长销至今。

好像受到了震动，也不理会别人，独自走到窗前站定。

阿尼跟上去说："想喝点儿什么？"

"波本加水。"

"我去倒，"阿尼说，"这种小事不能麻烦赫利奥。"他笑起来，但杰克没笑。

他们三个坐下来喝了一会儿酒。曼弗雷德拿了几本旧杂志铺在地毯上看，再度进入了旁若无人的状态。

"待会儿让你们饱饱口福。"阿尼说。

"真香。"多琳赞道。

"全是黑市货。"阿尼说。

并排坐在沙发上的多琳和杰克一齐点了点头。

"这是一个不寻常的夜晚。"阿尼说。

他俩又都点点头。

阿尼举杯道："为人与人的沟通干杯。没了沟通我们连屁都不会有。"

杰克忧郁地说："为这个我得喝一杯，阿尼。"但他的酒杯已经空了。他盯着空杯子，目光茫然。

"我再给你倒一杯。"阿尼说着从他手里接过杯子。

他在餐具柜前给杰克倒酒时，发现曼弗雷德看腻了杂志，站起来，又开始在房间乱窜了。也许男孩喜欢玩剪贴，阿尼猜测。

他把酒递给杰克,走进厨房。

"赫利奥,把胶水和剪刀拿给那孩子,再给他一些能贴东西的纸。"

赫利奥已经做好了焦糖布丁,显然没其他活儿了,正坐着看《生活》杂志。他满不情愿地起身去找胶水、剪刀和纸。

"这孩子很滑稽,是不?"阿尼等赫利奥返回时问他,"你怎么看? 有没有同感?"

"小孩子都一样。"赫利奥说完便走出了厨房,把阿尼晾在那儿。

阿尼跟了出来。"马上开饭了。"他宣布,"开胃的丹麦蓝纹奶酪都吃过了吗? 还想来点儿别的吗?"

电话铃响了。距离最近的多琳接起电话,递给阿尼,"找你。一个男的。"

又是格劳布医生。

"科特先生,"他用不自然的细嗓门说,"保护病人是我义不容辞的责任。恃强凌弱这一套我也会。你自己清楚,你的私生子塞姆·埃斯特黑齐在本—古康复营里,由我负责。"

阿尼哀叹了一声。

"要是你不好好对待杰克·波伦,"格劳布继续说,"要是你不择手段地欺负他,你不仁我也就只能不义了,我会把塞姆·埃斯特黑齐从本—古康复营除名,因为他只是个弱智儿。你听明白了吗?"

"哦,我的上帝啊,你说什么就是什么吧。"阿尼唉声叹气地说,"我明天再跟你谈这事。洗洗睡吧。吃片药。别来烦我了。"他砰的一声摔上电话。

录音机里的磁带走到了头,音乐已经歇了一段时间。阿尼大步走到磁带柜前,随便抓起一盒。那个大夫,阿尼暗想,我会收拾他的,但不是现在。现在还没工夫。他不可能不犯错,总有一天会露马脚的。

他看到磁带盒上写着:

W.A.莫扎特,G小调第四十交响曲,K. 550

"我喜欢莫扎特。"他对多琳、杰克·波伦和小斯坦纳说,"我要放这盘带子。"他从盒子里取出磁带,塞进录音机,开始拧动旋钮,直到听见磁带走过磁头发出的咝咝音。"布鲁诺·瓦尔特指挥,"他向客人介绍,"录音黄金时代的稀世珍品。"

音箱发出骇人的刺耳噪音,叽叽吱吱嘎嘎。活像一群亡魂陷入了骚乱,阿尼在惊恐中闪过这个念头。他连忙跑过去关掉了录音机。

　　曼弗雷德·斯坦纳坐在地毯上，正用剪刀从杂志上剪图片再贴成新图案；听到噪音之后他抬头一瞧，只见科特先生匆匆跑过去关录音机。在曼弗雷德眼里，科特先生变得一团模糊，动作快得几乎看不见人影，好像他使了个什么法术，从房间这一头消失，又从另一头冒了出来。男孩觉得害怕。

　　这噪音也吓着了他。男孩朝波伦先生坐着的沙发望过去，看看他有没有被吵到。可波伦先生仍旧和多琳·安德顿在一起，两个人盘缠在一起的样子，令男孩又担心又害怕。两个人怎么能贴得这么近？在曼弗雷德看来，仿佛两个独立实体合而为一了，实在是一团糟，想到这儿他更加恐惧了。他只好装作没看见，将目光越过二人，移到那面令人心安、不掺杂质的墙壁之上。

　　科特先生的声音一波波向男孩袭来，沙哑而刺耳，男孩听不懂。然后多琳·安德顿开口了，接下来是杰克·波伦。现在他们吵吵闹闹乱成一团，男孩猛地用双手捂住耳朵。突然，科特先生毫无预兆地飞一般穿过房间，消失不见了。

　　他去哪儿了？男孩到处都看不到他，不禁哆嗦起来，不知道还会发生什么。接着，男孩迷惑不解地看见科特先生又出现在放食物的屋子里，正冲着那个黑黑的人影唠叨。

　　那个黑影有节奏地、优雅地从高脚凳上下来，一步一步地走到屋子另一头，从橱柜里取出一只玻璃杯。这个人的动作让曼弗雷德惊叹不已,看直了眼。这时黑影回过头来,正好与曼弗雷德目光相对。

"你必须死,"黑影的话音似从很远的地方传到男孩耳中,"然后就会重生。明白吗,孩子? 你现在这样是没有结果的,因为有什么地方出了岔子,把你的视觉、听觉和触觉都搞得失灵了。没有人能帮你。明白吗,孩子?"

"明白。"曼弗雷德答。

黑影滑到水槽边,把一些粉末和水倒入杯中,递给科特先生。科特先生一边喝还一边不停地唠叨。那个黑影多美啊! 我为什么不能像他那样呢? 曼弗雷德想。其他人也没有一个跟他像的。

他的视线、他与那个黑影之间的联系被切断了。多琳·安德顿从他们中间穿过,冲进厨房,开始尖声说话。曼弗雷德再次捂住耳朵,但仍能听见声音。

他朝前望去,打算逃走。他摆脱了那些噪音,和那些刺眼而模糊的来往人影。

在他前方有一条山路延伸开去。红色天空低低地压在头顶上。他看见天上布满了黑点:成百上千的巨型斑点还在不停地扩大,不断地逼近。终于,从黑点里下雨般掉出一个个思维反常的人。这些人一摔到地上就绕着圈乱跑,接着画起线来。这时又有貌似蛞蝓的大家伙一个接一个落到地面,它们没有任何思想,只顾挖洞。

他看见一个窟窿有整个世界那么大,地球消失了,变成漆黑的虚空……那些人挨个跳入洞中,一个不剩。只有他孤零零地陪着这个吞噬世界的死寂黑洞。

他从洞边偷偷往下瞧。在虚空的底部,一个扭曲的活物舒展开来,似乎获得了自由。它蛇行而上,越变越宽,内有方形空间,并显现出颜色。

我进入了你的里面,曼弗雷德想。又进来了。

一个声音响起:"他在AM-WEB里待的时间比谁都长。在我们之前就来了。他老得不像话了。"

"他喜欢这儿吗?"

"谁知道呢?他既不能走路,又不能自己吃东西。他的档案在那场大火中烧掉了。可能有两百岁了吧。他们截掉了他的四肢,大部分内脏自然一入院就摘除了。他最大的牢骚是得了花粉热。"

不,曼弗雷德想。我受不了了,鼻子火烧火燎的。我没法呼吸。这就是生命的开始吗,就像那个黑影承诺的?我是不是重获新生?会有人来帮我吗?

请帮帮我,他说。我需要有人帮忙,随便什么人。我不能一直等下去，再不帮可就来不及了。我会膨胀，与吞噬世界的黑洞合为一体，随后黑洞会把一切统统吞没。

AM-WEB底下的黑洞正伺机鲸吞上面行走的人，或曾经走过的人；任何人、任何东西它都不会放过。而挡在它前面的只有曼弗雷德·斯坦纳一个。

杰克·波伦放下空杯子，觉得自己正在散架。"我们的酒都喝光了。"他吃力地对身边的姑娘说。

多琳飞快地低声说道："杰克，你要记住，你有朋友。我是你朋友，格劳布医生打了电话来——他也是你的朋友。"她不安地盯着杰克的脸，"你不会有事吧？"

"看在上帝的分儿上，"阿尼喊道，"我得知道你干得怎么样了，杰克。你就不能透点儿底吗？"他醉意十足地瞧着这两个人，多琳悄悄从杰克身旁挪开了一些。"你俩只顾着坐在那儿卿卿我我吗？真腻歪。"阿尼离开他俩，进了厨房。

多琳朝杰克靠过来，就在两人的嘴唇快要碰上时，她悄声地说："我爱你。"

杰克想朝她笑一笑，可脸僵得厉害，笑不出来。"谢谢。"杰克说，希望她明白那句话对自己有多重要。杰克吻了她的嘴唇。她的唇暖暖的、软软的，充满爱意；这两瓣唇为他献出了一切，毫无保留。

多琳的眼里盈满泪水,她说:"我觉得你老毛病又犯了,往自我里头越陷越深。"

"不,"杰克说,"我很好。"但这不是实情,他清楚。

"嘎叭嘎叭。"姑娘说。

杰克闭上了眼睛。我无法逃脱,他想。它已经把我完全包围了。

他睁开眼,发现多琳已从沙发上站起,正走向厨房。接着,她和阿尼的声音飘了过来。

"嘎叭嘎叭嘎叭。"

"嘎叭。"

杰克扭头朝坐在地毯上剪杂志的男孩说:"你能听见我说话吗?你能听懂吗?"

曼弗雷德抬头看看,笑了。

"跟我说说话,"杰克说,"帮帮我。"

没有回答。

杰克站起身,蹒跚着走向录音机。他脸朝墙端详着录音机。假如我听了格劳布医生的话,他自问,现在就能正常吗?假如我没来这儿,而是让他替我跑这一趟呢?多半还是正常不了。就像前一次发作那样,无论如何都躲不开。这是一条非走不可的路,而且只能由它自己找到终点。

接下来他只知道自己站在一条黑魆魆、空荡荡的人行道上。房间和周围的人都消失了,就剩他一个。

两侧竖立着高楼大厦的灰色外墙。这是AM-WEB吗?他四下里乱看。到处都是灯,这是城里,现在他认出来,是刘易斯敦。他走起来。

“等一下。”是女人的声音。

一个围着皮草披肩的女子从一座大楼门口快步赶上,街道上回荡着高鞋跟敲击路面的声音。杰克停下脚步。

“还不算太糟。”她追上来,上气不接下气地说,“感谢上帝,总算结束了。你可真紧张—— 一晚上我都能感觉到。阿尼被合作社的消息闹得烦死了。这帮人钱又多,权又大,他觉得自己好没用。”

两个人漫无目的地逛着,姑娘挽着杰克的胳膊。

“他的确讲过,”姑娘说,“打算继续雇你当修理工,我肯定这是真心话。不过他还在火头上,杰克。气得不行。我知道,我能看出来。”

杰克使劲回忆了一下,还是想不起来。

“说点儿什么呀。”多琳央求道。

过了一会儿,杰克说:“他——这个人不好惹。”

"恐怕是的。"多琳抬眼看看他的脸,"去我家好吗?还是到哪儿去喝一杯?"

"就走走吧。"杰克·波伦答。

"你还爱我吗?"

"当然爱。"他说。

"你怕阿尼吗?他兴许会报复你,因为——他不了解你父亲,会怀疑你在背后搞了点儿——"多琳摇摇头,"杰克,他会找你茬的。他的确已经责怪过你了。这个浑蛋真不讲理。"

"嗯。"杰克说。

"你倒是说点儿什么呀。"多琳劝说道,"瞧你木呆呆的样子,好像魂都没了。还没那么严重吧?是不是?你看上去已经恢复了呀。"

他费劲地说:"我——不怕,随便他要干什么。"

"你会离开老婆跟我在一起吗,杰克?你说过爱我的。也许我们可以搬回地球去住,或者想想别的办法。"

两个人就这样在街上逛着。

13

生活似乎再一次向奥托·齐特敞开了大门。自打诺布·斯坦纳死后，他又像以前那样在火星各地搞起了推销，要么就忙着送货，有的是机会跟别人见面聊天。

最重要的是，他已经遇上了几个模样不错的女人，都是寂寞难耐的家庭主妇，日复一日地困守在沙漠中的房子里，这么说吧，就渴望有个伴儿。

至今他还没腾出时间登门拜访西尔维娅·波伦太太。不过他知道她家的具体位置，并在地图上做好了标记。

今天他打算跑一趟。

为了这次造访，他特地穿上了最好的行头：那套多年没碰的英式单排扣鲨鱼皮灰西服。可惜皮鞋是本地产的，衬衫也是。不过领带——嘿！是刚到的纽约最新款，颜色明快，底部还任性地开了个叉。他举起领带欣赏起来,戴上之后又欣赏了半天。

他那头黑色长发油亮油亮的。他感到既快乐又自信。全新的一天开始了,又有西尔维娅这样的女人在等着我。他一边这么想,一边穿上羊毛轻便大衣,提起箱子,从仓库——现已改建成惬意的住宅——走向直升机。

直升机划了一道大弧线升上天空,往东飞去,将荒凉的罗斯福山脉甩在了后面。飞过沙漠即见乔治·华盛顿运河。他调整航向,沿着运河朝其支流水系飞去,没多久就到了威廉·巴特勒·叶芝与希罗多德两河交汇点的上空,离波伦家不远了。

这两个女人,他琢磨着,琼·赫尼西和西尔维娅·波伦,都挺吸引人的,不过真要比较起来,还是西尔维娅更合我的口味。西尔维娅有一股慵懒而撩人的气质,像那种多愁善感的女人。而琼就活泼开朗得过头了,说起话来没完没了,有些自作聪明。我更喜欢善于倾听的女人。

他回想起自己以前陷入的麻烦。不知道西尔维娅的丈夫是怎样一个人。一定要弄弄清楚。这些男人有好多都煞有介事地过着拓荒生活,越是住得离城远的越是如此。比方说,在家里藏把枪什么的。

不过,一个人总要冒点儿险的,何况这个险值得一冒。

为了防身,奥托·齐特搞了一把点22口径小手枪,平时藏在其中一只手提箱侧面的暗袋里。今天当然也带着，子弹已经上满了。

谁也别跟我胡来，他心里说。要是他们想找麻烦——很快就能找到。

想到这儿他精神一振。降下飞行高度观察了一下地面——没有直升机停在波伦家周围——便准备着陆。

凭着天生的谨慎，他把直升机泊在波伦家一英里外的公共运河入口处附近，情愿提着重箱子步行过去，没有别的办法。路上经过了好几户人家，但他没有停下来敲门，而是沿着运河不歇气地直奔目标。

快到波伦家时，他放慢脚步，喘了口气。仔细观察左邻右舍……隔壁一家传出小孩的吵闹声。那家有人。于是他绕到另一头，悄悄地往前直走，让波伦家的房子始终挡在自己与有小孩那户人家的中间。

到了波伦家，他踏上门廊，按响门铃。

有人从客厅的红窗帘后面偷偷看了一眼。奥托在脸上挂出一副放之四海而皆准的礼节性笑容，以防万一。

门开了，是西尔维娅·波伦。她专门做过头发，涂着唇膏，身穿针织卫衣和粉色紧身七分裤，脚蹬凉鞋。奥托用眼角余光瞥见西尔维娅的脚指甲涂得红艳艳的，显然费心打扮过一番，盼着他来。不过,西尔维娅自然要摆出一副满不在乎的疏远姿态;她手握门把,冷冷地瞧着奥托,一言不发。

"波伦太太。"他用最亲切的语调打了招呼,接着欠身道,"在荒漠里赶了这么远的路,终于有幸再度见面,受点儿累也值了。有兴趣看看我们独家销售的袋鼠尾汤吗? 滋味绝妙,以前在火星上出多少钱都买不到。知道你是品位不俗的美食家,重质不重价,所以我就带上货直接过来了。"他一面滔滔不绝地说着客套话,一面提着箱子慢慢地移向敞开的大门。

西尔维娅有些生硬又有些犹豫地说:"唔,进来吧。"她松手让门自行开启,奥托赶紧进入客厅,把两只手提箱搁在茶几旁的地板上。

他注意到屋里有一张弓和一袋箭,是男孩子的玩具。"你儿子在家吗?"他问。

"不在,"西尔维娅双臂环抱紧张地在屋里走来走去,"他今天上学。"

她勉强笑了笑,"我公公进城去了,要很晚才回来。"

好的,奥托心说,我懂。

"请坐,"他提出,"我来给你好好介绍一下,可以吗?"他抬手搬过一把椅子,西尔维娅便坐在椅子边上,胳膊仍抱在胸前,嘴唇紧抿。她真紧张啊,奥托心里嘀咕。这是个好迹象,说明西尔维娅完全明白奥托为什么要趁她儿子上学时造访,而她自己小心地关上了房门,显然也是有意为之。奥托还注意到,客厅窗帘一直没拉开。

西尔维娅忽然问:"你想喝咖啡吗?"说完猛地离开椅子,冲进厨房。

过了一会儿,她用托盘端着一壶咖啡、糖、奶油和两只瓷杯走了出来。

"谢谢。"奥托柔声道。刚才趁她走开,奥托又拖了一把椅子过来,摆在她那把旁边。

两人喝着咖啡。

"你老是一个人待在家里,不怕吗?"奥托问,"这一带可没什么人气啊。"

西尔维娅瞥了他一眼,"天知道,我想我已经习惯了。"

"你地球老家在哪儿?"

"圣路易斯。"

"火星就大不一样了。这儿过的是一种全新的、更自由的生活。人们可以打破束缚,重新回归自我,你说对吗? 那些陈规陋习,那个老掉牙的旧世界,最好都抛在脑后,埋进土里。在这儿——"奥托环视这间毫不起眼的客厅,那些椅子、地毯和小摆设他在类似家庭见过无数次,"在这儿我们可以见识层出不穷的非凡事物,波伦太太,还有可能抓到只对勇敢者降临一次—— 一生只有一次——的机会。"

"除了袋鼠尾汤,你还有别的吗?"

"有,"他略感失望,"鹌鹑蛋,好吃极了。正宗的奶牛黄油,酸奶油,烟熏牡蛎。这样——麻烦拿点儿平常吃的苏打饼干来,黄油和鱼子酱我请客,咱尝尝。"奥托微微一笑,西尔维娅也由衷地绽开了笑颜。她眼里闪烁着期待的光芒,一跃而起,像个小孩似的蹦蹦跳跳进了厨房。

没多久,两人在茶几旁凑拢坐下,从小瓶子里舀出油汪汪的黑色鱼子,抹在饼干上。

"什么也比不上正宗的鱼子酱。"西尔维娅叹了口气,"我这辈子只吃过一次,在旧金山的一家饭店。"

"看看我还有什么。"他从手提箱里取出一只瓶子来,"'绿匈牙利人'①,产自加利福尼亚的布埃纳·维斯塔酒庄②,这个州历史最悠久的酒庄!"

两人用高脚杯呷着葡萄酒。(连酒杯他都带来了。)西尔维娅倚在沙发靠背上,两眼半睁半闭,"天哪! 现在就像做梦一样,不敢相信是真的。"

---

① 一种白葡萄,这里指以其为原料酿成的白葡萄酒。

② Buena Vista Winery,又译作"美景园酒庄",始创于1857年。

"可这的确是真的。"奥托放下杯子,弯腰凑过来。她的呼吸缓慢而有节奏,像睡着了似的,目光却紧紧地盯着奥托。她很清楚接下来会发生什么。奥托越凑越近,而她没有动窝。她并不想躲开。

奥托一边虏获西尔维娅的芳心,一边估算这些酒食——按零售价——花去了将近一百联合国元。物有所值,至少他是这么认为的。

老戏码又上演了。又一次无视工会规定的价格下限。没多久他俩已从客厅挪到了卧室,这时奥托下了结论,自己的实际所得远远超过那几个钱。卧室的百叶窗帘早已拉下,幽暗而静谧,正适合两人共处,他心里清楚这是特地预备好的。

"我这辈子,"西尔维娅喃喃道,"还没经历过这种事。"她的声音仿佛来自远处,透着既满足又听之任之的意味,"我醉了,是吗?哦,我的上帝。"

接下来很长一段时间,她都没吭声。

"我疯了吗?"她又咕哝起来,"我一定是发神经了。简直不敢相信,我知道这不是真的。所以这又有什么关系呢?在梦里做的事怎么谈得上错呢?"

然后,她又一言不发了。

奥托恰恰喜欢这种类型:话不多。

　　什么是精神错乱？杰克·波伦思量着。对他来说，精神错乱就是在某个地方把曼弗雷德·斯坦纳弄丢了，但记不起来是怎么丢的、何时丢的。昨晚在阿尼·科特家经历了什么几乎毫无印象了。靠着多琳的叙述，他才一点一点拼凑起事情的概貌。精神错乱——就是你得向旁人打听，才能了解自己的生活究竟是怎么回事。

　　记忆中断是深度精神病态的一种症状，说明他的意识在时间上突然出现了跳跃。他在某种潜意识状态下曾多次预演过的一段经历，在实际发生之后反而变成了记忆中的空白。

　　他想起，自己早就一次又一次坐在阿尼·科特家的客厅里，一遍又一遍地经历过昨晚发生的事；而当这一幕终于真正来临时，他的脑子却短路了。这种时间感的彻底紊乱让他苦不堪言，格劳布医生认为这正是精神分裂症的病根。

　　阿尼家那一晚的事情确实发生过，他也确实经历过……只是时间顺序乱了套。

　　不管怎样，这已无法挽回，因为都是过去式了。对过去的时间感受紊乱并不是精神分裂症的症状，而是属于强迫性神经官能症的范畴。身为精神分裂患者，他的问题只与未来有关。

　　而他的未来，正如他眼下所预见的，多半取决于阿尼这个人以及阿尼本能的报复心。

跟阿尼作对有多大的赢面呢？他自问。

几乎为零。

杰克转身离开多琳家的客厅窗口，慢慢走进卧室，低头凝视着她。她依然酣睡在凌乱的大双人床上。

杰克正站着瞧她，她醒了，见杰克就在眼前，便莞尔一笑。"我做了个顶顶奇怪的梦。"她说，"我梦见自己在指挥巴赫的《B小调弥撒曲》，'垂怜经'部分，是四四拍的。就在我指挥到一半的时候，有人过来抢走了我的指挥棒，还说这曲子不是四四拍。"她皱了皱眉，"可的确是四四拍呀。我怎么会去指挥那首曲子呢？巴赫的《B小调弥撒曲》我连听都不爱听。阿尼有一盘磁带，他老在深更半夜放。"

杰克想到自己最近做过的梦，那些飘来飘去、一掠而过的模糊形状；似乎有一座房间很多的高大建筑物，老鹰或秃鹫在上空不停盘旋；碗橱里有某种可怕的东西……杰克没见过，只是感觉它在那里。

"梦往往跟未来有关系，"多琳说，"也跟一个人的潜力有关。阿尼想在刘易斯敦办一个交响乐团，正和新以色列的博斯利·图维姆谈呢。也许我会去当指挥，也许我的梦暗示的就是这件事。"她从床上一滑而下，站到了地上，修长的身材一丝不挂、曲线玲珑。

"多琳,"他冷静地问道,"昨晚的事我不记得了。曼弗雷德怎么样了?"

"他和阿尼在一起。因为他得回本—古康复营,阿尼说会带他去的。阿尼经常去新以色列看自己的儿子,塞姆·埃斯特黑齐。今天就去,他跟你说过。"她顿了顿,"杰克⋯⋯你以前失忆过吗?"

"没有。"他答。

"多半是因为跟阿尼吵架受了刺激。谁跟阿尼较劲谁就倒大霉,这我知道。"

"可能就是这个原因。"杰克说。

"吃早饭?"多琳从梳妆台抽屉里拿出干净的衬衫和内衣。"我来做培根煎蛋——有好吃的丹麦培根罐头,"她迟疑了一下补充道,"也是阿尼的黑市货。不过真的是上等货。"

"好的,就吃这个。"他说。

"昨晚咱们上床之后,我好几个小时没睡着,一直在想阿尼会怎么办。我是说,怎么对付我们两个。我猜他会对你的工作动手脚,杰克,他可能会逼易先生炒你鱿鱼。你得有心理准备。咱俩都要做好准备。至于我,他顶多把我甩了,不用说。可我无所谓——我有你。"

"是的，没错，我的确是你的。"他下意识地应道。

"阿尼·科特会报复的，"多琳一边在卫生间洗脸一边说，"但他毕竟还有人情味，不算太可怕。我觉得他比曼弗雷德强，我实在是受不了那孩子。昨晚还做了个噩梦——我总感觉屋子里、脑子里到处飘着弯弯曲曲触须一样的东西，冷冰冰、黏糊糊的，很吓人……透着一股肮脏的邪气，它们好像既不在我身体里面，也不在身体外面——若即若离的。我知道它们是打哪儿来的。"她停顿了片刻总结道，"就是那孩子带来的。他想出来的。"

多琳煎培根、煮咖啡，杰克摆餐具，随后两人坐下用餐。早饭色香味俱佳，对面的红发姑娘又秀色可餐，她用艳丽的丝带把一头浓密而油亮的长发扎在脑后；现在杰克感觉好多了。

"你儿子到底像不像曼弗雷德那样？"她问。

"瞧你问的，不像。"

"他随你还是随——"

"西尔维娅，"杰克答，"随妈。"

"她挺漂亮的，是不是？"

"我想算漂亮吧。"

"听我说，杰克，昨晚我睡不着，躺那儿左思右想……我觉得，阿尼大概不会把曼弗雷德送回本—古康复营。他会怎么来利用这样一个孩子呢？阿尼是很有想象力的。现在罗斯福山买地计划泡汤了……也许他会为曼弗雷德的预知能力另找一种全新的用途。我想到——你可别笑啊——也许他能通过赫利奥加巴卢斯，就是那个布利克仆人，跟曼弗雷德交流。"说完她两眼盯着盘子，安静地吃起了早餐。

杰克说："你可能猜得不错。"听了这番话，他又变得沮丧起来。这些话听上去是那么有道理，那么有说服力。

"你从来没跟赫利奥聊过吧。"多琳说，"他是我见过的最悲观、最刻薄的人。连阿尼他都要挖苦挖苦，没有他不讨厌的人。我的意思是，他的内心真的很扭曲。"

"是我托阿尼照顾那男孩的，还是阿尼自己提出来的?"

"是阿尼提出来的。起先你不想答应。但是你那时候已经太——迟钝，不愿多说。当时很晚了，咱们都喝大了——你还记得吗?"

他点点头。

"阿尼请我们喝的是黑标杰克·丹尼。我肯定喝了有五分之一瓶。"她惋惜地摇摇头，"除了阿尼，火星上再也没人有这种酒了。我会馋的。"

"这方面我帮不上什么忙。"杰克说。

"我知道。没关系。我没指望你做什么，说实话什么都没指望。昨天晚上一切发生得太快了。前一分钟大家还凑在一起谈正事，你、我还有阿尼——接着，好像一眨眼的工夫，咱俩就这么跟他闹掰了，再也不可能走到一块儿，至少朋友是做不成了。真伤心。"她用手掌侧面擦擦眼睛，一颗泪珠淌下脸颊。"上帝啊，我哭了。"她恼恨地说。

"假如咱们能倒回去，把昨晚重新过一遍——"

"我也不会改变什么，"她说，"我一点儿都不后悔。你也不该后悔。"

"谢谢。"杰克握住她的手，"我会对你好的。就像谁说过的，我并没有多了不起，但我有我的一切。"

她笑了笑，过了一会儿，继续吃起了早饭。

安妮·埃斯特黑齐在店里的柜台上打一个邮包。她刚提笔在标签上写地址，就有个男人大步走了进来。安妮抬头扫了一眼，是个瘦高个儿，戴着一副对他来说大得离谱的眼镜。她认出是格劳布医生，不愉快的记忆引来一阵嫌恶。

"埃斯特黑齐夫人，"格劳布医生说，"我想同你谈谈，如果可以的话。那天我不该和你起争执，表现得太幼稚、太孩子气了。我来是想跟你道个歉。"

她冷冷地说："你有什么事，医生？我很忙。"

格劳布医生压低嗓门，语速很快又几无抑扬顿挫："埃斯特黑齐夫人，这件事牵扯到阿尼·科特，为了一个项目，他从营里领走了一个'特殊'男孩。另外还有个内向的精神分裂者因为工作上的关系也给卷进了这个计划，这个人是无辜的。我希望你动用你对科特先生的影响力，还有你对人道主义事业的一腔热情，确保此人不会受到非人的对待。这个人——"

"等等，"她打断道，"我没听明白。"她示意医生跟上来，两人一起走到店铺紧里头，在那儿交谈不会被顾客听到。

"这个人叫杰克·波伦。"格劳布医生的语速比之前还要快，"假如受到科特的报复，他可能会变成永久性精神病患者。我请求你，埃斯特黑齐夫人——"他不停地恳求着。

哦，老天，她心里嘀咕。又有人拉我行正义之举了——难道我做得还不够多吗？

但她还是听着，她别无选择。本性使然。

格劳布医生嘟嘟囔囔费劲地讲个不停，她渐渐地搞清了状况。显然医生对阿尼心怀恨意。不过——还没那么简单。医生的性格中既有理想主义成分，又有孩童的妒忌心，两者罕见地掺和在一起，怪人一个，安妮·埃斯特黑齐边听边琢磨。

"嗯，"她插了一句，"一听就像阿尼干的事。"

"我想过报警，"格劳布医生继续唠叨，"或者向联合国当局举报，然后我想到了你，所以就来了。"他注视着安妮，目光虽无诚意,却很坚决。

上午十点,在邦奇伍德园区,阿尼·科特走进易氏公司的前厅。迎上来一个瘦瘦的华人,看起来年近四十①,透着一股机灵劲儿,问他有什么需要。

"我是易先生。"两人握了握手。

"那个波伦就是我向你借的。"

"哦,是您啊。他是不是修理工里最棒的? 没说的吧。"易先生用狡黠而谨慎的目光盯着他。

阿尼说:"我很欣赏他,想买断他的合同。"接着拿出支票簿,"开个价吧。"

"哦,波伦先生我们可不能放。"易先生举起双手反对道,"爱莫能助啊,先生,只能借,绝不能卖。"

"说个价。"阿尼嘴上说着,心里暗想:你个瘦子猴精猴精的。

"卖掉波伦先生的话——就没人顶他的位置了!"

阿尼没吭声,就那么等着。

易先生想了想,说:"要不我先翻一下记录。但就算大致估个价也得花好几个钟头。"

阿尼仍未答话,手里捏着支票簿。

---

① 据第一章所述易先生只有二十八岁,应该是长得老相。

从易氏公司买断杰克·波伦的劳务合同之后，阿尼·科特飞回了刘易斯敦。到家时，他看见赫利奥和曼弗雷德待在客厅里，赫利奥正给男孩朗读一本书。"你在那儿胡咧咧什么?"阿尼问。

赫利奥把书放低，说："我在帮这孩子克服语言障碍。"

"吹吧，"阿尼说，"你永远也做不到。"他脱下外套，递给赫利奥。布利克人顿了一顿，满不情愿地搁下书，接过外套，走了几步挂进客厅衣柜里。

曼弗雷德似乎在用眼角瞥着阿尼。

"你怎么样，孩子?"阿尼和蔼地问，又使劲拍了拍男孩的后背，"听着，你是想回疯人院，就是那个没啥用的本－古康复营呢，还是想跟我待在一起呢? 我给你十分钟决定。"

阿尼心想，不管你怎么决定，都要跟我待在一起。你这个疯疯癫癫的哑巴孩子，你这个旁若无人的闷葫芦，今后就留在这儿踮着脚蹦来蹦去吧。还有你预知未来的本事，我知道你那颗疯脑瓜能办到，毫无疑问，昨天晚上已经证明过了。

赫利奥转身走来，说："他想跟你待在一起，先生。"

"我猜就是。"阿尼高兴地说。

"他想什么，"赫利奥说，"我都能看得一清二楚，我的想法在他眼里也一样。在这片充满敌意的土地上，我们两个都是囚犯，先生。"

阿尼放声大笑，久久停不下来。

"真理总让无知者发笑。"赫利奥说。

"好吧，"阿尼说，"我无知。你，跟这个怪孩子，简直逗死我了，就这么回事。没说你不好。看来你俩找到共同语言喽？我不奇怪。"他一把拿起赫利奥刚才朗读的那本书。"帕斯卡，"他念道，"《致外省人信札》①。十字架上的基督啊，你这是在干吗？有说道吗？"

"节奏。"赫利奥耐心地答道，"大师的散文是有韵律的，能牢牢吸引住男孩涣散的注意力。"

"他注意力为什么会涣散？"

"为了逃避恐惧。"

"恐惧什么？"

"死亡。"赫利奥说。

阿尼正经起来，"哦，那么，是他自己的死亡？还是笼统而言的呢？"

"这孩子同时经历着自己的老年期，那是好几十年以后的事了，他已经风烛残年，躺在火星眼下还没造的养老院里，那地方

①法国数学家、物理学家和宗教哲学家布莱斯·帕斯卡(Blaise Pascal, 1623—1662)的基督教神学著作，批判了耶稣会士的神学观点。

破败不堪，他厌恶得无法形容。在未来，他长年卧床不起，过着空虚且无聊的日子——是愚蠢的法律条文把他强留在这个世界上的，他早就不能算一个人了，只是一件东西而已。每当他打算仔细瞧瞧当下，就立马会被那些恐怖的幻象吓得够呛，回回都是这样。"

"给我讲讲那个养老院。"阿尼说。

"不久就要开建了，"赫利奥说，"一开始不是养老院，而是为火星移民提供的大型住宅区。"

"哦，"阿尼恍然大悟道，"在罗斯福山区。"

"人们拥过来，"赫利奥说，"在这儿安家落户，把野蛮的布利克人从最后一块庇护地赶走。布利克人还以颜色，对这片土地下了咒，叫它永远像原来一样贫瘠。地球移民输了，他们的大楼一年年衰败下去。移民们纷纷返回地球，比来的时候还要快。最后这些大楼改变了用途：成了老迈贫穷者的收容所。"

"他干吗不说话呢？讲讲原因。"

"为了逃避恐怖的幻象，他只能退回比较快乐的日子，也就是当初待在母体里的日子，那儿没有旁人，没有变化，没有时间，也没有痛苦。这种子宫生活是他自己找到的，除此之外他不知道哪里还有快乐。先生，他拒绝离开那块宝地。"

"我明白了。"阿尼半信半疑地应道。

"他的痛苦跟咱们差不多,跟所有人都差不多。只是他受的苦更厉害,因为他有预知能力,而我们没有。这是一种可怕的能力。难怪他会变得—— 一团漆黑,我是指心里面。"

"没错,和你一样黑,"阿尼说,"不是这层皮,而是像你说的——心里头。你怎么受得了他呢?"

"我什么都受得了。"布利克人答。

"知道我是怎么想的吗?"阿尼说,"我觉得他不单单能看穿时间。我猜他还能控制时间。"

布利克人的目光变得黯淡了。他耸耸肩。

"不对吗?"阿尼不依不饶,"听好了,赫利奥加巴卢斯,你个黑鬼,这孩子对昨天晚上动过手脚。我清楚。他预见到了什么,而且想方设法去篡改它。他是不是要阻止什么事情发生?他想让时间暂停。"

"也许吧。"赫利奥说。

"这可是了不得的本事。"阿尼说,"说不定他能回到过去,就像他爱干的那样,说不定他还能改变现在。你继续跟他交流,照这么做下去。对了,今天早上有没有多琳·安德顿的电话?人来没来过?我想和她谈谈。"

"没有。"

"你是不是觉得我疯了?我对这孩子的猜想,对他的潜能的猜想,你觉得都是疯话吧?"

"你在气头上,先生。"布利克人说,"人一生气,头脑一发热,可能会瞎猫碰上死耗子,兴许就发现真相了。"

"什么屁话!"阿尼厌烦地说,"要么说'是',要么说'不是',干脆点儿行不? 非要嘚啵些乱七八糟的吗?"

赫利奥说:"先生,我还有些话要说,关系到你打算报复的那位波伦先生。这个人很危弱——"

"脆弱。"阿尼纠正道。

"谢谢。他不是个坚强的人,很容易受伤。你不费吹灰之力就能毁了他。但他有护身符,是某个,也许是几个崇敬他的人赠送的。那是一个布利克人的水巫符,可以保佑他平安。"

过了一会儿,阿尼说:"我们走着瞧。"

"好。"赫利奥这种口气阿尼以前从没听到过,"我们就等着瞧瞧这些老玩意儿蕴藏的力量吧。"

"那些垃圾一文不值,你自己就是活证据。你情愿待在这儿听我吩咐,做饭、擦地、挂衣服,也不愿在火星的沙漠里到处流浪,要不是我救你出来,你现在还那样。当时你活像一头垂死的野兽,一个劲儿讨水喝。"

"嗯,"布利克人嘟囔道,"可能吧。"

"这些事你可别忘喽。"阿尼说。否则你会发现自己又要去过沙漠生活了，身上背着帕卡蛋和弓箭，跌跌撞撞，走投无路，完全陷入绝境，他心里想。我就是你的大救星，让你人模狗样地住在这里。

午后，阿尼·科特收到了斯科特·坦普尔的语音消息。他把磁带套上解密设备的转轴，听了起来。

"我们找到了那个人的着陆场，阿尼，在罗斯福山那边，没错。他人没在，但有一枚运载火箭刚刚着陆，所以我们立刻定位到那块场地——我们跟踪了火箭的尾迹。结果发现，这家伙有个堆满货的大仓库。我们把货全搬走了，已经运到咱们自家库房里了。然后埋了一枚种子型原子武器，把着陆场、库房，还有周边设施都炸了个一干二净。"

干得漂亮，阿尼暗赞。

"另外，照你说的，为了叫他明白自己在跟谁作对，我们还留了言。我们在着陆场导航塔的废墟里钉了张字条，上面写着：'阿尼·科特不喜欢你的做派'。怎么样，阿尼？"

"我觉得很棒。"阿尼说出了声，虽然这留言听上去有点儿——那个词怎么说来着？老套。

语音消息继续说道："他回去就会发现字条。我还想——是我的主意，你看看妥不妥——过两天，就这个礼拜，我们再去瞧瞧他有没有重建，保险起见。有些单干户神经会搭错，比如去年那帮想自建电话系统的家伙。不过，我相信这点儿教训已经足够了。顺便说一下——他用的是诺布·斯坦纳留下来的老设施，我们找到了一些文件，上面都是斯坦纳的名字。所以你判断得没错。还好我们对这家伙来了个快刀斩乱麻，否则说不定会有大麻烦。"

语音消息结束。阿尼将磁带插入加密录音机，坐在麦克风旁，开始回复。

"斯科特，你干得很好。谢谢。我相信打今天起这家伙就会从咱们眼前消失。我批准你没收他的存货，由咱们任意支配。哪天晚上来我家喝一杯。"他停止录音，倒好磁带。

厨房里持续不断地传来瓮声瓮气的声音，赫利奥加巴卢斯还在给曼弗雷德·斯坦纳朗读。阿尼听着听着来了气，心头涌起对这个布利克人的怨恨。你既然能读懂这个孩子的想法，干吗眼睁睁看着我跟杰克·波伦搅在一起？他心里责问。就不能早点儿说出来吗？

他对赫利奥加巴卢斯恨得咬牙切齿。你也背叛了我，他想。跟其他人一样，安妮、杰克、多琳，都一个德行。

他来到厨房门口朝里喊道："有结果了吗？还是没有？"

赫利奥加巴卢斯把书放低，说："先生，这需要投入时间和精力的。"

"时间!"阿尼说,"见鬼,问题就在这上头。把他送回过去,比方说两年前,叫他用我的名义买下亨利·华莱士峡谷——你能办到吗?"

没有回答。这个问题对于赫利奥加巴卢斯来说,连想一想都荒谬。阿尼涨红了脸,狠狠地摔上厨房门,大步走回客厅。

那让他把我送回过去,阿尼心说。这种时间旅行的本事一定有价值,为什么我就得不到满意的结果呢?这些人一个个都怎么了?

他们让我没完没了地等着,就是要气我,他心中抱怨。

现在,他决定,我不想再这么等下去了。

直到下午一点,易氏公司还没打来维修调度电话。杰克·波伦守在多琳·安德顿家的电话机旁,猜想一定有了什么变故。

一点半,他拨通了易先生的电话。

"我以为科特先生会通知你呢,杰克。"易先生干巴巴地说,"你已经不是我的雇员了,杰克。你现在受雇于他。谢谢你一直以来的优异表现。"

听了这番话,杰克沮丧地问:"科特买断了我的合同?"

"正是这样,杰克。"

杰克挂断电话。

"他说什么?"多琳睁大眼睛问。

"现在阿尼是我老板了。"

"他打算干什么?"

"不知道。"他答,"我想还是打个电话给他,问问清楚。看来他是不会打给我的。"这是在耍弄我呢,他暗忖。也许阿尼是想玩施虐游戏……然后从中获得快感。

"打给他没用,"多琳说,"他在电话里从来不说什么。咱们得去他家。我想一起去,让我去吧。"

"好吧,"他走向衣柜去取外套,"这就走。"他说。

14

下午两点,奥托·齐特把头探出波伦家的边门,确认四周无人。西尔维娅·波伦瞧在眼里,心想,他能安全离开。

我都干了什么?西尔维娅站在卧室中央问自己,一边笨手笨脚地扣着上衣纽扣。这事我怎么能指望不败露呢?就算斯坦纳太太没看见他,他自己也准会去告诉琼·赫尼西的,琼又会通知到威廉·巴特勒·叶芝运河两岸的每一个人。她这人就爱八卦。杰克早晚会发现的。万幸的是,利奥没提前回家——

现在为时已晚。事情已经做下了。奥托正在收拾手提箱,准备走人。

我还不如死了的好,她对自己说。

"再见,西尔维娅。"奥托匆忙告别,抬脚朝前门走去,"我会打电话的。"

西尔维娅没有回答，她似乎把全部注意力都放在穿鞋上了。

"不想说声再见吗?"奥托在卧室门口停步问道。

她白了奥托一眼说:"不想,滚,永远别回来——我恨你,恨透了。"

奥托耸耸肩,"怎么啦?"

"因为,"西尔维娅振振有词,"你这个人很可怕。我以前从来没跟你这类人搅和在一起过。我准是疯了,是让孤独给逼的。"

这些话似乎真的伤到了他。他红着脸,在卧室门口走来走去。"我也想这么跟你说。"隔了一会儿他瞪着西尔维娅咕哝道。

"死远点儿。"西尔维娅说着别过身去。

最后,前门一开一关。他走了。

绝对,绝对不能再有这事了,西尔维娅心说。她走到卫生间的药柜前,取下一瓶苯巴比妥,又慌慌张张接了一杯水,把150毫克药片灌下喉咙,接着直喘粗气。

我不该对他那么狠,她心里闪过一丝愧疚。这不公平,说到底错不在他,而在我。是我的不对,为什么要怪他呢? 不是他也会是别的什么人,迟早的事。

她想,他还会来吗? 还是已经跟他一刀两断了? 转眼间,她又陷入了孤独、郁闷、全然无所适从的状态,仿佛注定要飘零在绝望的真空之中,没有尽头。

其实他这个人很不错,西尔维娅下了结论,又温柔又体贴,否则我的表现可能还要糟糕得多。

她走进厨房,在桌旁坐下,拿起电话听筒,拨了琼·赫尼西的号码。

琼的声音在耳边响起:"喂?"

西尔维娅说:"猜猜什么事?"

"快说。"

"等一下,我先点根烟。"西尔维娅·波伦点上烟,拿过烟灰缸,又挪挪椅子坐舒服些。然后,她把整个经过一五一十描述了一遍,几处紧要关头少不了添油加醋。

意外的是,她发现重述的快感并不亚于当时。

也许还要强一些。

沙漠上空,奥托·齐特正朝着罗斯福山基地返航。他咀嚼着和波伦太太幽会的种种细节,颇有成就感。虽说西尔维娅在他离开前心生懊悔,开口责骂,但这可以理解,并没有影响他的好心情。

你应当有心理准备,他告诫自己。

以前也发生过。的确,碰上这种事总归不太愉快,但那是女人心思里常见的小怪招:她们想要逃避现实时,总爱到处迁怒,指不定身边哪个人、哪件东西就会遭殃。

他不是很介意,什么也夺不走两个人温存缠绵的欢乐记忆。

接下来干什么? 回着陆场吃午饭,休息休息,刮个脸,淋个浴,换身衣服……还有足够的时间正式跑一趟销售,这次不存杂念,专心做业务。

他已经能望见前方高低不平的峰峦,很快就到了。

正前方山里,依稀飘上来一缕不祥的灰烟。

他大吃一惊,加快了直升机的航速。没错,冒烟的地方不是着陆场就是着陆场附近。他们发现我了! 想到这儿他抽噎了一下。联合国——他们来清场了,正在等着抓我呢。不过他并没有改变航向,一心只想搞个明白。

下面就是原来的着陆场,现在已经成了一片浓烟滚滚、碎石遍地的废墟。他茫无目的地盘旋着,放声大哭起来,泪水沿着两颊往下直淌。然而,没见到联合国的迹象,没有军车和士兵。

会不会是进港火箭爆炸了?

奥托急忙操控直升机着陆,双脚踏着灼热的地面,奔向仓库的废墟。

经过着陆场的信号塔,他看到上面钉着一块方纸板:

阿尼·科特不喜欢你的做派

他一遍遍地读着这行字，试图理解其中的含义。阿尼·科特——他还正打算去拜访此人呢——阿尼一直是诺布的金牌客户。这算什么意思呢？难道自己不经意间向阿尼提供过劣质服务，否则怎么会把他惹毛了呢？没道理啊——他对阿尼做了什么要遭到这样的惩罚？

为什么？奥托问。我对你干了什么？为什么要毁我？

他踉踉跄跄往库房走去，心里存有一丝侥幸，希望能救出点儿货来，希望这堆废墟里还能剩下些什么……

什么也没剩下。货物都搬空了，连一听罐头、一个玻璃瓶、一只箱子、一个袋子都找不到。满眼只有坍塌的建筑材料。说明这帮人是先进来偷货，然后再扔炸弹的。

你炸了我的地盘，阿尼·科特，还偷了我的货，奥托一边自言自语，一边转着圈子，拳头反反复复攥紧又松开，双目朝天，狂喷怒火。

他还是不明白这是因为什么。

一定有个理由，他心想。我会查出来的，不搞清楚我决不罢休，天杀的阿尼·科特。一旦水落石出，你就落在我手里了。你干的一切，我都要还给你。

他擤擤鼻子，大声地吸了吸气，有气无力地回到直升机里坐下,久久地盯着前方。

最后,他打开一只手提箱,取出那把点22口径手枪。他依旧没有起身,握枪的手搁在大腿上,满脑子都是阿尼·科特。

赫利奥加巴卢斯对阿尼·科特说:"先生,抱歉打扰你了。要是你有时间的话,我现在可以讲讲你应该怎么做。"

阿尼欣喜地在书桌旁停下脚步,"快说。"

赫利奥脸上交织着悲哀与高傲,"你必须带曼弗雷德进入沙漠,再徒步走到富兰克林·德拉诺·罗斯福山。把男孩领到脏疙瘩,也就是布利克人的圣石那儿,朝圣才算结束。然后你把男孩介绍给脏疙瘩,就能得到答案。"

阿尼朝布利克仆人摇着一根手指,狡黠地说:"你还说这是骗人的把戏呢。"他总觉得布利克人的宗教里头藏着什么秘密。赫利奥以前可没说实话。

"只有在圣石殿里才能和神沟通。附在脏疙瘩上的神灵会听到你们两个的心意,假如蒙神恩准,就会满足你们的要求。"赫利奥补充道,"其实,你依靠的是这个男孩的能力。石头本身并没有法力。告诉你真正的原因吧:脏疙瘩所在的那个点时间最薄弱。布利克人靠这个繁盛了几百年。"

"我知道,"阿尼说,"时间里的一个小洞。你们通过这个洞进入未来。我倒是对返回过去更感兴趣,目前是这样。说实在的,整个这件事我觉得不太靠谱。但我会试一下。关于那块石头,各种版本的奇谈怪论你已经给我讲得够多了——"

赫利奥说:"我刚才讲的都是实话。脏疙瘩本身对你毫无用处。"他并不躲闪,而是迎上了阿尼的目光。

"你觉得曼弗雷德会配合吗?"

"石头的事我跟他讲过了,他急着想去看一看。我是这么说的,在那个地方,你也许可以逃回过去。这个想法让他着迷。不过——"赫利奥顿了顿,"这孩子为你办事,你必须给他回报。

"你可以给他一件无价之物……先生,你能把AM-WEB的鬼影从他的生活中永远赶走。请答应他,你会把他送回地球去。这样,不管他以后如何,都不会再进到那座恶心的大楼里面目睹那一幅幅惨象了。要是你能帮他这个忙,他就会替你调动自己全部的精神力量。"

"我应该能办到。"阿尼说。

"你不能辜负这孩子。"

"哦,见鬼,不会的。"阿尼答应,"我马上联系联合国把所有手续都办喽——挺复杂的,但我有专门处理这种事的律师,办起来不费劲。"

"好。"赫利奥点头说,"让他空欢喜一场可就缺德了。孩子对在那地方的未来生活怕得要死，你但凡经历过一秒——”

“是啊，听上去很可怕。”阿尼附和道。

“多可怜啊，”赫利奥盯着他，“这份罪谁受谁知道。”

“曼弗雷德现在上哪儿去了？”

“在刘易斯敦的大街上转悠呢，”赫利奥答，“看看风景。”

“老天，安不安全啊？”

“我想没事。”赫利奥说，“看到那些人啊，商店啊，热热闹闹的，他很兴奋。在他眼里全是新鲜事。”

“准是你让他开的窍。”阿尼说。

音乐门铃响起，赫利奥去应门。阿尼抬头一看，门口站着杰克·波伦和多琳·安德顿，都是一副高度紧张的僵硬神情。

“哦，嗨，”阿尼心不在焉地招呼道，“进来。我正要打你电话，杰克。是这样，我有份工作要请你做。”

杰克·波伦说：“你为什么从易先生手里买断我的合同？”

“因为我非常需要你。”阿尼答道，“我现在就告诉你原因。我要和曼弗雷德去朝圣，得有人在我们俩头顶上巡飞，保证我们不会迷路，不会渴死。我们要穿过沙漠到罗斯福山，对不对，赫利奥？”

“是的，先生。”赫利奥答。

“我想立刻动身。”阿尼继续说，“估计要徒步五天左右。我们带上便携式通信设备,如果需要吃的喝的或是其他东西,就通知你。晚上你可以把直升机降落下来,帮我们搭个帐篷睡觉。直升机里一定要备好医疗用品,以防我和曼弗雷德被沙漠动物咬伤,听说沙漠里有乱窜的火星蛇和火星鼠。"他看了看表,"现在三点,我想在四点前出发,今晚能到沙漠,大概要五个钟头。"

"这趟——朝圣有什么目的呢?"多琳接口问道。

"我去那儿办点儿正事,"阿尼说,"要找沙漠里的那些布利克人。私事。你一起坐直升机去吗? 去的话最好换身衣服,靴子啊厚长裤啊什么的,因为你俩可能随时要降落。这一趟时间可不短,五天呢,要一直保持巡飞。特别是水必须备足。"

多琳和杰克对视了一眼。

"我是认真的,"阿尼说,"咱别在这儿浪费时间了,好吧?"

"看这架势,"杰克对多琳说,"我没得选择。他说什么我都得照办。"

"的确如此,老兄。"阿尼说,"来,把咱们需要的装备都找齐喽。做饭的便携炉、手提灯、便携浴室、食品、肥皂、毛巾,再挑把枪。你清楚要带些什么,你不是一直住在沙漠边上嘛。"

杰克慢悠悠地点了点头。

"你去办什么事?"多琳问,"为什么非得步行呢? 一定要去的话,干吗不能像平时那样坐直升机呢?"

"非步行不可，"阿尼气呼呼地说，"只能这样，不是我说了算的。"他又问赫利奥，"回来可以坐直升机，是吗？"

"是的，先生，"赫利奥答，"怎么回来都可以。"

"幸亏我的身体棒棒的，"阿尼说，"否则这事成不了。希望曼弗雷德也能行。"

"他很结实，先生。"赫利奥说。

"你还要带上这孩子。"杰克嘀咕道。

"没错，"阿尼说，"不行吗？"

杰克·波伦没有回答，但脸色铁青得吓人。他突然大声说："你不能逼着这孩子在沙漠里连走五天——会要他命的。"

"为什么不能坐越野车去？"多琳问，"比如联合国邮局送信用的那种小型牵引式小巴。坐车去时间也不短，一样是朝圣。"

"这样成吗？"阿尼问赫利奥。

布利克人思考了一下，答道："我想你们说的那种小车就可以坐。"

"好！"阿尼当即拍板，"我打电话给几个熟人，叫他们搞一辆邮车来。你给我出了个好点子，多琳，很感谢。当然，你们两个还是得在上头巡飞，以防我们抛锚。"

杰克和多琳一齐点点头。

"也许等我到了那个目的地，"阿尼说，"你们就能看出我的计划了。"还用说嘛,他想,毫无疑问。

"净是怪事。"多琳说。她紧挨杰克·波伦站着,一手握住他的胳膊。

"别怪我,"阿尼说,"怪赫利奥去。"他呵呵笑起来。

"没错,"赫利奥说,"是我的主意。"

两个人并不吃惊。

"今天和你爸聊过没有?"阿尼问杰克。

"聊过了。打电话简单说了几句。"

"他的所有权申请提交上去了? 都留档了吗? 没问题了?"

杰克答:"他说手续正在办,挺顺当的。他准备回地球了。"

"办事干净利落,"阿尼说,"我很欣赏。一登上火星,就直奔看中的地块儿打桩,再立马到产权登记公司留档,然后回老家。漂亮。"

"你的计划是什么?"杰克平静地问。

阿尼耸耸肩,"我要去朝一次圣,跟曼弗雷德一起。没别的。"他还在笑,停不下来。他控制不住自己,也不想控制。

阿尼估算了一下,驾驶联合国邮车从刘易斯敦到脏疙瘩朝圣,五天的路程可以缩短到仅八小时。万事俱备,只差启程了,他在客厅里边踱边想。

邮车已停在楼底下的街边,赫利奥和曼弗雷德坐在车上。透过窗户,阿尼能居高临下地看见他俩。他从书桌抽屉里取出一把枪,把枪套束在上衣里面,锁上抽屉,快步出门进了走廊。

片刻后他出现在人行道上,朝邮车走去。

"我们出发吧。"他对曼弗雷德说。赫利奥跨出邮车,阿尼坐到方向盘后面。他发动了小型涡轮引擎,那嗡嗡声活像瓶子里关了只大黄蜂。"听上去性能不错。"他兴致勃勃地说,"再见了,赫利奥。如果事情顺利,会奖励你的——记着哦。"

"我没想要什么奖励。"赫利奥说,"我只是对你尽责,先生。换了别人我也会这么做的。"

此时下午已过半,阿尼松开手刹,将车子驶入刘易斯敦闹市区的车流,开启了朝圣之旅。不用说,杰克·波伦和多琳的直升机正在上空巡航;阿尼头都懒得抬起来看一眼,理所当然地认为他俩肯定在上面。他向赫利奥挥手作别,一辆庞大的牵引式公交紧跟在邮车后头,挡住了赫利奥的身影。

"这车怎么样,曼弗雷德?"阿尼一面问,一面驾车朝刘易斯敦郊外沙漠方向驶去,"牛不牛? 时速将近五十英里,不赖吧。"

男孩没吱声,但兴奋得浑身哆嗦。

"真过瘾。"阿尼自己回答道。

即将开出刘易斯敦地界时,阿尼觉察到有一辆车加速赶了上来，同自己并排行驶。他瞥见车里有一男一女两个人，一开始还以为是杰克和多琳，接着认出来女的是前妻安妮·埃斯特黑齐，男的是米尔顿·格劳布医生。

他俩这是唱的哪出？阿尼大感意外。没看见我正忙着吗？非得样样事都来烦我吗？

"科特，"格劳布医生喊道，"靠边停车，我们有话要跟你说！急事！"

"去你的吧！"阿尼边说边加速，并用左手摸了摸枪，"没什么好说的，你俩勾结在一块儿要干什么？"他很反感这副样子。就是眼前这两个串通一气的样子，他心里说。我早该料到的。他啪的打开便携式通信设备，接通了工会大楼干事埃迪·戈金斯。"我是阿尼。我的罗经方位点是8.457 02，靠近城界。赶紧过来——有一伙人需要关照。动作快，他们追上来了。"实际上那辆车就没落后过，与一辆小邮车保持同速，甚至超到前面，都不是难事。

"好的，阿尼。"埃迪·戈金斯说，"我马上派几个弟兄过去，放心吧！"

那辆车慢慢超出，向路边挤去。阿尼无奈只能减速，停车。前车挡住了邮车的去路。格劳布跳下来，像螃蟹似的挥舞双臂快步跑向邮车。

"你别想再仗势欺人了!"他朝阿尼吼道。

上帝啊,阿尼心想。紧要关头偏偏碰上这种事。"你想干什么?"他问,"爽快点儿。我还有事。"

"放过杰克·波伦。"格劳布医生气喘吁吁地说,"我现在是他的代表,他需要静养。有什么事你跟我说。"

安妮·埃斯特黑齐也从车里出来了。她走近邮车,直视阿尼。"就我所知——"她开口道。

"你知道什么呀。"阿尼恶狠狠地打断她,"让我过去,不然把你俩一块儿收拾了。"

一架带水务工会标志的直升机出现在空中,开始降落。这是杰克和多琳,阿尼猜。紧跟其后,又有一架直升机疾速飞来,准是埃迪和好会员们了。两架直升机都准备在附近降落。

安妮·埃斯特黑齐说:"阿尼,我知道要是你不赶紧收手,会出事的。"

"我出事?"他感到滑稽得难以置信。

"我有预感。相信我,阿尼。不管你打算干什么——请三思。世界上有那么多美好的东西,何苦非要报复呢?"

"回新以色列守着你那个破店去。"他踩了踩油门轰响引擎。

"那个男孩,"安妮说,"就是曼弗雷德·斯坦纳,对不对? 让米尔顿带他回本—古康复营,这样对每个人都好,对他好,对你也好。"

一架飞机已经着陆。从上面跳下三四个水务工会的人,沿街道跑过来。格劳布医生见状担心地扯了扯安妮的袖子。

"我看见他们了。"她依然镇定,"听我一句,阿尼。我们俩合作过那么多次,做了那么多有意义的事……为了我,为了塞姆——假如你一意孤行,我觉得咱俩永远不可能再有接触了,任何形式的接触。明白吗?你这件事真有那么重要吗?损失再大也无所谓吗?"

阿尼一声不吭。

埃迪·戈金斯喘着粗气跑到邮车边上。几名工会会员呈包抄之势逼近安妮·埃斯特黑齐和格劳布医生。现在另一架直升机也着陆了,杰克·波伦跳了下来。

"他可是自愿的,"阿尼说,"不信去问。他不是小孩子了,知道自己在干什么。问问他,有没有人逼他跟我去朝圣。"

趁着格劳布和安妮·埃斯特黑齐转向杰克,阿尼·科特先倒车,再挂前进挡,快速绕过挡路的前车。格劳布想上车再追,一场冲突就此爆发。两名好会员抓住了他,三个人扭打成一团。阿尼打直方向,将另一辆车和那些人都甩在了后头。

"我们走喽。"他对曼弗雷德说。

前方,街道出城进入沙漠,像一条布带子般平平地延伸开去，依稀通往远方的群山。邮车以接近极限的速度颠簸前行，阿尼笑容满面。男孩也洋溢着兴奋的神情。

没人拦得住我，阿尼对自己说。

争吵声渐渐变弱，现在只能听到邮车小型涡轮引擎的嗡嗡声。阿尼放心地靠实在椅背上。

脏疙瘩，好好等着，他心里说。接着他想起杰克·波伦的护身符，就是赫利奥提到的那个水巫。阿尼皱起眉头，但一会儿就舒展开了。他并未减速。

曼弗雷德在旁边激动地欢呼："嘎叭嘎叭！"

"什么意思，嘎叭嘎叭？"阿尼问。

没有回答。联合国邮车继续颠簸着，载着二人朝正前方的罗斯福山脉驶去。

也许到了那儿，就能搞清是什么意思了，阿尼暗忖。我想弄个明白。不知什么原因，男孩发出的声音，那些莫名其妙的词儿，让他感到无比紧张。他突然希望赫利奥能一起来。

"嘎叭嘎叭！"邮车飞驰，曼弗雷德不停地呼喊。

15

在他们前方的晨曦之中,歪斜着耸出一坨由砂岩和火山玻璃石构成的黑色凸起,巨大而嶙峋,那就是脏疙瘩。昨晚他俩在沙漠里搭帐篷过了一夜,直升机就泊在附近。杰克·波伦和多琳没跟他俩说过话。拂晓时直升机已经起飞,在上空盘旋。阿尼和曼弗雷德·斯坦纳吃了顿丰盛的早餐,收拾行装重新上路。

布利克圣石的朝圣之旅眼看就要大功告成了。

阿尼一边近距离观察脏疙瘩,一边想,到了此地就能一劳永逸解百忧了。他让曼弗雷德把控邮车的方向盘,自己看了一下赫利奥加巴卢斯画的地图。图上标出了进山通往圣石的小道。赫利奥交代过,圣石北侧有一间洞室,通常可以在里面找到一位布利克祭司。阿尼想,除非他喝了个通宵,现在正躲在别处睡大觉。他了解布利克祭司,多半是些老酒鬼。连布利克人都看不起他们。

来到第一座山下之后,阿尼把邮车泊在背阴处,熄了火。"我们从这儿爬上去。"他对曼弗雷德说,"东西能带的都带上,除了食物和水,还要带上通信设备。我想炉子不用带,假如要做饭,咱俩就回来。应该只有几英里路。"

男孩跳下邮车,两人卸下装备。很快他们就踏上一条布满岩石的小路,向罗斯福山脉深处进发。

曼弗雷德不安地左顾右盼起来,身体瑟缩着,簌簌发抖。也许这孩子又在经历AM-WEB的场景了,阿尼猜测。亨利·华莱士峡谷离这儿只有一百英里。相距这么近,男孩很可能会接收到那座未来建筑发出的辐射波。事实上,连他自己都好像感觉到了些什么。

或者他感觉到的是布利克圣石?

他不喜欢眼前的景象。为什么要在这儿建一座神殿?他自问。太反常了——竟然选在这种不毛之地。不过,也许很久以前这里是一片沃土。沿途可以看到布利克人营地的遗迹。说不定这儿还是火星人的发源地,这片土地明显有开垦过的痕迹。他想象曾有一百万个灰黑色皮肤的人长年在此生活。而现在呢?这儿已变成一个濒危人种最后的栖息地,勉强庇护着这个即将消亡的群体。

阿尼身背重物费劲儿地爬上了一段陡坡,喘着粗气停下来休息。曼弗雷德很吃力地跟在他后面,依然心神不宁地四处张望着。

"别紧张啦,"阿尼给他打气,"这儿没什么好怕的。"这个天赋异禀的孩子已经与圣石产生共鸣了吗?阿尼又想,圣石也会焦虑吗?它有这种情绪共鸣的能力吗?

山路渐渐地变得平坦、宽阔。四周阴森森的,弥漫着潮湿的寒气,好像走进了一座巨大的坟墓。一种丑陋的植物稀稀拉拉地分布在岩石的表面,散发着一股浓浓的死亡气息,仿佛在它们的生长过程中有什么东西毒害了它们似的。前面山路上躺着一只腐烂的死鸟,大概是几周前咽气的吧,阿尼拿不准。尸体已经干瘪。

这地方真够呛,阿尼心里抱怨。

曼弗雷德在死鸟旁边停下,弯腰说:"嘎哗圾。"

"可不,"阿尼咕哝道,"来,咱们走。"

不经意间,两个人已然来到圣石底下。

风吹过,植物叶子飒飒作响。这种灌木的茎干仿佛连皮带肉被剥得一干二净,活像一根根插在土里的白骨。脏疙瘩的石缝中有风漏过,阿尼闻着觉得有某种动物巢穴的气味。也许就是祭司的味儿。不出意外,他看见有只空酒瓶倒在一旁,附近尖尖的灌木叶上还挂着别的垃圾。

"这里有人吗?"阿尼喊道。

过了很久,从圣石的洞室中缓步走出一个布利克老人,浑身灰蒙蒙的,仿佛裹着层层蛛网。好像风在把他往外吹,他只好侧过身慢慢地挪动步子,中间还靠在洞壁上歇了歇,才又蹒跚前行。他的眼圈红红的。

"你个老酒鬼。"阿尼低声地说。随后,他照着赫利奥给的一张纸,用布利克语问候了老人。

祭司没牙的嘴机械地回应了一句含含糊糊的话。

"给。"阿尼递过一盒香烟。祭司喃喃地说着什么,一面侧身挨近,用鸡爪般的手抓过香烟,塞进蛛网似的灰长袍。"你喜欢这个?"阿尼说,"我就知道。"

他念着纸片上写的布利克语,包括此行的目的以及对祭司的请求。他希望祭司允许自己和曼弗雷德在洞室里不受干扰地待上一小时左右,以便召唤圣石的神灵。

祭司嘴里仍旧嘟嘟嚷嚷的,身子往后退了退,又毫无必要地整了整长袍下摆,接着一个转身踉踉跄跄地离开了。他走上一条小道,没有回头看一眼阿尼和曼弗雷德,就不见了。

阿尼翻过纸条,开始看赫利奥写的指示。

(1)进入石室

阿尼抓住曼弗雷德的胳膊,牵着他一步步走入黑暗的石缝中。阿尼一路打着手提灯,直到洞室变宽才放开男孩。气味依然难闻,他想,像是尘封了好几百年,仿佛一口装满了破衣烂衫的旧箱子。他现在觉得发出这气味的是某种植物而非动物。

接下来呢?他又看了看赫利奥的纸条。

(2)点火

洞室里有个黑乎乎的坑,周围放着一圈高高低低的圆石。坑里撒着些碎木和貌似骨头的东西……看来是老酒鬼烧火做饭的地方。

阿尼从包里取出引火柴,把包搁在地上,用僵硬的手指摸索着解开引火柴的束带。"别走丢了,孩子。"他对曼弗雷德说。咱俩还能不能从这里出去?他在心里问自己。

不过生完火之后,两个人都觉得舒服些了。洞里暖和起来,但并没有逼散潮气,那股子霉味还在,甚至比先前更浓烈了,仿佛火堆连霉味都能吸引过来。

下一条指示让阿尼摸不着头脑,似乎不适合在这里做,但他还是照办了。

（3）打开便携式收音机，调到574千赫

阿尼取出一台日本产便携式晶体管收音机，打开。调到574千赫，没听到什么内容，只有静电噪音。不过收音机像是在接收四周圣石的反馈，而圣石好像真的有了反应，变得警觉起来，仿佛被收音机的噪声唤醒了。下一条指令同样让他反感。

（4）服下宁比泰①（男孩不用服）

阿尼就着水壶里的水吞下宁比泰，同时怀疑吃药是为了让自己意识模糊，更容易上当。或者，是为了缓解他的不安？

还剩一条指令。

（5）将纸团里的东西投入火中

早先赫利奥在阿尼的包里放了一小团纸，是从《纽约时报》上撕下来的一片，包了一些草在里面。阿尼跪在火堆旁，小心翼

_____

① 一种安眠镇静类药物，学名戊巴比妥。

翼地展开纸团,把这束深色干草扔进火里。一股令人恶心的气味冒了出来,火熄了。滚滚浓烟充斥整个洞室,他听到曼弗雷德在咳嗽。该死的,阿尼想,再待下去咱俩可就没命了。

转眼烟消雾散。洞穴看上去黑漆漆、空荡荡的,似比先前大了许多,好像四周石壁都退后了一段距离。突然间,他感觉自己快要跌倒了,怎么也站不稳当。平衡感消失了,他意识到。眼前能用作方位参照的东西一样也没有。

"曼弗雷德,"他说,"听好了。有我在,你不用再担心那个AM-WEB了,就像赫利奥跟你说过的。明白了吗? 好。现在把时间往回倒三个礼拜左右。你能做到吗? 努把力,把劲儿都使出来。"

男孩在阴暗中偷偷地看他,眼睛瞪得大大的,满是恐惧。

"回到我认识杰克·波伦之前,"阿尼说,"我是在沙漠里遇见他的,当时还有几个布利克人快要渴死了,就回到那天之前。听懂了吗?"他走向男孩——

他摔了个大马趴。

宁比泰起效了,他想。最好赶快起来,要不就昏睡过去了。他挣扎着要站起,两手乱摸,想抓住什么东西。忽地白光闪耀,亮得刺眼;他抬手……接着发现四周全是水。温水浇遍全身,洒在脸上。他连呛带吐,只见身旁蒸汽翻涌,感觉脚底板正踩在熟悉的瓷砖上。

原来是在蒸汽浴室里。

有男人在交谈。响起埃迪的声音："没错，阿尼。"周围出现一些模模糊糊的人形，是其他男人在淋浴。

小腹靠近大腿根的部位开始灼痛，是十二指肠溃疡发作了。他这才意识到自己饿得慌。他走出淋浴间，拖着绵软无力的双腿踩过温湿的瓷砖，四处寻找着服务生，以便能拿到他的大毛巾。

我以前来过这儿，他想。这些动作我曾经都做过，接下来要说的话以前也说过，真不可思议。他们管这个叫什么来着？一个法语词①……

最好吃点儿早饭。他的肚子咕咕直叫，溃疡处更疼了。

"嘿，汤姆。"他喊服务生，"帮我擦干，穿上衣服，我得去弄点儿吃的。溃疡疼死了。"以前从来没这么疼过。

"好嘞，阿尼。"服务生说着朝他走来，递过一条松软的大白浴巾。

服务生帮他把灰色法兰绒裤子、T恤衫、软质皮靴和航海帽穿戴齐整。好会员阿尼·科特离开蒸汽浴室，穿过工会大楼走

---

① 这个词是"Déjà vu"，意为似曾相识感。

廊,朝自家餐厅走去。赫利奥加巴卢斯已经备好了早餐。

后来他在桌旁坐下,面前摆着一摞热松饼,还有培根、正宗"老家"咖啡和一杯新以色列橙子榨的果汁,外加一份上星期的《纽约时报》周日版。

慌乱中,他哆嗦着去够那杯滤过渣的冰镇甜橙汁。玻璃杯很滑溜,半道上差点儿没捏住……他想,我得小心,慢点儿,别紧张。真的实现了,我回到了几周前的那个时间点。曼弗雷德和布利克圣石成功了。哇,他暗暗欢呼,心头乱纷纷涌起无数期待。这事绝了!他津津有味地啜饮着橙汁,直到最后一口。

心想事成了,他对自己说。

现在我必须谨慎行事,他警告自己;有些事情我绝对不希望出现什么变化。黑市生意一定不能搞砸了,别去搞什么人道干预,让诺布·斯坦纳老伙计寻他的短见去。我的意思是,不是不同情他,可我也不想撤出这门生意,所以还是保持现状为好。应该说"保持未来",他纠正自己。

我主要打算办两件事。头一件,要拿到罗斯福山脉亨利·华莱士峡谷周边地块的地契,这样就比老波伦早下手几个礼拜。让那个地球来的老投机商见鬼去吧。几周后他真到了火星,就会发现这块地已经被别人吃下了。这么老远白跑一趟,说不定会犯心脏病的。想到这儿,阿尼咯咯笑起来。他倒大霉了。

还有一件事。涉及杰克·波伦。

我要修理他,阿尼想,虽然我还没和他见面,他也不认识我,但我已经认识他了。

现在,我就是杰克·波伦的宿命。

"早上好,科特先生。"

思路打断了,他有些恼火,抬眼一看,进来的是个姑娘,正站在书桌前候着。他不认识,是秘书组的,他想起来了,在等上午的指示。

"叫我阿尼,"他低声地责怪道,"人人都应该叫我阿尼。你怎么会不知道呢,新来的?"

这个姑娘,他暗暗评价,不怎么漂亮,继续读报吧。不过,她身材丰腴,黑色真丝连衣裙里面穿得不多,他一边用余光越过报纸边缘打量她,一边在心里品头论足。单身,没见手指上有婚戒。

"过来点儿。"他说,"因为我是鼎鼎有名的阿尼·科特,整个这片地区的领导,所以你才怕我吗?"

令他意外的是,姑娘以一个华丽的侧身动作悄然贴上前来,似乎是横着身子滑移到书桌旁的。她用充满暗示的沙哑嗓音说:"不,阿尼,我不怕你。"她目光坦荡,但不像是那种天真无邪的眼神;相反,其中暗含的意味让阿尼吃了一惊。阿尼发觉,她好像能看穿自己心里的每一种幻想和欲望,特别是那些跟她有关的。

"你在这儿上班很久了吗?"他问。

"不久,阿尼。"姑娘又靠近一些,倚在桌边,一条腿——他几乎不敢相信——慢慢地挨上了他的腿。

贴着他的这条腿本能地以一定频率起起伏伏动了起来,阿尼退缩了,并无力地说了声:"嘿。"

"怎么啦,阿尼?"姑娘问完微微一笑。他以前从未领教过这种笑容,冷冰冰的,却又意味深长,没有丝毫人味儿,仿佛是机器印在脸上的,靠嘴唇、牙齿、舌头拼出造型……然而他还是被这笑意散发的肉欲吞噬了。一股湿漉漉的热火扑面而来,他顿时僵坐在椅子上,无法挪开目光。主要是舌头的缘故,他想。舌头在振动。他注意到舌尖有一种利如刀锋的质感;这条舌头有杀伤力,酷爱切割、凌虐活物,迫使牺牲品连连讨饶。这条舌头是听不够哀求之声的。牙齿也是,惨白而尖锐……同样是撕皮裂肉的利器。

他顿时毛骨悚然。

"我惹你烦了吗,阿尼?"姑娘低声地问。她的身体一直在沿着桌边慢慢滑动,现在——阿尼不明白这是怎么做到的——快要完全靠在自己身上了。我的上帝,阿尼想,她——这不可能。

"听着。"阿尼咽了口唾沫,觉得口干舌燥,嗓子哑得差点儿说不出话来,"你去吧,我要看报了。"他抓起报纸挡住姑娘。"快点儿。"他尖声道。

那个身影往后退了一些。"怎么啦,阿尼?"姑娘哼哼唧唧地说,仿佛金属轮的摩擦声。这是她自动发出的声音,像事先录好的,阿尼想。

他没吭声,紧紧捏着报纸看起来。

他再次抬头,姑娘已经离去。只剩他一个了。

我不记得还有这事,他心想,同时感觉五脏六腑都在颤抖。那是什么怪物? 我不懂——刚才发生了什么?

他机械地读着一则新闻,一艘运输自行车的日本货船在太空失踪了。他觉得好笑,尽管船上有三百人遇了难,可这也太他妈滑稽了,想想看,几千辆日本产轻小型自行车全都成了太空垃圾,永远围着太阳转啊转……话说回来,自行车在电能奇缺的火星上是很管用的……火星引力小,一个人能轻松骑上几百英里,一分钱不用花。

他继续读新闻,有一篇是关于白宫接见——他眯缝起眼睛。那些文字好像都挤在了一块儿,难以辨认。是印刷错误吗? 上面到底在说什么? 他把报纸凑近一些……

嘎叭嘎叭,这回看清了。这篇文章变得毫无意义,尽是密密麻麻的嘎叭嘎叭。天哪! 他盯着报纸直犯恶心,胃部开始抽搐,十二指肠溃疡处从来没这么疼过。他又紧张又恼怒,溃疡病人最忌讳的两种情绪叠加在了一起,更何况现在还是用餐时间。该死的嘎叽嘎叽,他暗骂。这都是那个男孩说的! 这种怪话把报上的文章都污染了。

他从上到下扫了一眼报纸,发现绝大部分文章都在一两行之后变成了那种胡言乱语。他的火气越来越大,把报纸扔在一边。这到底是怎么一回事,他自问。

这是精神分裂者说的话,他意识到。是他们的私密语言。我可不想在这儿听到! 他自己喜欢说就去说,但在这里不行! 他没有权利把这些鬼话硬塞到我的世界来。阿尼又想,不错,是他把我带回这儿的,也许他就觉得这么干是天经地义的。要么就是那男孩把这里当成他自己的世界了。

这个想法让阿尼心慌,他宁可没想到这一层。

他从书桌前站起,走向窗口,居高临下地望着刘易斯敦的街道。行人步履匆匆,走得真快啊。汽车也是如此,怎么这么快?人与车的动作都古里古怪地带着冲力,一抽一抽的,看上去不是已经撞在了一起,就是快要撞上了,活像硬邦邦的台球乱滚瞎碰,危机四伏……他还注意到,楼房都密布着尖角。然而,他想具体指出哪里不对劲儿——跟以前比肯定不对劲儿——却做不到。这就是他每天习以为常的场景。可问题在于——

它们是动得太快了吗？是这样吗？不，没那么简单。这里有一股无处不在的"敌意"，人与物相互碰来撞去不像是无意之举——更像是有意为之。

接着他又有了新的发现，顿时倒吸一口凉气。底下街道上来去匆匆的行人几乎都没有脸，顶多是脸的一些零星部分……好像这些脸还未成形。

唉，这样下去可不行，阿尼心说。现在他感到恐惧了，一种深切的恐惧。这是怎么了？他们塞给我的都是些什么呀？

他战战兢兢地回到书桌前，又坐了下来，端起咖啡，想忘掉楼下的场景，想重返上午的正常轨道。

咖啡又苦又涩，一股怪味，他忙不迭放下杯子。我猜那孩子整天都在担心有人下毒，阿尼绝望地想。是不是？因为他有这种妄想，我就只能接受这些难以下咽的东西了吗？上帝啊，他想，太可怕了。

他拿定主意，还是尽快干完自己的事，然后回到现在去。

阿尼把书桌底层抽屉锁打开，取出一部电池供电的小型加密口述录音机，做好使用前的准备。他对着录音机说："斯科特，我有一桩天大的事要传达给你，必须立刻采取行动。我要买进罗斯福山脉的地块，联合国计划在那儿建一个超大型住宅区，以亨利·华莱士峡谷为中心。你马上调一笔工会资金出来，要够数,当然是以我的名义,一定要帮我拿下那边的产权,大概两星期后会有投机商从——"

他打住话头,因为录音机吱吱嘎嘎响了几下,不动弹了。他拨了拨机器,磁带慢慢地转起来,又停住了,不再有动静。

还以为修好了呢,阿尼气恼地想。杰克·波伦不是修过了吗?继而他又记起,自己已经回到了过去,这时候还没叫杰克·波伦来修,录音机自然是坏的。

还是得向那个怪物秘书口述,阿尼想。他刚要按书桌上的召唤铃,又缩手了。怎么能再把那个东西放进来呢?他自问。但没有别的办法。他最终按了铃。

门打开,她进来了。"我知道你还会找我的,阿尼。"她急步朝阿尼走来,神气十足。

"听着,"阿尼用命令的口吻说,"不要离我太近,别人离我太近我受不了。"就在说话的当口,他忽然明白自己为什么恐惧了。这是精神分裂者的一种本能恐惧,害怕与人接近,害怕他人侵犯自己的空间。这叫接触恐惧症,其根源是患者幻想周围人人都带着敌意。这就是我现在的症状,阿尼意识到。但即便想通了,他还是无法忍受这个姑娘靠近他。他猛地起身走开,又来到了窗前。

"你说了算,阿尼。"姑娘用得寸进尺的腔调答应道,但说归说，她还是像刚才那样逼近过来，直到快要挨着阿尼为止。阿尼发现自己能听见她的喘气声，能闻到她酸臭的体味，还有她的气息，污浊难闻……他感到窒息，肺部缺氧。

"现在听我口述。"阿尼边说边从她跟前走开，同她保持着一段距离。"给斯科特·坦普尔的，必须加密发送，不能让别人读懂。"别人，他暗忖，一向都很可怕，这倒不能怪那个孩子。"我有一桩天大的事，"他开始口述，"要立刻采取行动。信息量很大，是货真价实的内部消息。联合国计划在罗斯福山脉购买大宗地块——"

阿尼说着说着，一股恐惧蓦地涌上心头，非但摆脱不掉，而且越来越强烈。要是她写下的都是些"嘎叭嘎叭"怎么办？我得看看，阿尼暗想；我得走到她身边去看一看。但阿尼没动窝儿，距离太近同样让他害怕。

"听着，小姐，"阿尼煞住话头，"把拍纸本给我，我想看看你记的。"

"阿尼，"她用沙哑而拖长的声音说，"你一个字也看不懂的。"

"什——什么？"阿尼惊恐地问。

"这是速记。"她冷冷地一笑，阿尼觉得那笑容中透着明显的恶意。

"好吧。"阿尼没有坚持，继续口述，结束时吩咐她立即加密发给斯科特。

"然后呢?"她问。

"你什么意思?"

"你明白的,阿尼。"姑娘的口气让他心生畏惧,同时伴随着绝望和纯粹的生理厌恶。

"没有然后,"他说,"快走,别再回来了。"阿尼跟在她后面,一等她出去,就使劲把门摔上。

我觉得该直接联系斯科特,他想,我不信任这姑娘。他在书桌前坐下,摘下电话听筒,拨了个号码。

对方铃响了。可响个不停,无人应答。怎么了呢?阿尼觉得奇怪。他跑了吗?要跟我作对?站到他们那一边去了?我不能信任他,任何人都不能信任。这时突然响起个声音:"哈罗,我是斯科特·坦普尔。"他这才意识到刚过去几秒钟而已,铃声也就响了那么几下;什么背叛啦,什么要倒大霉啦,那些想法都只是一闪念。

"我是阿尼。"

"嗨,阿尼。怎么啦?一听到你的声音我就猜到有大事。快说说。"

我的时间感乱套了,阿尼发现。我还以为铃声足足响了有半个钟头,其实压根儿没那么久。

"阿尼,"斯科特催道,"说话呀,阿尼,你还在吗?"

这就是精神分裂者的意识混乱,阿尼得出结论。归根结底是时间感紊乱。是那个孩子传染给我的。

"看在上帝的分儿上!"斯科特来火了。

阿尼吃力地止住思路,说:"唔,斯科特,听好,我得到一条内幕消息。咱们必须马上采取行动,明白吗?"他把联合国和罗斯福山脉的事原原本本地说了一遍。"你看,"他总结道,"倾家荡产扑进去也值了吧,还得动作快。对不对?"

"这条消息你有把握吗?"斯科特问。

"当然有把握! 有把握!"

"理由呢? 坦率地讲,阿尼,我欣赏你这个人,可我也知道你经常会冒出疯狂的想法,总有点儿天马行空。罗斯福山那块破地方我可不想砸手里。"

阿尼说:"这件事请相信我。"

"我做不到。"

他不敢相信自己的耳朵。"咱俩合作的年头不少了,你我之间的那份信任可是人见人夸的。"他气得顿了一会儿,"你这是怎么啦,斯科特?"

"我正想问你呢。"斯科特冷静地说,"你是生意场里的老手了,怎么也会上这种所谓内幕消息的当呢? 实情是罗斯福山一钱不值,你是知道的,这瞒不了我。人人都知道的。你到底想干什么?"

"你连我都不信任喽?"

"我凭什么信任你? 除非你能证明这的的确确是内幕消息,而不是你经常放的空炮。"

阿尼费劲地说:"见鬼,伙计,要是我能证明,就用不着你信任我了,就跟信不信任没关系了。好吧,这事我一个人来对付。你早晚会发现错过了什么,到时候怪自己,别怪我。"他砰的一声摔上电话,在气愤和失望中发起抖来。怎么回事! 简直难以相信那是斯科特·坦普尔! 那个唯一还能在电话里谈谈生意的人。至于其他人,统统都可以扔进海里,全是些骗子……

这是误解,他又提醒自己。其根源是对他人暗怀着彻头彻尾的不信任,属于精神分裂症状。

我的交流能力都丢光了,他意识到。

他站起来自言自语:"我看得亲自跑一趟和平大街了,去见见产权登记处的人。把购地申请交上去。"接着他想起来,必须先去罗斯福山脉打标桩才行。他内心有一万个声音正尖叫抗议,反对他去那个将要建起高楼的恐怖之地。

可也没其他法子了。先找家工会的厂子做一根自己的标桩,再坐直升机去亨利·华莱士峡谷。

仔细一想,这件事的每一步都非常棘手。该怎么办呢?首先得在工会里找个能往标桩上刻名字的金属工,这也许就要花上好几天。刘易斯敦的厂子里,他能托哪个熟人办这件事吗?要是找到一个不认识的人,他凭什么信任那个人呢?

最后,他仿佛在逆流中搏击一般费了九牛二虎之力摘下电话听筒,拨了一家厂子的号码。

我累得快动不了了,他发现。怎么会呢?我今天都干了些什么?他感到精疲力竭。要是我能休息一会儿就好了,他心想。最好能睡上一觉。

阿尼·科特从工会下属的厂子拿到刻有他名字的金属标桩,又安排好一架工会直升机准备飞往罗斯福山脉,忙完这些下午已经过半了。

"嗨,阿尼。"飞行员打招呼说。工会飞行组派来的这个年轻人长着一张讨喜的脸。

"嗨,老弟。"阿尼咕哝了一声。飞行员扶他坐进舒适的真皮椅子,这副真皮套子是定居区一家织品饰品店为他定做的。飞行员在阿尼前方的舱位坐定,阿尼说:"咱们抓点儿紧,已经晚了。进山的这段路可不短,完后还要去和平大街的产权登记处。"

我知道这事办不成,他对自己说。时间怎么都不够用。

16

水务工会直升机载着好会员阿尼·科特刚刚升起,扩音器就响了。

"紧急通知。有一小队布利克人滞留沙漠地带,罗经方位点4.650 03,因曝晒和缺水濒临死亡。请刘易斯敦北部飞船尽快前往该地施救。联合国法律规定所有商用和私家飞船均须响应本次求援。"

联合国广播员用清脆的嗓音反复播报这条通知,音频来自头顶某颗人造卫星上的联合国发射机。阿尼感觉直升机在变向,忙说:"哎,干吗呢,老弟。"这下彻底完了。他们永远去不成罗斯福山脉,更别提和平大街和产权登记处了。

"我必须行动,先生,"飞行员答道,"这是法律。"

现在他们已在沙漠上空,正疾速飞向联合国广播员所报的方位点。这帮黑鬼,阿尼心想。我们手里的事全给耽搁了,就为了救这些蠢货——而最糟的是马上要遇见杰克·波伦了。躲都躲不开。我忘了这一茬儿:现在太晚了。

他拍拍衣兜,枪还在,便稍感宽心。直升机降落时,他把手按在枪上。但愿能赶在杰克·波伦的前头,他暗想。然而令他失望的是,易氏公司的直升机已经先一步着陆了,杰克·波伦正忙着给那五个布利克人送水。真见鬼,他想。

"还用得着我吗?"阿尼的飞行员坐着朝下喊道,"要是用不着,我就上路了。"

杰克·波伦大声地回答:"我给他们的水不太够。"他用手帕抹了把脸,烈日晒得他大汗淋漓。

"好。"飞行员说完关掉了旋翼。

阿尼对飞行员说:"叫他过来一下。"

飞行员拎着一桶五加仑的水跳出机舱,大步走向杰克。过了片刻,杰克停止照料布利克人,朝阿尼走来。

"你叫我?"杰克站定,抬头问阿尼。

"是的,"阿尼说,"我要杀了你。"他掏出了手枪,瞄准杰克·波伦。布利克人一直在往帕卡蛋壳里灌水,现在都停了下来。在火星的赤日下,一个又黑又瘦、近乎全裸的小伙子伸手去够背后的毒箭袋,抽出一支搭在弓上,眨眼间射了出去。阿尼·科特什么也没看见，只觉一阵剧痛，低头一瞧，箭已插进胸腔，就在胸骨下方一点点。

他们能读心，阿尼想。看透别人的意图。他想把箭拔出来，可丝毫也拔不动。他意识到自己快要死了。这是毒箭，他感到毒素已蔓延到四肢，阻滞了血液循环，又向上侵袭着大脑和意识。

杰克·波伦在下面问："你为什么要杀我？你都不认识我。"

"当然认识。"他吃力而含糊地说，"你会帮我修加密录音机，再抢走我的多琳，你爸还会偷走我的一切，凡是我看重的他都会偷走，包括罗斯福山，包括我将要得到的。"他闭上眼歇口气。

"你准是疯了。"杰克·波伦说。

"不，"阿尼说，"我知道未来。"

"我带你去看医生。"杰克·波伦说着跳上直升机，推开目瞪口呆的年轻飞行员，瞧了瞧露在外面的箭柄。"他们有解毒剂，不耽误还有救。"他咔嗒一声发动引擎。直升机旋翼缓缓地转起来，越来越快。

"带我去亨利·华莱士峡谷，"阿尼咕哝道，"我要打标桩。"

杰克·波伦打量了他一眼。"你是阿尼·科特，对吗？"他替下飞行员，自己坐到控制台前，转眼直升机就起飞了，"我带你去刘易斯敦，离这儿最近，那里的人也都认识你。"

阿尼一言不发，仰靠着，两眼依然紧闭。满盘皆错。既没打标桩,也没对杰克·波伦下手。一切都结束了。

阿尼正想着那几个布利克人,突然感觉自己被波伦抬出了直升机。这里是刘易斯敦,他疼得两眼发黑,只能依稀看到楼房和人。总之,一开始就是那帮布利克人的错,要不是因为他们,我永远也碰不着杰克·波伦。整件事都怪他们。

我怎么还没死?他觉得奇怪,而波伦正背着他穿过医院天台,直奔急诊下坡道。时间不短了,毒性肯定已经发遍全身。但他还是有知觉,能思考,头脑清晰……也许我没法死在过去,他想。我可能会永远处于弥留状态,死也死不了,回又回不去。

那个布利克小伙儿怎么反应那么快?他们一般不会用弓箭对付地球人,这可是死罪。他们都得完蛋。

或许,阿尼琢磨,他们就是在等我。他们密谋好了要救波伦,因为波伦给他们送去了食物和水。阿尼又想,我打赌赠给波伦水巫的就是这帮人。没错。他们赠出水巫的时候已经知道了。关于这一切,他们当时就知道,打一开头就知道。

在曼弗雷德·斯坦纳过去的精神分裂世界里,我真是倒了八辈子霉,叫天天不应叫地地不灵。让我返回我自己的世界、我自己的时间吧。我只求能从这里逃出去,再也不想打标桩,也不想害谁了。我只求回到脏疙瘩,和那个该死的孩子待在洞里。回到那个时间点就好。拜托了,阿尼央求着。曼弗雷德!

他们——也不知是谁——用某种推车推着他行进在昏暗的走廊里。话音嘈杂。一扇门开启，眼前晃动着亮闪闪的金属：手术器械。他看见几张戴口罩的脸，感觉自己被抬上了手术台……救救我，曼弗雷德，他在心底里喊道。他们要杀了我！把我带回去。快！不然就晚了，因为——

上方出现一张漆黑的虚无之网，慢慢罩了下来。不，阿尼尖叫。还没结束，我不能就这么完了。曼弗雷德，看在上帝的分儿上，再不出手就糟了，就晚了，太晚了。

我一定要再见一见那个光明的、正常的现实，不像这里，充斥着精神分裂者幻想出来的残杀、冷漠、兽欲和死亡。

救命啊，让我回到我自己的世界。

救救我，曼弗雷德。

救救我！

有个声音说："起来啦，先生，时间到了。"

他睁开眼睛。

"再给点儿烟，先生。"那个浑身脏兮兮、灰袍像蛛网的布利克老祭司正一边弯腰在他身上乱摸，一边在他耳边喋喋不休。"要是还想待下去，先生，你就得再给我点儿什么。"他搜寻着阿尼的外套口袋。

阿尼坐起身找曼弗雷德。男孩不在。

"走开。"阿尼说着站了起来。他摸摸胸口，没东西，没有箭插在那儿。

他晃晃悠悠走到洞口，挤出石缝，来到了火星冷冰冰的阳光底下，上午应该已经过半了。

"曼弗雷德!"他大喊。连影儿都没有。好吧，他想，不管怎样，我总算回到了真实世界。这才是最重要的。

他已经没兴趣对付杰克·波伦了。也没兴趣投资待开发的山地了。就让多琳·安德顿跟了他吧，不关我的事，阿尼一面想一面沿原路下山。但我会兑现对曼弗雷德的承诺，一有机会我就把他送回地球去，也许环境一变他的病就好了，也许"老家"已经有了更高明的精神科医生。总之，他不会老死在AM－WEB里。

他深一脚浅一脚地下山，沿路继续寻找曼弗雷德。一架直升机在上方低空盘旋。也许他俩看见男孩往哪儿去了，他想。杰克和多琳想必一直盯着下边。他停下来，朝直升机挥舞双臂，示意着陆。直升机小心翼翼地降低高度，最后泊在阿尼上方、脏疙瘩洞口前的一块开阔地。舱门滑开，一个男人跳了下来。

"我在找那个孩子。"阿尼开口道。这时他发现来人并不是杰克·波伦，而是一个从未见过的男子。人挺帅气，一头黑发，两眼喷射着冲动的怒火，正朝自己狂奔过来，手中挥舞的一件东西在阳光下闪闪发光。

"你就是阿尼·科特咯!"此人高喊。

"是的,有何贵干?"阿尼问。

"你毁了我的着陆场。"那人尖叫着抬枪便射。

第一枪没打中阿尼。这人是谁?干吗冲我开枪?一头雾水的阿尼·科特把手伸进外套摸枪。随即掏出枪来,回击追杀者。他忽然想起,此人就是那个来抢黑市生意的小软蛋。被我们教训过的,阿尼明白了。

追杀者躲闪,摔倒,翻滚,就地开了一枪。阿尼也没有打中。而对方这发子弹的尖啸声如此逼近,阿尼一时以为中弹了,下意识摸摸胸口。还好,他心说,没打中,你个混蛋。阿尼举枪瞄准,准备还以颜色。

骤然间,周围的世界轰然爆炸。太阳从天上坠落,沉入黑暗之中,阿尼·科特也一同陷了进去。

过了很长时间,那个伏在地上的身影才动起来。他睁着怒目警觉地爬起来,先是站着观察了一会儿阿尼,随后走了过去,双手持枪瞄准阿尼。

上空传来一阵嗡嗡声,他抬头观望。只见一团影子掠过头顶,又一架直升机颠簸着降落了,正好横在他与阿尼之间。直升机切断了两人的视线,阿尼·科特看不见那个做黑市生意的可怜小子了。从直升机里跳下的是杰克·波伦。他跑向阿尼,弯下腰。

"抓住那家伙。"阿尼细声地说。

"抓不住。"杰克说着指了一下。黑市生意人已经起飞了,他的直升机摇摇晃晃地升到了脏疙瘩上空,接着东倒西歪地飞了起来,越过山头,然后不见了。"别管他了。你伤得很重——管管自己吧。"

阿尼轻声道:"别担心这个,杰克。听我说。"阿尼抓住杰克的衬衫往下拉,好凑近他的耳朵。"告诉你个秘密,"阿尼说,"是我发现的。这又是一个精神分裂的世界。这些乱七八糟的仇恨啦,欲望啦,死亡啦,全是精神分裂者幻想出来的,我都经历过一遍了,死不了的。上回是一支毒箭射进我的胸口,现在是第二回了。我不怕。"他闭上眼,强撑着保持清醒,"把那孩子找出来,他就在附近。问问他就明白了。"

"你错了,阿尼。"杰克在他旁边弓下身子说。

"怎么错了?"他现在连杰克都快看不见了,视觉一片模糊,杰克影影绰绰的像个幽灵。

你骗不了我,阿尼想。我知道自己还在曼弗雷德的意识里。马上会醒过来的,其实并没有中枪,像前一次那样毫发无伤。我能想办法返回自己的世界,回到那个没有打打杀杀的世界。不对吗? 他想说话,但发不出声。

多琳·安德顿出现在杰克身旁，说："他快要死了，是不是？"

杰克没答话。他正使劲用肩膀扛起阿尼·科特，打算把他弄进直升机。

不过是另一个嘎叭嘎叭世界而已，阿尼心说，同时感觉自己被杰克扛了起来。这次教训也够深的。我不会再干这种傻事了。当杰克扛着他走向直升机时，他想再解释解释。这事你刚刚做过，他想说。把我送到刘易斯敦的医院拔毒箭。你忘了吗？

"这条命，"杰克一面把阿尼安顿在直升机里一面对多琳说，"算是没救了。"接着气喘吁吁地坐到控制台前。

当然有救，阿尼生气地想。你怎么回事，就不想争取一下吗？争取一下吧，你个该死的。他想开口说给杰克听，可办不到；他一个音也发不出来。

直升机载着三个人起飞了。

在返航刘易斯敦的途中，阿尼·科特死了。

杰克·波伦让多琳掌舵，自己坐到死者旁边，心想，阿尼临了依然坚信他只是迷失在了小斯坦纳的意识暗流中。说不定这样倒更好，杰克觉得。那也许能帮他缓解死亡的痛苦。

杰克没想到，阿尼·科特之死竟会让自己如此悲伤。这件事过分了，他坐在死者身边思量着。太残酷了，阿尼罪不至死——

他是干过坏事,但还没到那种程度。

"他跟你说的那些话是什么意思?"多琳问。她显得很冷静,对阿尼的死泰然处之。她按部就班地操纵着直升机。

杰克答:"他觉得这一切都是假的。他陷进了一种精神分裂的幻觉状态。"

"可怜的阿尼。"她说。

"你知道开枪的那个人是谁吗?"

"某个仇家吧,他这辈子不知啥时候招惹上的。"

两个人沉默了一会儿。

"我们要找找曼弗雷德。"多琳说。

"对。"杰克说。不过我知道男孩眼下在哪儿,他暗想。男孩准是在山里找到了未开化的布利克人,跟他们待在一起。一定是这样,这事迟早会发生。他并不担心曼弗雷德,甚至没把他放在心上。这孩子长那么大,也许终于能适应周围环境了。与未开化的布利克人做伴,或许能找到一种真正属于自己的生活,再也不必忍受旁人投射在他身上的那种无聊而痛苦的生活;他天生跟周围人群格格不入,而且无论怎样努力,也模仿不了他们。

多琳问:"会不会给阿尼说中了呢?"

杰克一时没理解,反应过来后,摇摇头说:"不会。"

"那他怎么说得那么肯定?"

杰克答："我不知道。"但这准跟曼弗雷德有关系，阿尼临死前提到过。

"在很多事情上，"多琳说，"阿尼都很精明。假如他有这种想法，一定有十足的理由。"

"他的确精明，"杰克指出，"可他只相信自己愿意相信的东西。"不仅如此，杰克意识到，阿尼还只做自己愿意做的事。最终落得个自寻死路，这个结局是他自己在一生的某个时间点上已经安排好的。

"阿尼走了，"多琳说，"咱俩会怎么样呢？我很难想象没有阿尼……你明白我的意思吧？我想你明白。真希望咱们一见那架直升机着陆，就能猜出会发生什么。我们早下去几分钟就好了——"她煞住话头，"现在说这些有什么用呢。"

"一点儿用没有。"杰克干脆地说。

"咱俩的事，知道我是怎么想的吗？"多琳说，"我们两个会疏远的。也许不是这几天，也许几个月、几年，现在无法确定，但没有他在，咱俩迟早会分手。"

他没吭声，因为他不想争论。事情兴许就是这个结果，可他懒得去猜将来的事。

"发生了这些事，"多琳问，"你还爱我吗？"她转头看着杰克。

"当然爱。"他回答。

"我也是，"多琳无力地低声说，"但我认为这还不够。你有老婆孩子——长远来看他们对你很重要。不管怎么说，这段感情不是毫无意义的，起码我是这么想的。我永远不会后悔。阿尼的死跟我们没关系，咱俩不用内疚。他是自找的，他有他的打算，最后落得这个下场。咱们永远不会知道他想干什么。但我清楚，这事肯定对咱俩不利。"

他点点头。接下来两个人一路无言，直升机继续载着阿尼·科特的遗体返回刘易斯敦，返回他自己的定居区；在那里，他曾经是——也许永远是——水务工会第四行星分会的顶级好会员。

曼弗雷德·斯坦纳顺着一条若有若无的小径，攀爬在罗斯福山脉荒芜的石坡上。他望见前方有六个黑黑的人影，便收住脚步。这些人身背盛水的帕卡蛋壳和毒箭袋，每个女子都带着一块砧板。他们个个抽着烟，爬山时沿路排成一行纵列。

他们看见曼弗雷德，也停了下来。

其中一个瘦小伙儿有礼貌地说："尊驾携雨而来，赐予我们活力和元气，先生。"

曼弗雷德听不懂，但能领会他们的态度：谨慎，友好，不含敌意。他觉察到他们的内心毫无伤害自己的意愿，甚感欣慰，原先的惧意一扫而光，转而对各人穿着的兽皮产生了兴趣。这是什么动物的？他想。这些布利克人同样对他感到好奇。他们走过来，把他围在中间。

"有几艘奇大无比的飞船，"一个人在心里对曼弗雷德说，"降落在了山里，但没看见上面有人。这些飞船引起了大家的疑问和猜测，似乎预示着要发生什么大事。飞船已经开始在地上自动组装起什么东西来，准备有所动作。你会不会是从船上来的呢？"

"不是。"曼弗雷德在心里用他们听得见且也听得懂的方式回答。

布利克人往山区中央方向指了指，他看见一队联合国运载火箭正在空中盘旋。它们是从地球来的，他知道。住宅区的建设已经破土动工了。AM-WEB及其他类似的建筑物即将出现在第四行星的地表。

"所以我们才要离开这片山区。"一个较年长的布利克男子无声地对曼弗雷德说，"既然一切已经开始，我们也就没法在此地立足了。我们很早以前就通过圣石看到了这一幕，眼下这一切正在变成现实。"

曼弗雷德心说："我能跟你们走吗？"

这个请求让布利克人感到意外，他们走到一旁商量起来。他们不了解他，也不知道他想要什么，从来没有一个移民向他们提出过这种要求。

"我们要往沙漠去，"最后是小伙子对他说，"能不能活下去还难说，只能试一试。你确定要跟着我们吗？"

"是的。"曼弗雷德答。

"那就来吧。"布利克人同意了。

他们继续跋涉着。尽管体力消耗很大，可他们健步如飞。曼弗雷德起先担心会掉队，不过布利克人放缓了前进的步伐，等他赶上来。

沙漠就在前方，等待着布利克人，等待着曼弗雷德。没有一个人心存悔意，他们不可能走回头路，因为新环境已经剥夺了他们的生存机会。

我能躲开 AM-WEB 了，曼弗雷德跟着布利克人边走边想。这些黑黑的人影能帮我逃走。

他感到很开心，记忆中从来没有这么开心过。

一个布利克女子腼腆地分了一支香烟给他。他道了谢，接过来。这支队伍马不停蹄地赶着路。

走着走着，曼弗雷德·斯坦纳觉察到内心正在发生一种奇怪的变化。他在变。

傍晚，西尔维娅·波伦正在准备戴维、公公和自己的晚餐，只见有个人沿着运河朝这儿走来。是个男的,她心说。随即慌乱地走到前门,打开看看究竟是谁。谢天谢地,不是那个自称的健康食品推销员,叫奥托还是什么的——

"是我,西尔维娅。"杰克·波伦招呼道。

戴维兴奋地冲出屋子,奔向父亲,一面喊道:"嘿,你怎么没开直升机?你是坐牵引式公交回来的吗?我打赌肯定是的。你的直升机怎么了,爸爸?是不是抛锚啦,把你困在沙漠里了?"

"没有直升机了。"杰克答。他看上去很疲惫。

"我从收音机里听到消息了。"西尔维娅说。

"阿尼·科特的事?"他点点头,"没错,是真的。"他一边往屋里走,一边脱下外套,西尔维娅帮他挂进了衣柜。

"对你影响很大,是不是?"她问。

杰克说:"工作丢了。阿尼买断了我的合同。"他四下瞧了瞧,"利奥呢?"

"在打盹。白天他基本上都在外面忙生意。我很高兴你赶在他走之前回来,他说明天就回地球了。你知不知道联合国已经开始从罗斯福山拿地了?这条消息也是收音机广播的。"

"不知道。"杰克说着走进厨房,在餐桌旁坐了下来,"能来杯冰茶吗?"

她兑冰茶时说:"也许我不该现在问,你丢工作的事严不严重啊?"

杰克说:"我应该能进任何一家修理公司接着干下去。易先生多半会招我回去的。我肯定他一开始就不情愿卖掉我的合同。"

"那你怎么还垂头丧气的?"她问,这时她想起了阿尼之死。

"牵引式公交停在一英里半之外放我下车,"杰克答,"我只是累了。"

"没想到你会回家。"她觉得心烦意乱,做饭的心情丢了一大半。"我们家里只有猪肝、培根、胡萝卜丝,外加人造黄油和色拉。利奥说想吃甜点蛋糕。我和戴维准备等会儿专门给他做一个,毕竟他快要走了,也许以后再也见不着面了。我们得接受这个事实。"

"做个蛋糕挺好的。"杰克咕哝道。

西尔维娅突然拔高嗓门:"希望你跟我说实话——就没见过你这副样子。你不光是累,一定还跟那个人的死有关系。"

过了一会儿,杰克说:"我琢磨着阿尼临死前说的话。当时我就在他旁边。阿尼说这个世界并不是真实的,而是一个精神分裂者的幻觉,这句话一直在我脑子里翻腾。以前我从没想过我们这个世界跟曼弗雷德那个世界会有哪点儿相像——我以为绝对不一样。现在我明白了,只是程度不同。"

"你不想告诉我科特先生是怎么死的,是吗?收音机只说他遭遇直升机失事,死在了罗斯福山的崎岖地带。"

"不是直升机失事。是一个仇家杀了他,以前准是被他整过,一门心思要报复。眼下警察肯定正在搜捕这个人。阿尼死的时候还以为那是一个丧失理智的精神病跑来泄愤呢,但实际上,那人很可能有充分的理由恨他,根本不是什么精神病。"

西尔维娅心头涌起一股内疚感:要是你知道我今天干的那档子烂事,也会这么恨我的。"杰克——"她吞吞吐吐,说不出口,可又认为有必要问问,"你觉得我们夫妻做到头了吗?"

杰克久久地盯着她,"干吗说这个?"

"我只想听你回答还没到头。"

"还没到头。"杰克说话时依然紧盯着她。她感觉自己没遮没掩的,好像给杰克看穿了心思,好像自己干的那事不知怎么被他发现了。"有什么理由让你往这上头想吗?你觉得我为什么要回家?要是我们的婚姻完了,今天我还会露面吗?在——"他煞住话头。"冰茶给我吧。"他低声地说。

"在什么?"西尔维娅问。

他答:"在阿尼死后。"

"你还能去什么地方?"

"人人都有两个选择。一个是家,另一个是家以外的地方,那里什么人都有,就是没有家人。"

西尔维娅说:"她是怎么样一个人?"

"谁?"

"那个女的,刚才话都到你嘴边了。"

杰克沉默良久,西尔维娅都以为他不会回答了。这时杰克开口道:"她是红头发。我差点儿跟她在一起。但我没有。你满意了吧?"

"我也有一次选择机会。"西尔维娅说。

"这我可不知道,"他木然地说,"我没发觉。"他耸耸肩,"但现在知道了也不晚,这事可不小啊。你不是在假设吧,对不对?你说的是真实发生的事。"

"没错。"西尔维娅说。

戴维跑进厨房。"爷爷醒了,"他喊道,"我告诉他你回家了,爸爸。他高兴坏了,他想知道你事情办得怎么样了。"

"很顺利。"杰克说。

西尔维娅对他说:"杰克,我希望咱俩能过下去。如果你愿意的话。"

"当然愿意,"他说,"你知道的,我已经回来了。"他笑得如此伤感,西尔维娅的心都快碎了。"我赶了不少路呢,先要搭该死的牵引式公交,坐得人浑身不舒服,下了车还要步行。"

"不会再有——"西尔维娅说,"其他选择了,是吗,杰克?真的不能再有这种事了。"

"不会了。"他坚决地点了点头。

西尔维娅走到桌旁，弯下腰，吻了吻他的额头。

"谢谢，"他握住西尔维娅的手腕说，"我好受多了。"西尔维娅能感觉到他的疲惫，这疲惫从他的身上传递了过来。

"你得好好吃一顿，"西尔维娅说，"我从来没见你这么——萎靡。"她接着又想到，他那个精神分裂症的老毛病也许又犯了，如果真是这样，好多事就解释得通了。但西尔维娅不想给他施加压力，而是说："今晚早点儿睡，好吗？"

杰克啜着冰茶，含糊地点点头。

"回了家，"她问，"你觉得开心吗？"还是已经后悔了？她心里没底。

"开心。"杰克回答得斩钉截铁。显然是心里话。

"利奥离开前你得再见见他——"她刚说了半截话。

一声尖叫让她惊跳起来，转脸看向杰克。

杰克站起来说："是隔壁。斯坦纳家。"他从西尔维娅身边挤过。两个人一前一后跑出了门。

在斯坦纳家前门，两人碰到他家的一个女孩。"我哥哥——"

他俩从女孩旁边挤进屋里。眼前的一幕超出了西尔维娅的理解范围，不过杰克似乎有点儿明白。杰克紧紧地握住她的手，不让她再往前。

客厅里挤满了布利克人。他们围着一个躯体不完整的老人——只有胸部以上是人形，下面是一大堆泵、软管、刻度盘等构成的机械装置，咔嗒咔嗒不停地运转着。正是这堆装置维持着老人的生命，西尔维娅瞬间反应过来。那些缺失的人体部位都由机械取代了。哦，上帝啊，她心里惊呼。这到底是什么人，还是什么东西？它坐在那里，憔悴的脸上带着一丝微笑。它开口说话了。

"杰克·波伦，"声音刺耳，不是从嘴里，而是从机械装置的一个扩音器里发出的，"我是来跟母亲道别的。"它停顿下来，西尔维娅听到机械装置在加速运行，似乎很费劲。"现在我可以谢谢你了。"它说。

杰克站在西尔维娅旁边，仍然握着她的手，说："谢什么？我什么也没帮过你。"

"不，我不这么想。"坐在那儿的半机械体向布利克人点点头，他们将它朝杰克推近了一些，正对着杰克。"我认为……"它陷入了沉默，接着抬高声音说，"许多年前，你想方设法跟我交流过。对此我很感激。"

"这事情没过去多久，"杰克说，"不记得了吗？你已经回来了，而我们才过了没几天。这里是你久远的过去，按理说你还是个孩子。"

西尔维娅问她丈夫："这到底是谁啊?"

"曼弗雷德。"

她双手捂脸,蒙住眼睛,再也看不下去了。

"你躲开了 AM-WEB?"杰克问。

"对,对啊。"它嘶哑的声音激动得发抖,"现在我和朋友们在一起。"它指了指周围的布利克人。

"杰克,"西尔维娅说,"带我离开这儿——求你了,我受不了。"她靠紧杰克。杰克牵着她走出斯坦纳家,再次进入昏暗的暮色中。

利奥和戴维正等着他俩,既兴奋又害怕。"快讲讲,儿子。"利奥问,"怎么啦? 那个女人乱叫什么?"

杰克说:"都结束了。一切正常。"又对西尔维娅说:"她准是跑出去了。冷不丁碰上这种事,她无法理解。"

西尔维娅哆嗦着说:"我也不理解,而且不想理解,别给我解释。"她回到炉灶前,把火头关小,瞧瞧锅里有什么烧煳了。

"别紧张。"杰克拍拍她。

她勉强地笑了笑。

"这种事多半不会发生了,"杰克说,"就算再有——"

"谢了。"她说,"第一眼我还以为那是他爸爸,诺伯特·斯坦纳。可把我吓坏了。"

"我们得拿个手电筒去找厄娜·斯坦纳,"杰克说,"不能让她出什么事。"

"好,"她说,"你和利奥去找,我把饭做完。我要看着炉子,否则就吃不成了。"

两个男人拿着手电筒出门了。戴维留下来陪她,帮着摆餐具。你将来会变成什么样呢?她瞧着儿子想。当你那么老的时候,各种器官也都换成了机械……你也会变成那样吗?

还是看不见未来的好,她对自己说。感谢上帝没让我们具备这种能力。

"刚才我本想一块儿去的,"戴维不乐意地说,"你干吗不告诉我斯坦纳太太为什么尖叫呢?"

西尔维娅答:"也许以后会告诉你的。"

但现在不行,她想。眼下我们谁也接受不了这件事。

晚餐准备好了,她下意识地走到门廊里去喊杰克和利奥,心里清楚就算喊了他们也不会回来的,父子俩正找人找得不亦乐乎。但不管怎样,她还是要喊一喊,这是她的责任。

在火星的暗夜里,她的丈夫和公公四处寻找着厄娜·斯坦纳。他们的手电光这儿闪一下,那儿亮一下;他们的呼唤一声声传入耳中,听上去务实、能干,又有耐心。